Eric Malpass

Wenn der Tiger schlafen geht

Ein Gaylord-Roman

Deutsch von
Susanne Lepsius

Rowohlt

Umschlagillustration
Anne Yvonne Gilbert

1. Auflage März 1989

Satz Garamond (Linotron 202)
Gesamtherstellung Clausen & Bosse, Leck
Printed in Germany
ISBN 3 498 04326 9

Wenn der Tiger schlafen geht

1. Kapitel

Gaylord saß im Zirkus und amüsierte sich königlich.

Er beobachtete verzückt die wirbelnden Bewegungen und das Durcheinander der Farben. Er lachte sich halb krank über die Clowns und sah enttäuscht zu seiner kleinen Schwester hinüber, die auf den Knien seiner Mutter fest und ruhig schlief. «Amanda scheint es nicht zu gefallen», sagte er voller Verachtung. «Ziemlich blöd, die Clowns zu verpennen.»

May Pentecost hatte einen etwas feineren Geschmack als ihr Sohn. Sie liebkoste das Baby und wäre am liebsten auch ein wenig eingedöst, hätte sie nicht gewußt, daß sie sich damit den Zorn ihres Sohnes zuzog. Und so zwang sie sich, gute Mutter, die sie war, wach zu bleiben.

Doch nun bemerkte sie, daß ihr Sprößling vor Aufregung fast aus dem Häuschen geriet. Seine Augen glänzten, seine Wangen glühten. Aber seine Blicke folgten nicht mehr den Kapriolen der Clowns. «Mummi», rief er, «Mummi, ist die Dame nicht wunderschön?»

«Welche denn, Schatz?»

So 'ne dumme Frage! «Die natürlich, Mummi. Die so glitzert, auf dem Seil.»

«Ja, sie ist sehr hübsch.»

Gaylord konnte die Augen nicht von ihr lassen. «Mummi?» fragte er zögernd.

«Ja, was denn?»

«Mummi, ist das vielleicht Tante Becky?»

«Das halte ich für unwahrscheinlich.»

«Sie sieht aber aus wie Tante Becky.»

Gaylords Vater Jocelyn sagte unfreundlich: «Viele junge

Zirkusdamen sehen aus wie deine Tante Becky.» Nicht etwa, daß er seine jüngere Schwester nicht mochte, aber er fand sie zuweilen doch recht aufgetakelt.

Gaylord, der sehr verliebt in seine Tante Becky gewesen war, bevor sie Onkel Peter geheiratet hatte, stieß einen tiefen Seufzer aus. Was für Chancen hatte er schon, diese wunderschöne Zirkusdame zu heiraten? Keine. Er fand sich still mit seiner hoffnungslosen Lage ab.

Aber bald gewann das Vergnügen wieder die Oberhand – all die Löwen, Tiger, Pferde, ja selbst die Vergänglichkeit der Liebe, hatten für einen siebenjährigen Jungen noch eine süße Bitterkeit. Und dann plötzlich war die Vorstellung aus. Die Tiger brüllten zum letztenmal, die lächelnde Seiltänzerin mit ihrer Wespentaille verbeugte sich, die Scheinwerfer erloschen, die Aufregung, die Sensationen – für immer vorbei.

Doch hier irrte Gaylord. Am nächsten Morgen erwartete ihn eine fabelhafte Überraschung. Ein Klopfen an der Tür und ein Besucher betrat das Klassenzimmer, ein höchst interessanter Besucher, Constable Harris persönlich. Er nahm seinen Helm ab, ging steif auf die Lehrerin zu und salutierte. Die Lehrerin sagte: «Paßt bitte auf, Kinder, Constable Harris hat euch etwas sehr Ernstes mitzuteilen. Und ich möchte, daß ihr ihm sehr, sehr aufmerksam zuhört.»

Constable Harris räusperte sich, legte seinen Helm auf den Tisch der Lehrerin und sah sich in der Klasse um. Ein Seufzer entrang sich seiner Brust. Sein Blick war auf den Pentecost-Sprößling gefallen. Und für Constable Harris war Gaylord Pentecost gleichbedeutend mit Ärgernis.

«Mhm, also», begann Constable Harris zögernd, er wollte die Kinder nicht erschrecken. «Wir haben natürlich alles im Griff. Es ist nur eine kleine Warnung, aber seid auf dem Heimweg von der Schule ein bißchen vorsichtig.»

Gaylord war entzückt. Was konnte das bedeuten? Sein kleiner Verstand rotierte. Einer seiner Freunde, Henry Bartlett, hatte gesagt, irgend jemand oder irgend etwas hätte über dem Südpol ein großes Loch in den Himmel gerissen, und die Sonne konnte jeden Augenblick durch dieses Loch herunterfallen, aber so ganz genau wußte es Henry auch nicht. Oder hatte es mit Reuben Briggs zu tun, der behauptete, eines seiner Schafe hätte die Fäule und würde vermutlich Amok laufen. Für Gaylord setzte sich die Vielfalt des Lebens aus lauter kleinen Katastrophen zusammen. Und so saß er da mit angehaltenem Atem und wartete darauf, daß der ehrenwerte Constable ihnen diese funkelnagelneue Katastrophe, die ihrer aller Leben bedrohte, mitteilte.

Und Constable Harris erfüllte seine kühnsten Erwartungen. Sogar Gaylords rege Phantasie hätte sich nie so etwas Fabelhaftes ausmalen können. Man stelle sich vor: ein menschenfressender Tiger war aus dem Zirkus entsprungen!

Aber dann verdarb Constable Harris den ganzen Spaß. Er sagte, daß ein Autobus alle Kinder, die mehr als zwei Kilometer von der Schule entfernt wohnten, nach Hause brächte.

Nun, man konnte von Gaylord natürlich nicht erwarten, daß er wußte, wie lang zwei Kilometer waren. Längenmaße hatten sie noch nicht durchgenommen, das stand mal fest. Er mußte daher annehmen, daß zwei Kilometer eine ganz kurze Strecke waren.

Aber vor mißtrauischen Erwachsenen ist kein Kind sicher, immer machen sie einem einen Strich durch die Rechnung. Um vier Uhr sagte die Lehrerin: «Gaylord, und du fährst auch mit dem Bus. Verstanden?»

Gaylord nickte. Er hing der Theorie an, daß ein zustimmendes Nicken nicht so bindend war wie ein in Worten ausgesprochenes Versprechen.

«Dann stell dich mit den anderen an», sagte die Lehrerin.

«Ja, Miss», sagte Gaylord und reihte sich in die Schlange ein.

Der Bus kam, die Lehrerin gab dem Fahrer die Liste, dann

radelte sie davon, warf über die Schulter jedoch noch einen mißtrauischen Blick auf Gaylord. Obwohl dieser ein freundlich gesinntes Kind war, hoffte er im stillen, daß der Tiger sie fressen würde. Er mochte keine mißtrauischen Menschen. Sie deprimierten ihn.

Die Idee, einen Bus zu besteigen, wenn einem die Möglichkeit geboten wurde, einem leibhaftigen Tiger zu begegnen, war natürlich lachhaft. Das kam überhaupt nicht in Frage. Und der Zufall wollte es, daß gerade in diesem Augenblick Gaylords beide Schnürsenkel aufgingen. Er bückte sich und band sie wieder zu, inzwischen waren alle anderen Kinder eingestiegen. Gaylord, noch immer in gebückter Haltung, schlüpfte neben dem anfahrenden Bus auf die Seite, wo der Bürgersteig war, und rannte in Fahrtrichtung mit, den Bus als Deckung benutzend. Nach einigen Metern fiel er zurück, aber das machte jetzt nichts mehr aus, denn nun konnte ihn niemand von Wichtigkeit mehr sehen. Vergnügt pfeifend stiefelte er drauflos.

Seine erste Zwischenstation auf dem täglichen Heimweg war ein einsames Cottage, das einer Mrs. Fisher gehörte. Eine etwas nervöse Dame, die ihm aber immer einen Keks gab, um die Zeit bis zum Tee zu überbrücken. «Mrs. Fisher! Mrs. Fisher, raten Sie mal, was passiert ist. Ein Tiger ist aus dem Zirkus ausgebrochen. Ist das nicht aufregend? – Sicher kommt er auch zu Ihnen.»

Mrs. Fisher ließ die Keksdose fallen. War heute der 1. April? Nein. Konnte ein Tiger auf die Ulme vor ihrem Fenster klettern? Ja, ohne weiteres. Sollte Gaylord die Absicht gehabt haben – was keiner ihm unterstellen will –, Mrs. Fisher den Schlaf zu rauben, dann hatte er sein Ziel glorios erreicht.

Er machte einen Umweg, um seinen zweiten täglichen Besuch abzustatten. Bei Reuben Briggs.

Gaylord hatte es stets vermieden, seine Mutter über diesen Umweg zu informieren, da er vermutete, daß Mummi

Reuben Briggs' Cottage sonst sofort mit dem Bann ‹Zutritt verboten› belegt hätte. Gaylord hatte den Verdacht, daß Reuben und Mummi über Sauberkeit und so weiter verschiedene Vorstellungen hatten.

«Mr. Briggs, der Tiger ist los! Wir müssen Ihre Schafe zusammentreiben.»

Briggs legte schweigend sein Buch beiseite, angelte mit seinem rechten Gummistiefel einen leeren Becher von der Kaminplatte, bückte sich, nahm ihn auf, wischte ihn mit dem Taschentuch aus, tat einen Löffel Kondensmilch hinein, nahm die Teekanne vom Kamineinsatz und hielt sie über den Becher. «Stark, dick und verblüffend oder Lorke?»

«Stark bitte, Mr. Briggs.» Reubens Tee war das tollste Gebräu auf der ganzen Welt. Vor Reubens Kamin zu sitzen und den köstlichen SDV-Tee zu trinken war die männlichste Beschäftigung, die Gaylord sich vorstellen konnte.

Er hob den Becher und nahm genüßlich einen kräftigen Schluck.

Sie stießen mit den Bechern an. «Tiger?» fragte Reuben.

«Er ist aus dem Zirkus ausgebrochen.»

«Unsinn.»

«Nein, es stimmt, Mr. Briggs.» Gaylord war von seinem alten Freund tief enttäuscht.

«Red keinen Schwachsinn, Junge, trink noch einen SDV, damit du wieder zu Verstand kommst.»

«Nein, vielen Dank, Mr. Briggs», lehnte Gaylord höflich ab. Er war jetzt ganz erpicht darauf, eine weniger skeptische Zuhörerschaft zu finden. Mummi!

«Tiger – verrückter Bengel», murmelte Reuben. «Mach das Gatter zu», rief er Gaylord nach. «Ich will nicht, daß er meine alten Dämchen frißt.» Gaylord hörte ihn lachen und war ein wenig verletzt. Er rannte den Pfad entlang und öffnete das Gatter zu den Feldern. Als er sich umdrehte, um durchzuschlüpfen, wurden ihm vor Schrecken die Knie weich. Dort, keine hundert Meter entfernt, gut getarnt durch Blätter und

Zweige und durch sein gestreiftes Fell, lag unverkennbar ein bengalischer Tiger!

Als Landjunge wußte Gaylord, daß man Gatter hinter sich schließen mußte, aber keiner hatte ihm je verraten, wie sich ein bengalischer Tiger Gattern gegenüber verhält; sein Instinkt jedoch sagte ihm, daß sich ein bengalischer Tiger über die Konventionen des englischen Landlebens hinwegsetzt.

Gaylord rannte los, ohne sich mit dem Schließen des Gatters aufzuhalten, schob und drängelte sich im Zickzack durch die Schafherde und blieb erst auf dem angrenzenden Feld stehen, um sich umzusehen. Die aufgescheuchten Schafe blökten, aber der Tiger war nicht mehr zu sehen, obwohl Gaylord glaubte, er höre so etwas wie ein Brüllen.

Gaylord beschloß, lieber nicht umzukehren, um Reuben zu warnen. Er wollte die Schafe nicht noch einmal erschrekken. Er würde statt dessen schnurstracks nach Hause gehen und Opa fragen, was er tun sollte.

Auf dem Heimweg stieß er auf Constable Harris, er und seine Begleiter trugen Gewehre. «Constable Harris, der Tiger ist da drüben, ganz in der Nähe von Mr. Briggs' Cottage. Ich wette, er hat ihn inzwischen gefressen.»

«Und ich wette, dich holt eines Tages der Teufel», grunzte der Constable. Dann sagte er mit leiser Stimme zu seinen Begleitern: «Schon wieder dieser Pentecostbengel. Komm mal her, Junge.»

Gaylord trat argwöhnisch näher. Harris sagte: «Dieser Bus für euch hat 'ne schöne Stange Geld gekostet.»

Gaylord gab sich beeindruckt, aber sagte nichts, ihm fiel nichts Passendes ein.

«Aber ich sehe, daß du es vorgezogen hast, zu Fuß zu gehen», sagte Harris.

«Es ergab sich so», gab Gaylord zu.

«Troll dich nach Hause», sagte der Constable. «Und sprich nicht mit fremden Tigern.» Dann blaffte er plötzlich irritiert: «Verschwinde, oder wir benutzen dich als Köder.»

Gaylord fragte sich unwillkürlich, ob Constable Harris ihn womöglich nicht leiden konnte. Es hätte ihn ehrlich betrübt. Aber als er zu Hause ankam, beschäftigte ihn bereits ein anderes Problem. Es drängte ihn, Mummi zu erzählen, daß er den Tiger ganz aus der Nähe gesehen hatte. Doch sein Instinkt warnte ihn davor. Und was seine Mutter betraf, trog ihn sein Instinkt fast nie, das wußte er aus Erfahrung.

Er nahm seinen Ranzen von den Schultern, seine Backen waren gerötet, sein Atem ging schnell, seine blauen Augen glänzten. «Mummi, erinnerst du dich noch an den Zirkus? Einer von den menschenfressenden Tigern ist ausgebrochen.»

May Pentecost sah ihn nachdenklich an. Sie kannte Gaylords blühende Phantasie. «Bist du ihm auf auf dem Nachhauseweg begegnet?» fragte sie vorsichtig.

«Nicht direkt», sagte Gaylord. «Aber ich habe Constable Harris und ein paar Polizisten getroffen, alle mit Gewehren, und ihnen beim Suchen geholfen.»

«Die müssen für deine Hilfe ja ungemein dankbar gewesen sein.»

«Das waren sie auch. Aber wir haben den Tiger nicht gesehen», gab er betrübt zu.

Jetzt war May doch neugierig geworden. Wenn Gaylord das Ganze erfunden hätte, würde er höchstwahrscheinlich das Biest im Alleingang erledigt haben. Aber bei Gaylord konnte man nie ganz sicher sein. Ihrem Sohn waren allerlei Einfälle zuzutrauen. Sie setzte sich hin und zog ihn zu sich. «Gaylord, wie hast du von dem Tiger erfahren?»

«Constable Harris hat es uns erzählt, heute morgen in der Schule.»

«Und was hat die Lehrerin gesagt?»

«Sie hat uns ein Gedicht beigebracht. ‹Tiger, dein Auge glüht in der Nacht›, und dann kam was mit gebt acht, und zum Schluß was mit morden...»

«Ein sehr positiver Erziehungsbeitrag, das muß ich schon

sagen.» May blickte ihren Sohn an. «Und sie haben euch nicht per Bus nach Hause geschickt?»

«Aber Mummi, das hätte doch *alles* verdorben», sagte Gaylord vorwurfsvoll. Den wirren Gedankengängen der Erwachsenen zu folgen, war ihm beim besten Willen unmöglich.

May sagte: «Also, jetzt setz dich hin, trink deinen Tee und iß was. Aber wage es nicht, das Eßzimmer zu verlassen.» Sie lief, zwei Stufen auf einmal nehmend, ins Arbeitszimmer ihres Mannes und stürmte hinein. «Der Tiger ist los», verkündete sie.

Jocelyn Pentecost hielt mitten im Satz inne und dachte angestrengt nach: ein Tiger? Tiger kamen in dem Roman, den er gerade schrieb, überhaupt nicht vor, ebensowenig bevölkerten sie die friedliche englische Grafschaft, in der er mit seinem etwas reizbaren alten Vater, seiner innig geliebten Frau und seinen reizenden Kindern in einem alten viktorianischen Bauernhaus wohnte. Kühe ja, auch Schafe und Pferde, zuweilen sogar ein wilder Stier, aber Tiger? Nein. Wäre es vielleicht passend, in diesem Zusammenhang *Brehms Tierleben* zu zitieren? Wohl besser nicht.

May explodierte: «Und das einzige, was diese schwachsinnige Lehrerin getan hat, ist, den Kindern ein Gedicht über einen Tiger beizubringen.»

«Vielleicht wollte sie die Kinder ablenken.»

«Jocelyn! Die Sache ist ernst. Du kennst doch Gaylord. Stell dir vor, er wäre dem Tiger begegnet, er hätte bestimmt ein Gespräch mit ihm angefangen und ihm ein Stück Schokolade angeboten. Und in dieser gefährlichen Situation haben sie ihn zu Fuß nach Hause gehen lassen. Unfaßbar! Wo ist dein Vater?»

«Döst im Obstgarten wie Hamlets Vater, wie ich ihn kenne. Aber warum?»

Doch sie war schon davon, ihre Absätze klapperten auf den Stufen. Bevor sie durch die Hintertür eilte, warf sie einen Blick auf ihren Sohn, der einen Brotkanten in Eigelb tunkte.

Draußen im Garten, umgeben von Bäumen, hinter denen ein menschenfressender Tiger lauern konnte, saß ihr Schwiegervater in einem Liegestuhl auf einem sonnenbeschienenen Plätzchen und atmete ruhig, gelegentlich formten sich kleine Blasen vor seinem Mund wie bei einer auf kleiner Flamme brodelnden Suppe. Ein älterer Herr, die Welt vergessend, weil die Welt ihn vergessen hatte, ein Mann, der den Frieden der Welt genoß, ungerührt von dem Wissen, daß der Friede der nächsten Welt nicht mehr fern war.

«Schwiegervater!» rief sie. «Du mußt ins Haus kommen. Ich erkläre dir alles auf dem Weg. Steh auf!» Sie riß ihm die Decke von den Beinen.

Dies war ein Fehler. Niemand, nicht einmal seine geliebte May, durfte John Pentecost ungestraft zur Eile antreiben. Er öffnete ein Auge und sah sie giftig an. «Wie kannst du es wagen, mich zu stören, Schwiegertochter», bellte er.

Sie sagte: «Aus dem verdammten Zirkus ist ein Tiger ausgebrochen. Er kann überall sein.»

«Nicht in meinem Obstgarten», erwiderte er kühl.

«Sei nicht so blasiert!» schrie sie und zerrte ihm die Decke weg.

Er sah sie erstaunt an: «May! Was hast du denn? Du bist doch sonst nicht so hysterisch.»

Nein, das war sie nicht. Sie riß sich zusammen. Wo war ihre Gelassenheit geblieben, die ihr sonst immer geholfen hatte, die schlimmsten Krisen zu überstehen? Sie sagte: «Verzeih, Schwiegervater, aber wir leben in einer unsicheren Welt – Diebe, Terroristen, Katastrophen aller Art.» Sie lachte unter Tränen. «Und jetzt noch ein Tiger. Das ist der Tropfen, der den Krug zum Überlaufen bringt.»

«Zieh mich hoch», sagte er und streckte beide Arme aus. Sie zog ihn hoch, und er kam auf die Beine, federnd und präzise wie eine gut geölte Maschine. Er hakte sie unter, und sie schlenderten gemeinsam im goldenen Licht dieses langen Nachmittags zum Haus. Er sagte: «Ich weiß, was du meinst, May. Die Welt ist nicht im besten Zustand.» Er blickte sie nachdenklich an. «Aber selbst ein Tiger kann nicht an mehreren Orten zugleich sein. Es scheint mir daher höchst unwahrscheinlich, daß er in meinem Obstgarten ist, wenn Gaylord ihn auf dem Heimweg gesehen hat.»

«Aber an einem der beiden Orte könnte er doch sein», fiel May ihm schnell ins Wort.

«Ja», gab er seufzend zu. «Das ist möglich.» Er drückte sanft ihren Arm. «Ich glaube, wir beide brauchen vor allen Dingen einen guten, trockenen Sherry, meine Liebe.»

Wie vernünftig dieser alte Mann doch war! Wie beruhigend! Sie setzten sich ins Wohnzimmer, jeder ein Glas Sherry in der Hand. Durch die offenen Fenster drangen die sommerlichen Laute: das Summen der Bienen, die aufdringliche Drossel (wie seltsam, dachte sie, daß sie so lieblich singt, wo ihr doch nachgesagt wird, daß sie nur ihr Territorium abstekken will, und wie typisch, daß es meiner zynischen Generation vorbehalten blieb zu behaupten, daß ihr zärtliches Gezwitscher nichts anderes ist als ein Ausdruck höchster Aggressivität), das ferne Muhen der Kühe, der Ruf eines Bauern auf einer Wiese. Der alte Mann hatte ihre Ängste so gründlich als Unsinn abgetan, daß sie nicht einmal auf das fremdländische Gebrüll eines Tigers horchte.

Was hatte Mummi gesagt? «Also, jetzt setz dich hin, trink deinen Tee und iß was. Aber wage es nicht, das Eßzimmer zu verlassen.» Gaylord hätte nach einigem Nachdenken sogar in den Zehn Geboten Lücken entdeckt. Daher begann er, Mummis Befehle Wort für Wort, Satz für Satz zu analysieren.

«Jetzt setz dich hin, trink deinen Tee und iß was.» Nun, den Befehl hatte er befolgt und zwar gründlich, kein Krümel war übriggeblieben. Sogar Mummi mußte das zugeben.

«Aber wage es nicht, das Eßzimmer zu verlassen.» Das klang so, als ob sich daran wenig deuten ließ.

Für wie lange durfte er das Zimmer nicht verlassen? Hatte sie gemeint, verlaß das Zimmer nicht, bevor du die Mahlzeit beendet hast? In diesem Fall hatte er genau das getan, was sie von ihm verlangte. Aber wenn sie das nicht gemeint hatte, was hatte sie dann gemeint? Verlaß das Eßzimmer nie mehr? Nein, das wäre zu verrückt. Das hieße ja, daß er sterben mußte, wenn ihm niemand Essen brachte. Je länger er über den Satz nachdachte, desto klarer wurde ihm, was er bedeutete. Er hatte seinen Tee getrunken und gegessen, ohne sich von der Stelle zu rühren. Genau so wie Mummi es verlangt hatte. Vom logischen wie vom moralischen Standpunkt aus gesehen war er nun ein freier Mann. Aber zur Sicherheit und um moralischen wie logischen Argumenten aus dem Weg zu gehen, schlüpfte er lautlos wie ein Sioux-Indianer durch die Hintertür ins Freie. Winnetou wäre auf ihn stolz gewesen.

Hier muß eingefügt werden, daß nicht Selbstsucht Gaylord zu dieser Handlung veranlaßte, sondern einzig und allein der Wunsch, seinen Mitmenschen zu helfen.

In der gegenwärtigen Krise brauchte man vor allem eins – etwas, an das weder die Polizei noch Mummi, diese Pfeiler von Recht und Ordnung, gedacht hatten, das aber jeder Dorfälteste in Indien längst gebaut hätte, nämlich eine Tigerfalle! Es wäre unverantwortlich, im Haus herumzuhocken, wo doch er allein die Fähigkeit (und die nötige Erfahrung) besaß, das Problem zu lösen, das Mummi in solch eine flatternde Hysterie versetzt hatte.

Er wußte genau, wo so eine Falle angelegt werden mußte: auf Polly Larkins Weg.

Polly Larkins Weg führte hinunter zum Fluß; einer der unzähligen Graswege Englands, zwischen Haselnußsträuchern und Holunder, gesäumt von Nesseln, wo die Luft stillstand, geschwängert vom süßen Duft des Holunders und dem säuerlichen Geruch der Nesseln und dem feuchten, alles durchdringenden Geruch des Flusses. Genau der richtige Ort, einen Tiger zu fangen, es war sein einziger Zugang zu einer Wasserstelle! Gaylord nahm eine Schaufel und begann, mitten auf dem Weg zu graben.

Aber man konnte nicht ganz auf sich selbst gestellt zwischen Tee und Abendbrot eine Tigerfalle bauen. Er brauchte die Hilfe seines Freundes Henry Bartlett.

Fünf Minuten später erschien wie von einer seltsamen Gedankenübertragung angezogen Henry Bartlett, Schaufel in der Hand, und fing, ohne ein Wort zu verlieren, neben Gaylord zu graben an.

Henry Bartlett war rosig, sanft und bebrillt. Wenn sein Freund Gaylord ihn gebeten hätte, sich angekleidet in den Fluß zu stürzen, hätte er es, ohne eine Sekunde zu zögern, getan. Aber Gaylord bat ihn nie um etwas. Henry war sein ergebener Sklave.

Sie gruben voller Eifer. Henry sagte: «Ein Tiger ist entlaufen. Stell dir vor.»

«Ja», sagte Gaylord. «Ich glaub, ich hab ihn gesehen, als ich von der Schule nach Hause ging.»

Henry sah beeindruckt aus. «Gräbst du bis nach Australien?» fragte er hoffnungsvoll.

«Natürlich nicht», sagte Gaylord.

«Warum gräbst du dann?»

«Eine Tigerfalle», belehrte ihn Gaylord.

Henry dachte tief nach. «Ich will aber keinen Tiger fangen, die fressen einen.»

«Nicht, wenn sie in der Falle sitzen. Dann nicht.»

Henry schien davon nicht so überzeugt zu sein. Sie fuhren mit dem Graben fort. Gaylord sagte: «Wenn die Grube groß genug ist, bedeckt man sie mit Palmzweigen.»

«Haste Palmzweige?»

«Natürlich», sagte Gaylord, der keine Ahnung hatte, wie Palmzweige aussahen, aber er wußte, wenn er welche sähe, würde er sie sofort erkennen.

Sie gruben weiter. Gaylord musterte die Grube kritisch. Sie war, mußte er zugeben, gerade groß genug für eine ausgewachsene Katze. Aber er machte sich allmählich Sorgen, daß Mummi seine Abwesenheit bemerken könnte. Er beschloß, sich kurz zu Hause sehen zu lassen, die Palmzweige zu holen und ganz allgemein den Eindruck zu erwecken, als sei er die ganze Zeit dagewesen.

«Ich hol nur ein paar Palmzweige, Henry. Bin gleich zurück», sagte er.

Henry schaufelte und sagte: «Gaylord?»

«Ja, Henry.»

«Ich hab 'ne komische Idee, Gaylord.» Henry grinste, was für ihn ungewöhnlich war. «Ich hab gerade gedacht, wie lustig es wäre, wenn der ausgebüxte Tiger gerade in *dieses* Loch fiel!»

«I wo, warum sollte er, Henry?» sagte Gaylord freundlich. Er liebte seinen Freund Henry sehr, aber er wünschte manchmal, daß er etwas mehr Phantasie hätte.

May war der Meinung, daß häusliche Krisen, ob große oder kleine, laute oder leise, von Jocelyn, wenn er in seinem Arbeitszimmer saß und schrieb, einfach nicht bemerkt wurden. «Der einzige Laut», pflegte sie zu sagen, «der ihn ins Parterre lockt, ist das Klirren von Sherrygläsern.»

Und so war es auch. Er erschien prompt, sah aber, wie May fand, etwas bedrückt aus.

Und zu recht. Vor kurzem hatte May irgendwas über einen Tiger gesagt. Aber was? Hätte er mehr Interesse zeigen sollen? Er wußte es nicht. Während er sich einen Sherry einschenkte, beschloß er, das Thema zu meiden, aber die Ohren zu spitzen, um dann im geeigneten Moment so zu tun, als sei er voll auf dem laufenden.

May sagte: «Dieser Tiger!», nippte an ihrem Sherry und beobachtete ihn aufmerksam.

«Ah, ja, der Tiger», sagte Jocelyn, aber hatte das ungemütliche Gefühl, daß er nicht so selbstsicher klang, wie er gehofft hatte.

May sagte: «Sie haben ihn wieder eingefangen. Ich habe es eben im Radio gehört.» Sie sah ihn liebevoll, aber mit einem unübersehbar spöttischen Lächeln an. «Du kannst dich also beruhigen.»

«Ein Glück», sagte er. «Aufregung vorbei.»

«Als ob du dich auch nur eine Sekunde lang aufgeregt hättest», sagte sie spitz. «Es würde mich nicht wundern, wenn du die ganze Sache überhaupt nicht mitbekommen hättest.»

Bevor Jocelyn noch eine protestierende Geste machen konnte, mischte sein Vater sich ein. «May hat völlig recht, Jocelyn. Du verkriechst dich da oben in deiner Höhle und hast keinen Schimmer, was vor sich geht. May hat mich mit Gewalt ins Haus geschleppt, sonst wäre ich vielleicht noch in meinem eigenen Obstgarten von der Bestie verschlungen worden.» Er wandte sich an May. «Ich hab dir noch nicht gesagt, wie sehr ich dir dankbar bin.»

«Oh, Schwiegervater, du brauchst dich nicht bei mir zu bedanken, das ist doch nicht nötig», sagte May honigsüß.

«Mummi», kam eine Stimme von der Terrassentür. «Kann ich ein paar Palmzweige haben?»

«Tut mir leid, Herzchen, aber die Palmzweige sind mir im Moment ausgegangen. Wozu brauchst du sie denn? Und was machst du denn überhaupt da draußen, wo ich dir doch ausdrücklich gesagt habe, du sollst im Eßzimmer bleiben?» Ihre Stimme erhob sich unheilverkündend.

Gaylord war beleidigt. «Mummi, nur bis ich mit dem Tee fertig war. Du hast gesagt: Setz dich hin, trink deinen Tee und iß was, und bleib im Zimmer. Und genau das habe ich auch getan, Mummi, ganz als wie du es gesagt hast.»

«Ganz *wie* du es gesagt hast», verbesserte ihn Jocelyn.

«Ach, halt den Mund, Jocelyn», sagte May. «Ich hasse Ungehorsam.»

«Und ich», sagte Jocelyn energisch, «hasse grammatikalische Fehler.»

Der nunmehr von zwei Seiten attackierte Gaylord beschloß, sich auf den wahren Feind zu konzentrieren. Paps, wußte er aus Erfahrung, machte einem nicht lange Vorwürfe, Mummi hingegen ließ nicht locker, sie konnte einen windelweich reden. Er sagte: «Aber, Mummi, du hast nicht gesagt, daß ich *ewig* im Eßzimmer bleiben muß, du hast gesagt, nur bis ich mit meinem Tee fertig bin.»

«Ich habe nichts dergleichen gesagt. Ich habe dir befohlen, im Zimmer zu bleiben.»

«Nur während ich esse und trinke, Mummi.»

«Reine Semantik», murmelte Jocelyn.

Flink wie ein Eisvogel, der in einem Fluß nach einem Fisch taucht, ergriff Gaylord die Chance, die Aufmerksamkeit der Erwachsenen in eine andere Richtung zu lenken. Er wandte sich eifrig und wissensdurstig an seinen Vater: «Paps, was ist Semantik?»

«Mhm», sagte Jocelyn. «Es hat etwas mit der Bedeutung von Worten zu tun. Zum Beispiel...»

May sagte: «Jocelyn, fasel nicht, bleib bei der Sache! Gaylord hat sich ohne Erlaubnis draußen herumgetrieben, und wäre der Tiger nicht wieder eingefangen, hätte er Gaylord auffressen können, und das nur, weil er wieder einmal ungehorsam gewesen ist.»

Was für eine niederschmetternde Neuigkeit! «Sie haben den Tiger gefangen, Mummi?»

«Gott sei's gedankt, ja. Aber, wenn ich dir das nächste Mal sage, du sollst im Haus bleiben, dann richte dich gefälligst danach. Ich habe keine Lust...»

Gaylord hörte nicht mehr hin. Er kannte seine Mutter nur zu gut; wenn sie bis jetzt keine Strafe angedroht hatte, würde auch keine mehr erfolgen. Er beschloß, daß es an der Zeit war, eine Versöhnung anzubahnen. Er sagte betrübt: «Der arme Tiger, er hat sich sicher so gefreut, frei zu sein.»

Zu seinem Erstaunen biß Opa auf den Köder an. «Du hast ganz recht, Junge», sagte er. «Solche edlen Geschöpfe dürfte man nicht hinter Gitter sperren.»

Gaylord nahm seinen Vorteil wahr. «Ich hoffe, er hat jemand gefressen, bevor sie ihn erwischt haben, so daß er wenigstens eine schöne Erinnerung hat, das arme Viech. Kann ich jetzt nach draußen gehen und spielen, Mummi?»

«Ja, verzieh dich schon», sagte May. Sie hatte das Gefühl, überlistet worden zu sein. Wenn Jocelyn sich doch bloß aus solchen Diskussionen heraushalten würde! Bei Gaylord mußte man sich aufs Wesentliche konzentrieren und durfte keinen Zoll nachgeben. Warum konnte sich Jocelyn das nicht ein für allemal merken?

Gaylord fand, daß er seine Mutter eigentlich recht geschickt behandelt hätte, er sagte daher freundlich: «Danke, Mummi.» Und gab ihr einen feuchten, schmatzenden Kuß. Er erwog sogar, noch einmal auf die Palmzweige zurückzukommen, aber ließ es dann lieber bleiben. Wenn Mummi schon mal gesagt hatte: «Verzieh dich», war es angeraten, sich blitzschnell auf die Socken zu machen.

Auf dem Weg zur Tigerfalle fand er ein paar Palmzweige. Sie lagen unter dem Weidenbaum, den Mummi zurechtgestutzt hatte.

Er verschwand fast hinter den großen Zweigen, wie ein übereifriger Soldat, dem gesagt worden war, er solle sich tarnen. Henry Bartlett sagte: «Wir brauchen keine Falle mehr, Gaylord, sie haben ihn erwischt.»

Diese negative und kurzsichtige Einstellung empörte Gaylord, aber er war immer sehr geduldig mit seinem Freund. Daher sagte er: «Eine Menge Tiger brechen aus Zirkussen aus, Henry. Tigerfallen sind immer nützlich. Laß uns noch ein wenig tiefer graben, und dann legen wir die Palmzweige drüber.»

Sie gruben tiefer, Gaylords Verstand arbeitete so rege wie seine Hände; seine Augen blickten immer häufiger zu seinem plumpen, rosigen Freund hinüber, bis er schließlich sagte: «Was benutzen wir denn als Köder, Henry?»

Henry kannte nur eine Art von Köder. «Mein Vater nimmt immer Würmer.»

Gaylord hielt es für unwahrscheinlich, daß Tiger Würmer mochten. Ein Zicklein wäre schon besser. Soweit er sich erinnerte, benutzten sie in Indien immer ein Zicklein als Lockspeise für Tiger.

Aber er hatte kein Zicklein.

Da kam ihm ein Einfall.

Er sagte: «Möchtest du gern Köder spielen, Henry?»

«Nicht sehr», sagte Henry, aber er wollte auch kein Spielverderber sein, deshalb fügte er hinzu: «Was muß man denn als Köder machen?»

«Gar nichts. Du mußt nur in der Grube sitzen», beruhigte ihn Gaylord. Henry dachte darüber nach. «Was tue ich denn, wenn der Tiger kommt?»

«Dann brauchst du auch nichts zu tun», sagte Gaylord, «du mußt einfach nur ködern.»

Ein kurzes Schweigen folgte, dann sagte Henry höflich: «Ich möchte eigentlich kein Köder sein, aber vielen Dank für dein Angebot, Gaylord.»

Jammerschade. Soweit Gaylord es beurteilen konnte, wäre Henry für einen Tiger genauso verlockend wie ein Zicklein – er hatte ungefähr dieselbe Größe und war aus ähnlichem Material hergestellt... Aber es lag nicht in Gaylords Natur, jemanden zu etwas zu überreden oder gar etwas zu erzwingen, deshalb sagte er freundlich: «Geht in Ordnung, Henry, wir lassen den Tiger ungeködert. Oh, hallo, Paps.»

«Was treibt ihr denn hier?» fragte Jocelyn und versuchte erfolglos, seine Gedanken fort von seinem Roman auf die Wirklichkeit zu lenken.

«Wir haben eine Tigerfalle gegraben», sagte Gaylord. «Sie muß nur noch mit diesen Palmzweigen zugedeckt werden, aber sie halten nicht, sie fallen immer wieder ins Loch.»

Es geschah höchst selten, daß Jocelyn seine Romanfiguren lange genug vergaß, um eine Lösung für praktische Probleme zu finden. Aber in den seltenen Fällen, wo es ihm gelang, befriedigte es ihn mehr als die großartigste Kritik in der besten Zeitung. Er sagte: «Schau, wenn ich diesen Ast mitten über die Grube lege, haben die Weidenzweige Halt.»

Gaylord und Henry waren tief beeindruckt. Keiner von beiden wäre je auf die Idee gekommen, daß Paps von Nutzen sein könnte.

Jocelyn legte den Ast über die Grube und breitete die anderen Zweige fachgerecht darüber aus, dann setzte er seinen Spaziergang mit beschwingtem Schritt fort. Er hatte bewiesen, daß er kein Stubenhocker war, sondern ein Mann, der mitten im Leben stand.

Aber diese Euphorie war nicht von langer Dauer. Er traf seinen Nachbarn Reuben Briggs, der mit eingebildeten Leuten wenig Geduld hatte und schon gar nicht mit Jocelyn Pentecost.

Gaylord und Henry gingen nach Hause. Henry berichtete seinem Freund, daß er sich sehr mies fühle, weil er sich egoistischerweise nicht als Köder hergegeben habe, aber Gaylord versicherte ihm großmütig, daß es bestimmt nicht Henrys Fehler oder gar seine mangelnde Bereitschaft zur Zusammenarbeit sei, wenn sie den Tiger nicht fingen.

Jocelyn sank das Herz, als er Reuben Briggs bemerkte, der, anscheinend tief in Gedanken versunken, am Ende von Polly Larkins Weg stand. Reuben hatte glitzernde Augen, die wenigen ihm verbliebenen Zähne waren schwarz und stumpf. Er trug winters wie sommers einen erdfarbenen Regenmantel, eine Mütze und Gummistiefel.

Jocelyn fürchtete zwei Dinge an Reuben: seine glitzernden Augen schienen immer amüsiert zu blinzeln, wenn er Jocelyn erblickte, auch spürte der erfolgreiche Autor, daß dieser schlichte Philosoph tief in die große Weltliteratur eingedrungen war (was Jocelyn von sich nicht behaupten konnte). Zitate aus Flaubert, Goethe, Dostojewski und Dickens flossen ihm leicht von den Lippen.

Reuben stand wartend da und starrte auf die Spitzen seiner Gummistiefel. Erst als Jocelyn fast vorbei war, sagte er: «Ich habe mal wieder in dem alten Dosto gelesen. Ich muß schon sagen, dem können die modernen Schriftsteller nicht das Wasser reichen.»

«Ja, nicht wahr?» sagte Jocelyn, der sich schon seit langem vorgenommen hatte, Dostojewskis *Der Idiot* zu lesen, aber nie dazu gekommen war.

Reuben wirkte amüsiert. Jocelyn fühlte sich nicht wohl in seiner Haut. Um seinem Selbstbewußtsein etwas Auftrieb zu geben, zog er seine Pfeife hervor und stopfte sie. Mr. Briggs wirkte noch amüsierter, und Jocelyn fühlte sich immer unwohler in seiner Haut. «Ich sehe, daß Sie Ihre lilienweißen Hände beschmutzt haben, Mr. Pentecost.»

Jocelyn blickte auf seine Hände. Tatsächlich waren sie sehr schmutzig. Typisch für Reuben, daß er es sofort bemerkte. Und typisch für Jocelyn, daß er sich bemüßigt fühlte, eine Erklärung abzugeben. «Ja, mein kleiner Sohn hat eine Tigerfalle gegraben.» Er lachte nervös. «Ich... mhm... ich habe ihm dabei geholfen, sie abzudecken.»

Mr. Briggs schien ausnahmsweise nicht amüsiert. «Gibt es hier in der Gegend so eine Menge Tiger, Mr. Pentecost?»

«Nein, wo denken Sie hin», sagte Jocelyn. «Aber Sie wissen doch, wie Kinder sind.»

«Ja, das weiß ich nur zu gut, Mr. Pentecost.» Reuben verfiel in Schweigen. Jocelyn wurde es ungemütlich.

Reuben wiederholte: «Ja, ich weiß, wie Kinder sind. Ich weiß zum Beispiel, daß es Kinder gibt, die immer noch nicht begriffen haben, daß man ein Gatter, das zu einem Feld führt, auf dem Schafe und Lämmer sind, hinter sich zumacht.»

Jocelyns Mund wurde trocken. «Meinen Sie damit... Sie meinen doch nicht etwa Gaylord?» fragte er.

«Ich meine Gaylord, verdammt noch mal», schrie Reuben erbost. «Heute nachmittag! Er war bei mir und hat seinen SDV getrunken und war die Liebenswürdigkeit selbst. Und plötzlich ‹Auf Wiedersehen Mr. Briggs und vielen Dank›, und schon war er auf und davon. Zehn Minuten später blökten meine alten Damen aus allen Himmelsrichtungen.» Seine Stimme senkte sich zu einem bösen Fauchen. «Und wie, Mr. Pentecost, soll ein Mann von siebzig Jahren fünfzig verrückt gewordene Schafe ganz allein wieder einfangen?»

Jocelyn war für Klarheit, besonders wenn er einen Ausdruck hörte, den er nicht verstand. «Was meinen Sie mit – er hat seinen SDV getrunken? Was ist SDV?»

«Das tut nichts zur Sache», sagte Reuben gereizt.

«Aber... aber wieso waren die Schafe so aufgeregt?»

«Weil Ihr Herr Sohn sie ganz durcheinandergebracht hat, das war der Grund. Ich hab mit eigenen Augen gesehen, wie er wie ein Wilder zwischen ihnen hindurchgerast ist. Es grenzt an ein Wunder, daß sich keine der alten Damen ein Bein gebrochen hat. Oder er.»

«Es tut mir leid», sagte Jocelyn, «das heißt, wenn es wirklich Gaylord war.»

«Natürlich war er's», sagte Reuben. «Ich bin doch nicht blind, Mr. Pentecost. Und meine alten Damen sind nicht blöd, jedenfalls nicht so blöd wie Menschen. Eins der Schafe fehlt immer noch, damit Sie's nur wissen, Mr. Pentecost.»

Dann wandte er sich zum Gehen. Plötzlich zuckte wieder ein amüsierter Ausdruck über sein Gesicht und seine Augen glitzerten, als er Jocelyn anstarrte. «Ja, Schafe sind natürlich blöd, aber längst nicht so blöd wie Menschen.»

Jocelyn sagte lahm: «Mir scheint, daß Sie sehr an den Tieren hängen.»

Mr. Briggs sagte: «Bücher und Schafe, das genügt mir, den Rest können Sie sich an den Hut stecken.»

Er stapfte ohne ein weiteres Wort in Richtung seines baufälligen Cottage davon.

2. *Kapitel*

Ein goldener Nachmittag ging langsam in einen schönen Abend über. Stille Schatten krochen in den Obstgarten, wo der Liegestuhl des alten Herrn verlassen stand, eine Erinnerung an zufriedene Stunden.

Der alte Mann schlenderte am Ufer des raunenden Flusses entlang und betrachtete die schwärzer werdenden Schatten in den Lachen, die am Himmel heimwärts fliegenden Vögel und die Eintagsfliegen, die ihren einzigen, sonnenhellen Tag durchtanzt hatten. Arme Tierchen, dachte er, denen nur ein Tag zu leben vergönnt ist in dieser lieblichen, seltsamen Welt und dann – Finsternis. Er selbst hatte schon viele Tage hinter sich gebracht und war durchaus noch nicht bereit abzutreten. Das Leben hatte es gut mit ihm gemeint. In der Jugend hatte er sich in der Welt behauptet, und jetzt im Alter konnte er noch immer die Füße fest auf die Erde setzen, die er liebte, konnte die Sonne auf den Wangen spüren und den Wind im Gesicht. Aber eine Eintagsfliege zu sein – ein einziger Sommertag und dann: vorbei!

Jocelyn war niedergedrückt. Das Gespräch mit dem Nachbarn wollte ihm nicht aus dem Sinn. Er überholte Gaylord, der auch auf dem Heimweg war. «Gaylord, Mr. Briggs scheint sich über dich geärgert zu haben, und das ist mir gar nicht recht. Erzähl, was ist passiert?»

Oje! Gaylord fragte sich unruhig, ob es richtig gewesen war, Mummi zu verschweigen, daß er den Tiger gesehen hatte. Vielleicht wäre es doch besser gewesen, mit der vollen Wahrheit herauszurücken? Aber er wußte nicht, warum

Mr. Briggs sich über ihn geärgert hatte. Er wußte nur, daß Erwachsene sich immer über irgend etwas ärgerten. Vorsichtshalber fing er erst mal mit der Tasse Tee an. «Ich bin zu Mr. Briggs gegangen, um nachzusehen, ob der Tiger bei ihm gewesen war und ihn gefressen hat, und dann hat Mr. Briggs gesagt: ‹Komm herein, Gaylord, willst du eine Tasse SDV›, und da bin ich...»

«Was ist SDV?» Wenn Jocelyn schon keine weiteren Informationen aus seinem Sohn herausholte (und er hatte da keine großen Hoffnungen), erfuhr er zumindest, was SDV bedeutete.

«SDV ist Spitze», sagte Gaylord, «es heißt stark, dick und verblüffend.»

«Browning», rief Jocelyn erstaunt.

Gaylord atmete erleichtert auf. Wenn er Paps auf ein anderes Thema bringen könnte... Er blickte zu ihm voller Eifer und herzzerreißender Unschuld auf. «Was ist ein Browning, Paps?»

«Wer ist Browning? lautet die richtige Frage. Er war ein berühmter Dichter, im vorigen Jahrhundert hochgeschätzt.» Er dachte nach. «Weißt du, Gaylord, Mr. Briggs ist ein sehr belesener Mann. Nicht viele Menschen kennen das Zitat.»

«Aber du kennst es, Paps.» Gaylord ließ sich nicht oft zu Schmeicheleien herbei, nur wenn er in der rechten Stimmung war.

«Das ist mein Beruf», sagte sein Vater, der erkannte, daß er noch immer nicht viel mehr wußte als zuvor. «Aber... Mr. Briggs hat gesagt, du hättest das Gatter offengelassen und die Schafe wären fortgelaufen. Das... das tust du doch sonst nicht, Gaylord.»

Jetzt gab's nur eins: Offenheit. «Ich hatte Angst, Paps. Der Tiger war hinter mir her.»

«Gaylord, du erwartest doch nicht etwa von mir, daß ich dir das glaube. Du hast dich sehr rücksichtslos benommen. Bitte versprich mir, daß es nie wieder vorkommt. Es ist mir äußerst peinlich, meinen Nachbarn Unannehmlichkeiten zu bereiten.»

Paps war offensichtlich drauf und dran, ihm eine Strafpredigt zu halten, was ganz ungewöhnlich für ihn war. Und so brachte Gaylord das Gespräch schnell wieder auf Browning, und Paps war darüber hocherfreut.

Eine halbe Stunde später lächelte May ihren Sohn an, der im Bett saß und sein Abendbrot verzehrte.

Noch immer etwas bockig, dachte sie, aber nahm es ihm nicht übel, sie war bereit, wieder Frieden zu schließen. «Und was hast du so getrieben?» fragte sie.

Das war eine Frage, die Gaylord nicht auf die leichte Schulter nahm. Eine unüberlegte Antwort und schon hagelte es Fragen und Vorwürfe. Aber heute fühlte er sich sicher, sogar ein wenig stolz, dennoch beschloß er, seine Begegnung mit dem Tiger nicht zu erwähnen.

Er grinste. «Ich habe eine Tigerfalle gegraben, ganz unheimlich tief, und sie dann mit Palmzweigen zugedeckt.»

«Ah, so, aber den Tiger hast du ja nun verpaßt.»

«Oh, die Falle war nicht für *den* Tiger gebaut.»

«Nein?»

«Nein, sie ist für den Fall gedacht, daß ein anderer ausreißt, wenn der Zirkus nächsten Sommer wiederkommt.»

«Das nenne ich weise Voraussicht», sagte Mummi.

«Ist das was Gutes?»

«Eine höchst wünschenswerte Eigenschaft.»

Er sah zufrieden aus. Sie stand auf und küßte ihn. «Gute Nacht, Herzchen.»

«Gute Nacht. Kennst du jemand, der Ziegen hat?»

«Ziegen? Nein.» Sie sah keinen Zusammenhang. Gaylord war immer recht sprunghaft in seinen Unterhaltungen. Sie ging nach unten. Es war höchste Zeit, dem alten Mann sein Essen zuzubereiten.

Im Zirkus gingen die großen Katzen in ihrem Käfig hin und her, rochen an den Eisenstangen, brüllten, knurrten in ihrem lichtlosen Gefängnis. Einer von ihnen war unruhiger als die übrigen. Er hatte heute einen vergessenen Geruch in der Nase gehabt – den Geruch der Freiheit. Aber die Erinnerung begann schon zu verblassen. Nur der königliche Zorn blieb. Er, der Großartige, Unbesiegbare, der Gnadenlose war wieder in der Gewalt dieser kleinen Kreaturen, von denen er eine jede mit einem Schlag seiner Pranke töten könnte.

Die Sonne war untergegangen. May und Jocelyn saßen an der offenen Terrassentür und blickten auf den noch rot gefärbten Himmel. May sagte: «Gaylord war heute sehr unternehmungslustig. Er hat eine Tigerfalle gebaut.»

«Ich weiß.»

Sie blickte ihn erstaunt an. «Woher?»

Er mußte eine Minute lang nachdenken, dann fiel ihm sein kurzer Ausflug aus der Welt der Phantasie in die Wirklichkeit wieder ein. Der Zwischenfall war ihm schon fast wieder entfallen.

«Ich habe ihn graben gesehen», sagte er vage, dann fügte er etwas unsicher hinzu. «Hat man das arme Tier nicht wieder eingefangen?»

«Ja. Gaylord sagt, die Falle ist für nächsten Sommer, wenn der Zirkus wiederkommt. Ach ja, er wollte noch wissen, ob jemand Ziegen hält. Ich kann mir nicht vorstellen warum.»

«Köder natürlich», sagte Jocelyn schnell. Es geschah nicht oft, daß er May zuvorkam.

«Was habe ich für einen klugen Mann.» Sie sah ihn bewundernd an. «Dein Vater verspätet sich», sagte sie.

«Es ist so ein schöner Abend. Vermutlich will er ihn allein genießen.» Er versank in nachdenkliches Schweigen, dann sagte er: «Seltsam, er ist ein so prosaischer Mensch, aber zuweilen hat er romantische Anwandlungen.»

«Ich wäre gern dabei, wenn du ihm das sagst.»

«Das würde ich nicht wagen. Väter und Söhne kennen einander nicht. Ein Abgrund trennt sie. Ich wünschte manchmal... daß ich mit ihm reden könnte.» Seine Stimme klang ein wenig traurig.

Weit aus der Ferne drang durch die abendliche Stille ein Laut zu ihnen herüber – ein fremder und furchteinflößender Laut, der so wenig zu diesem ländlichen Frieden paßte wie das Brüllen eines indischen Tigers – das klagende Auf und Ab der Sirene eines Rettungswagens. Langsam verklang das Geräusch. May fröstelte. «Ich hasse diese Sirenen. Sie bedeuten Leid und Unglück, vielleicht das Ende eines Menschenlebens.»

Aber Jocelyns Gedanken weilten noch bei seinem Vater. «Einmal hat er Zuspruch gebraucht. Als Tante Marigold starb. Er benötigte Hilfe, und ich glaube, es ist mir auch gelungen, ihm zu helfen. Ich war froh. Aber im allgemeinen braucht er keine Hilfe und läßt keinen an sich heran.»

«Ja, er ist stolz», sagte sie. «Stolz und einsam.»

«Laß uns auf ihn anstoßen», sagte er plötzlich gerührt. Ihre Gläser klirrten. «Auf Vaters Wohl», sagte er.

«Auf Schwiegervaters Wohl», sagte sie. Sie sahen einander an und lächelten etwas geniert.

«Es wird kühl», sagte Jocelyn. Er stand auf, schloß die Terrassentür und knipste die Stehlampe an. «Er kommt selten so spät nach Hause», sagte er.

Aus dem Abend war plötzlich Nacht geworden. In den Fenstern spiegelte sich das beleuchtete Zimmer, die Welt draußen war ausgeschlossen, Dunkelheit hinter den Spiegeln.

«Vielleicht hat er jemanden getroffen», sagte sie.

«Ja.» Es konnte ihm nichts passiert sein, beruhigten sie sich gegenseitig. Ein älterer Gentleman, der an einem Juniabend über seine Felder ging – was sollte ihm schon zustoßen?

Die Tür öffnete sich, beide drehten sich schnell um. Aber es war Gaylord. Er trottete schlaftrunken durchs Zimmer, vergrub seinen Kopf in den Schoß seiner Mutter und schlang die Arme um sie. «Mummi, ich hatte einen scheußlichen Traum.»

Sie fuhr ihm durch das wirre Haar. «Was war es, Herzchen? Löwen und Tiger?»
Er schüttelte den Kopf, ohne ihn zu heben.
Sie zog ihn näher an sich. «Was war es denn, Liebling?»
«Ich weiß nicht.»
Sie hätte ihn so gerne getröstet, aber wußte nicht wie. Sie hob ihn vom Boden auf, setzte ihn auf ihre Knie und barg seinen Kopf an ihrer Schulter. Seine Wangen schimmerten feucht im Lampenlicht. Wo ist mein Prahlhans geblieben? dachte sie zärtlich. Verschwunden im dunklen Schrecken eines unverständlichen Traums?
Aber er erholte sich bereits wieder und murmelte etwas.
«Was hast du gesagt?» flüsterte sie.
«Kennt Paps jemand, der Ziegen hält?»
«Nein, Liebling, ich habe ihn schon gefragt.»
Seine weichen, kleinen Finger kitzelten ihre Handfläche, etwas, das er immer tat, wenn er um einen Gefallen bitten wollte. «Mummi?»
«Ja?»
«Könnte ich nicht Amanda nehmen?»
«Nein, Herzchen, das bestimmt nicht. Aber wofür willst du sie denn nehmen?»
«Als Köder, Mummi. Sie braucht gar nichts zu tun», erklärte er ernsthaft. So sehr er seine kleine Schwester auch liebte, machte er sich doch keine Illusionen über sie. Sabbern war das einzige, was sie konnte. Ihm fiel plötzlich auf, daß sein Großvater nicht da war. «Wo ist Opa?»
«Er geht spazieren.»
«Aber es ist schon dunkel. Er geht nie im Dunkeln spazieren. Henry Bartletts Onkel Fred ist abends weggegangen und nicht wiedergekommen. Henry hat gesagt, daß sie erst viel später von ihm gehört haben – aus Australien, wo er hingefahren ist mit der Dame aus dem Wettbüro.»
«So etwas halte ich bei deinem Großvater für unwahrscheinlich», sagte May. «Und jetzt, marsch ins Bett, Paps

kommt mit.» Sie gingen alle drei nach oben und brachten ihn zu Bett. Er grinste, küßte beide und schlief sofort ein. Sie gingen ins Wohnzimmer zurück. Jocelyn stellte sich ans Fenster und blickte in die Nacht hinaus. «Es ist ganz schön finster draußen», sagte er und trat in die Mitte des Zimmers. «Was er wohl geträumt haben mag?»

«Irgendein ferner Widerhall urzeitlicher Angst», sagte sie. «Ein Erinnerungsfetzen, etwas, was ihn bedrängt.»

«Wo der alte Herr nur ist», sagte er. Als die Uhr zehn schlug, wurde Jocelyn unruhig. «Wir machen uns bestimmt ganz überflüssige Sorgen. Trotzdem: Ich gehe ihn suchen.»

Er erwartete Widerspruch, aber May sagte: «Ich bleibe hier, falls das Telefon läutet...»

Er ging nach draußen und holte die Taschenlampe aus dem Auto. Es wunderte ihn nicht, daß sie nur noch wie ein blutarmes Glühwürmchen leuchtete. Die Batterie war aus unerfindlichen Gründen immer leer. Im Rover seines Vaters lag noch eine Taschenlampe. In ihrem hellen Licht inspizierte er das Wageninnere. Aber es lieferte ihm keine Anhaltspunkte. Der Motor war kalt. Wo immer sein Vater sich befand, er war zu Fuß gegangen.

Der Lieblingsweg des alten Mannes führte am Fluß entlang. Jocelyn umgab undurchdringliche Finsternis. Nur ein bleicher Mond spendete Licht und der schwache Schein der Taschenlampe.

Es war möglich, daß sein Vater Reuben Briggs einen Besuch abstattete. Jocelyn ging mit unsicheren Schritten zu dem von Bäumen umstandenen Cottage, obwohl er sich nach dem Zwischenfall mit den Schafen eines freundlichen Willkommens nicht so sicher war.

Es brannte noch Licht. Zumindest war Reuben noch wach. Durch die vorhanglosen Fenster konnte er die nackte Glühbirne sehen. Er klopfte an die Tür und hörte schlurfende Schritte auf den Steinfliesen. Die Tür öffnete sich, Mr. Briggs stand vor ihm, ein Finger steckte zwischen den Seiten eines

Buchs. Er trug noch immer seine Mütze, die Brille war ihm heruntergerutscht. «Sieh einer an, Mr. Pentecost. Ich habe gerade einen Blick in Tolstois *Wiederauferstehung* geworfen.»

«Haben Sie Ihr Schaf wiedergefunden?»

Reuben schüttelte den Kopf.

«Haben Sie ... zufällig meinen Vater gesehen?» fragte Jocelyn.

Reuben schüttelte wieder den Kopf. «Weder gesehen noch gehört. Ist er auch verlorengegangen?»

«Er ist von seinem Spaziergang noch nicht zurückgekehrt ...»

«Ich helfe Ihnen suchen.» Reuben griff bereits nach seinen Gummistiefeln.

«Nein, Reuben, bitte nicht. Lesen Sie weiter in Ihrem Tolstoi. Sie können wirklich nichts tun.»

Reuben sah ihn lange an. «Nein, tun kann ich wohl nichts, Mr. Pentecost, aber vielleicht ... brauchen Sie ein wenig seelische Unterstützung.»

«Das ist riesig nett von Ihnen», sagte Jocelyn und meinte es auch. Sie machten sich gemeinsam auf die Suche.

«Vater!» rief er mehrmals. «Vater!» und lauschte angestrengt.

Er hörte das Huschen der Nachttiere, das Rauschen des Wassers. Manchmal blieb er regungslos stehen. Er fühlte, wie seine Kopfhaut prickelte, aber er hatte nur den Schrei eines nächtlichen Vogels mit dem Schmerzensschrei eines Menschen verwechselt. «Vater!» rief er. Der alte Mann war so robust wie eine Eiche. Es war unvorstellbar, daß er irgendwo hier in der Finsternis lag, hilflos wie ein verwundetes Kaninchen.

Weit in der Ferne, auf der anderen Seite des Flusses, schlug eine Uhr. Er zählte die Schläge – elf. Er verabschiedete sich von Reuben und ging wieder auf sein Haus zu. Er stellte sich vor, wie er eintrat. In der hellerleuchteten Stube würde sein

Vater sitzen, das Whiskyglas in der Hand, und ihn beschimpfen. «Wo, zum Teufel, hast du dich herumgetrieben, Jocelyn? Hast du etwa gedacht, ich sei in den Fluß gefallen? Ich bin schließlich noch nicht senil, merk dir das!» Oh, wenn es nur so wäre.

Aber es war nicht so. May saß im Wohnzimmer, sie sah so besorgt aus wie nie zuvor in ihrem Leben.

«Ich rufe die Polizei an», sagte er.

Die Polizei nahm die Nachricht ruhig auf. Hatte Mr. Pentecost sich versichert, daß der alte Herr nicht etwa in seinem Zimmer war? Wußte der alte Herr – verzeihen Sie die Frage – manchmal nicht, wo er sich befand? Hatte es Streit in der Familie gegeben? Neigte die vermißte Person dazu, ein Gläschen über den Durst zu trinken? Ging der alte Mann gern in Kneipen? Es war schließlich erst kurz nach elf Uhr.

Jocelyn legte den Telefonhörer auf. «Ich habe den Eindruck, die Polizei und wir leben nicht in derselben Welt», sagte er. «Sie scheinen anzunehmen, daß Vater entweder senil, betrunken oder lebensmüde ist. Sie haben versprochen, ihr Bestes zu tun, aber sie können nichts unternehmen, bevor es hell ist.»

«Also was nun?» fragte sie.

«Du, geh ins Bett. Ich kann mich nicht hinlegen. Ich will angezogen sein, falls doch etwas Ernstes passiert ist.»

Sie trat auf ihn zu und küßte ihn zärtlich. «Ich sag dir jetzt nichts, mach dir keine Sorgen, Liebling, das wäre töricht. Aber... vielleicht gibt es eine ganz einfache Erklärung. Meist ist es so.»

«Unter den gegebenen Umständen glaube ich das nicht.»

«Ich bleibe bei dir», sagte sie.

«Nein.»

«Doch. Schau, wir haben immer alle Krisen gemeinsam durchgestanden. Du kannst mich doch nicht ins Bett schikken, ehe wir Bescheid wissen.»

«Vielen Dank, May», sagte er. «Was sollen wir bloß tun? Eine Flasche Gin aufmachen? Scrabble spielen?»

Sie taten weder das eine noch das andere. Sie saßen untätig herum und hörten die Uhr zwölf und dann eins schlagen. Sie dösten ein, sie brühten sich Tee auf.

Und dann kam der Morgen, er drang in die Landschaft ein, grau und bösartig wie ein feindliches Heer. Jocelyn erhob sich steif, knipste das Licht aus, konnte das fahle Morgengrauen nicht ertragen, knipste es wieder an. «Und was machen wir jetzt?» fragte er.

Im oberen Stockwerk fing Amanda zu weinen an. «Ich geh hinauf», sagte May. Jetzt hatte sie wenigstens etwas zu tun. Die gewohnte Tätigkeit beruhigte sie ein wenig.

Dann endlich klingelte das Telefon, fordernd und penetrant. Jocelyn ergriff den Hörer. «Pentecost am Apparat.»

«Constable Harris hier. Wie lautet der Name der vermißten Person, Sir?»

«Pentecost. John Pentecost.»

«Wohnhaft Zypressenhof, Shepherd's Warning?»

«Ja. Um Himmels willen, was ist passiert?»

«Es hat ein paar verwaltungstechnische Schwierigkeiten gegeben, Sir, aber jetzt haben wir ihn gefunden. Er ist im Krankenhaus Ingerby, Station 5.»

«Vielen Dank», sagte Jocelyn und schluckte. Dann sagte er mit ruhiger Stimme: «Ist es etwas Ernstes?»

«Ich fürchte, Ihr Vater hatte eine Art Herzanfall, Sir.»

«Mein Gott. Ich komme sofort.»

Eine der angenehmen Seiten am Beruf des Schriftstellers ist, daß man sich nur selten in den morgendlichen Berufsverkehr stürzen muß.

An diesem Morgen erfuhr Jocelyn jedoch, was die meisten Menschen täglich durchmachen. Er fädelte sich in den stokkenden Strom der Fahrzeuge ein, die sich auf die graue Stadt in den Midlands zubewegten. Dort würde jeder Autoinsasse den schönen Sommertag lang in ein Büro oder eine Fabrik eingesperrt sein, beschäftigt mit Dingen, die ihn nicht sonderlich interessierten, bis er endlich um sechs Uhr abends herausgelassen wurde, nur, um auf der Heimfahrt wieder in der gleichen trostlosen Autoschlange zu leiden. Jocelyn war entsetzt. Wie konnten die Leute das ertragen?

Aber noch während er zwischen Kuppeln und Bremsen daran dachte, überkam ihn eine plötzliche Angst, die alle anderen Gedanken vertrieb: sein robuster, bislang kerngesund wirkender Vater stand vor den Pforten des Himmels oder der Hölle. Den alten Mann, der sein Leben lang nie einen Tag ernstlich krank gewesen war, hatte es plötzlich niedergestreckt. Und wie Jocelyn seinen Vater kannte, würde der das als persönliche Beleidigung auffassen. «Armer Vater», murmelte Jocelyn, als er auf das Krankenhausgelände einbog. «Er wird gar nicht begreifen, wie ihm so was passieren konnte.»

Er trat durch das düstere Portal.

Das Krankenhaus von Ingerby war ein massiger Bau, errichtet zu Königin Viktorias und Florence Nightingales Zeiten, und keine der nachfolgenden Generationen hatte die düstere Atmosphäre mildern können. Der dunkelbraune und grüne Anstrich, die breite Marmortreppe, die hallenden Korridore – auch ein paar an die Wände geheftete Kinderzeichnungen konnten die trostlose Stimmung nicht aufheitern, ja nicht einmal die hübschen jungen Krankenschwestern, die durch die Gänge eilten.

Jocelyn haßte Krankenhäuser und fürchtete alle, die in ihnen arbeiteten. Es waren Menschen, die in die Geheimnisse von Schmerz und Tod eingeweiht waren, mit denen sie täglich umgehen mußten. Schüchtern sagte er zu der Schwester am Empfang: «Ich möchte meinen Vater, John Pentecost, besuchen; er wurde gestern abend eingeliefert. Vermutlich liegt er auf der Intensivstation.»

Die junge Dame blätterte, sah auf einer Liste nach, dann sagte sie: «Nein, auf der Intensivstation liegt kein Patient, der so heißt.»

«Ich... ich glaube... er liegt auf Station 5.»

«Warum haben Sie das nicht gleich gesagt? Ja, hier, Pentecost, John. Das ist er doch? Gehen Sie diese Treppe hinauf, dann rechts ab, und dann ziemlich lange geradeaus.»

«Vielen Dank», sagte Jocelyn von tiefer Dankbarkeit erfüllt. «Vielen Dank.» Er ging los. Das Gebäude wimmelte von Menschen, kleine Gruppen standen herum und redeten ernsthaft und, wie ihm schien, besorgt miteinander. Patienten in Rollstühlen warteten auf Untersuchungen, lagen auf Bahren, hatten Gipsverbände – er mußte an Postsäcke auf einem Bahnhof denken. Zierliche ältere Damen trippelten einsam und traurig endlose Korridore entlang, jede von ihnen, davon war Jocelyn überzeugt, eilte ans Bett eines sterbenden Gatten. Ärzte hasteten mit lässig flatternden Kitteln vorbei. Schwestern, jung und lieblich, wirkten in dieser Umgebung des Leidens wie Heckenrosen neben einem Abstellgleis.

Er stand an der Tür von Station 5 und bereitete sich innerlich auf das Schlimmste vor. Seine Gefühle waren in Aufruhr.

Sein geliebter Vater befand sich im Vorraum der Hölle – oder so wirkte zumindest diese trostlose Umgebung auf den empfindsamen Jocelyn.

Er ging hinein. Keine Schwester weit und breit. Acht Betten mit acht alten Männern in verschiedenen Stadien der Bewußtlosigkeit, kaum auseinanderzuhalten. Keiner von ihnen sah auch nur entfernt wie sein Vater aus.

Vermutlich hatte man ihn auf die falsche Station geschickt. Er nahm allen Mut zusammen und war im Begriff, an eine Tür mit dem Schild ‹Stationsschwester› zu klopfen, als eine unfreundliche Stimme sagte: «Warum, zum Teufel, kommst du erst jetzt? Hast du mir einen Pyjama mitgebracht?»

Jocelyn zuckte zusammen. Er blickte auf das ihm am nächsten stehende Bett. «Über zwölf Stunden hast du gebraucht, bis du hier erscheinst. Schau bloß, was sie mir angezogen haben», sagte der Mann unter dem Laken und zupfte angeekelt an dem engen Kragen seines Nachthemds.

«Vater!» rief Jocelyn, obwohl der ältere Herr wenig Ähnlichkeit mit seinem Vater aufwies. Jocelyn hatte sich immer vorgestellt, daß Patienten nach einem Herzanfall von oben bis unten an Drähte angeschlossen wären und aussähen wie Radios aus den zwanziger Jahren. «Vater», sagte er noch einmal. Jetzt erkannte er zumindest den dichten, weißen Schnurrbart und den unheilverkündenden Blick wieder. «Was macht dein Herz?»

«Mein Herz? Mein Herz ist völlig in Ordnung. Hast du mir die *Times* mitgebracht?»

«Ich fürchte... ich meine... hast du keinen Herzanfall gehabt?»

«Soll das etwa heißen, daß du die *Times* nicht mitgebracht hast? Ich habe keinen Herzanfall gehabt. Wie, zum Teufel, kommst du auf diese Kateridee?»

«Die... die Polizei. Aber... warum bist du dann hier?»

«Weil ich mir die Fußknöchel gebrochen habe. Hast du mir wirklich die *Times* nicht mitgebracht?» Er sah Jocelyn hoffnungsvoll an, als erwarte er, daß die Zeitung doch noch aus einer Jackentasche zum Vorschein käme.

Sehr geistesabwesend, dieser Sohn.

«Ich... ich dachte... nein, ich habe keine *Times* mitgebracht», sagte Jocelyn. «Aber May hat dir ein paar Sachen zusammengepackt.» Er reichte seinem Vater den kleinen Koffer.

Der alte Mann durchwühlte schnell den Inhalt. Tüchtige, vernünftige Frau, diese May, aber selbst ihr Verstand hatte offensichtlich nicht weiter als bis Zahnpasta, Seife und Pyjama gereicht. Jocelyn hatte sich noch immer nicht gefaßt. «Also, dein Herz ist in Ordnung, Vater?»

«Natürlich ist es in Ordnung, kerngesund. Es sind nur die verdammten Knöchel.»

«Wann... wo... wie ist das passiert?»

«Auf meinem Spaziergang gestern abend. Ich bin friedlich vom Fluß nach Hause gegangen, und ehe ich mich's versah, lag ich hier im Bett. Kann mich an rein gar nichts erinnern.

Und du hast zwölf Stunden gebraucht, um hierherzukommen.»

«Constable Harris hat gesagt, daß es irgendein verwaltungstechnisches Versehen gegeben hat.»

«Verwaltungstechnisches Versehen! Pah! Vermutlich hab ich noch Glück gehabt, daß jetzt nicht das Herz von irgend jemand anderem hier drinnen tickt. Ich trau denen nicht über den Weg. Und weißt du, wer meine Knöchel behandelt? Peters. Mitglied meines Golfclubs. Vorgabe vierundzwanzig. Totaler Trottel. Da kommt er ja gerade.»

Die Prozession betrat das Krankenzimmer mit einer Feierlichkeit, die an die Triumphzüge im alten Rom oder an die Aufzüge im Dogenpalast in Venedig erinnerte. «Das ist er», sagte John Pentecost und wies auf den Anführer, dem eine Schar von Vasallen folgte. Sie schoben eine Art Teewagen voller Röntgenaufnahmen vor sich her. Die Prozession machte vor Johns Bett halt, just in dem Augenblick, als John grunzend vor Vergnügen zu Jocelyn sagte: «Ich kann nur hoffen, daß er mit dem Skalpell besser umgehen kann als mit seinen Golfschlägern.»

«Vater, bitte schweig», sagte Jocelyn nervös.

«Ach, das hört er nicht», sagte John zuversichtlich. Dann streckte er den Arm aus und zog Jocelyn näher ans Bett. «Du kannst mir einen Gefallen tun, Jocelyn. Eine von diesen jungen Frauen...», er wies auf die Prozession hin, «die dort in Marineblau, sie nennt mich immer John. Ich weiß nicht warum. Ich kann mir nicht denken, daß ich ihr vorgestellt worden bin. Rede mit ihr und sag ihr, daß ich mit Mr. Pentecost angeredet werden möchte. Oder auch schlicht mit Pentecost, wenn's sein muß, aber nicht John, das verbitte ich mir.»

«Aber sie ist die Stationsschwester, und heute wird man überall mit dem Vornamen angeredet.»

«Ich nicht», sagte sein Vater grimmig.

Jocelyn rutschte das Herz in die Hose. Das fing ja gut an! Nicht genug damit, daß sein Vater den Diktator dieser kleinen Welt beleidigt hatte, jetzt befahl er ihm auch noch, um eine Audienz bei der Königin der Station nachzusuchen. Er sagte bedrückt: «Ich werde mit ihr reden, bevor ich gehe.»

Aber noch etwas anderes beunruhigte Jocelyns schwerfälligen Verstand. Irgendeine wichtige Frage hatte er noch nicht gestellt. Das war's. «Hast du Schmerzen, Vater?» fragte er.

Ein Zornesblick, der seinesgleichen suchte, traf den armen Jocelyn. «Mein Gott, meinst du etwa, daß ich nicht leide, bloß weil ich nicht schreie wie am Spieß? Es ist alles eine Frage der Selbstbeherrschung.» Er verzog den Mund zu einem für ihn seltenen Grinsen. «Wir Pentecosts ...»

Jocelyn war plötzlich gerührt. Auch er lächelte, dann beugte er sich hinab und gab seinem Vater einen zärtlichen Kuß, etwas, das er seit seinem zwölften Jahr nicht mehr getan hatte. Danach sahen sich Vater und Sohn geniert an. Jocelyn sagte: «Ich gehe jetzt. Versuch ein wenig zu schlafen.»

«Schlafen! Meinst du etwa, ich kann mit diesen Schmerzen schlafen?» Aber er sah schon ganz müde aus. «Vergiß nicht, mit dieser jungen Frau zu sprechen. ‹John›! So eine Frechheit!»

«Ich glaube, sie ist noch mit auf Visite», sagte Jocelyn hoffnungsvoll. Aber in diesem Augenblick erschien sie und ging in ihr Büro. «Verdammt!» fluchte er leise. Dann nahm er allen Mut zusammen und klopfte mit bebendem Herzen an ihre Tür.

Gaylord kam zum Frühstück herunter. «Wo ist Paps?»

May sagte: «Der arme Opa ist im Krankenhaus. Paps ist ihn besuchen gegangen.»

«Warum ist Opa im Krankenhaus?»

«Es geht ihm nicht gut. Er ist heute nacht nicht nach Hause gekommen.»

«Woher weißt du dann, daß es ihm nicht gutgeht?»

«Die Polizei hat angerufen.»

«Was du nicht sagst!» Gaylords Augen leuchteten vor Aufregung. An sich mochte er Krankheiten nicht sehr, besonders nicht solche, bei denen man sich ins Bett legen und scheußliche Medizin schlucken mußte. Aber Krankheiten im großen Stil – nachts von der Polizei gefunden und mit Blaulicht ins Krankenhaus gebracht werden –, das war natürlich ganz etwas anderes. May beobachtete ihn und sah, daß seine Einbildungskraft die schönsten Blüten trieb. Sie sagte: «Der arme Opa – es kann sein, daß er sehr krank ist.»

Gaylord zügelte seine Phantasie und überlegte, wie er helfen konnte. «Henry Bartletts Großtante Ethel hat ein Elixier. Es hilft immer, Henry kann es bestimmt von ihr bekommen, wenn sie weiß, daß es für Opa ist.»

May sagte: «Ich fürchte, dein Elixier wird Opa nicht helfen. Er ist sehr krank.»

«Meinst du, daß er sterben könnte?»

«Es kann sein. Wir alle hoffen natürlich, daß er überlebt.»

Gaylord war zutiefst beunruhigt. Wenn das Elixier von Henry Bartletts Großtante Ethel nichts mehr half, dann mußte Opa sehr krank sein. Aber Opa konnte doch nicht sterben!

Er weinte ein wenig. May war gerührt, als sie es sah. Aber das Leben mußte weitergehen. Er schulterte seinen Ranzen, küßte seine Mutter zärtlicher als sonst und ging seinen Freund Henry Bartlett abholen. «Mein Opa ist krank», sagte er. «Gestern abend ist er spazierengegangen, und dann hat die Polizei ihn gefunden, und dann ist der Krankenwagen gekommen mit heulenden Sirenen und Blaulicht und ist mit ihm ins Krankenhaus gerast.»

Henry war beeindruckt. «Dann braucht er Tantes Elixier», sagte er, «sie wird ihm bestimmt was davon abgeben.»

«Dafür ist es zu spät, Henry», sagte Gaylord und seufzte tief. Sie gingen schweigend nebeneinander her. Das Leben hatte plötzlich eine Wendung genommen, die ihnen gar nicht gefiel.

Die Stationsschwester saß hinter ihrem Schreibtisch. Sie blickte den großen, ängstlich aussehenden Mann an, der nervös ins Zimmer trat, ohne zu lächeln. Sie schwieg. Ihre eisige Miene sagte: Hoffentlich verschwindet er wieder. Schließlich fragte sie resigniert: «Ja, bitte?» Offenbar war sie zu der Erkenntnis gekommen, daß er nicht von selbst wieder gehen würde, und sie deshalb etwas unternehmen mußte.

Jocelyn, der inzwischen völlig zermürbt war, sagte: «Ich wollte nur sagen... mein Name ist Pentecost...»

Sie wartete nicht darauf, was er sagen wollte. «So. Wir haben die ganze Nacht versucht, Sie zu erreichen. Sie sind der nächste Angehörige?»

«Ja.»

«Ein Glück, daß Sie endlich aufgetaucht sind. Sie haben uns endlose Scherereien bereitet.»

«Die Polizei hat uns erst heute morgen angerufen. Sie hat etwas von verwaltungstechnischen Schwierigkeiten gesagt.»

«Nun, jetzt wo Sie da sind, können Sie mir gleich die notwendigen Angaben machen.» Sie zog ein Formular aus der Schublade.

«Name?»

Sie half ihm beim Ausfüllen des Formulars wie eine ungeduldige Lehrerin einem zurückgebliebenen Kind.

Jocelyn, der sich verpflichtet fühlte, das Thema des Vornamens endlich zur Sprache zu bringen, wurde immer unaufmerksamer. In die Fragen über frühere Krankheiten seines Vaters hinein sagte er abrupt: «Es gibt da noch ein Problem, Schwester.»

«Ja, und das wäre?» Sie sah auf die Uhr.

«Mein Vater ist sehr altmodisch. Es mißfällt ihm, wenn Menschen, die jünger sind als er, ihn beim Vornamen nennen.»

«Es tut mir leid, aber daran muß er sich gewöhnen. Es ist üblich, heutzutage. Verstärkt das Zugehörigkeitsgefühl des Patienten.»

«Ich kann Ihnen versichern, daß es bei meinem Vater das Zugehörigkeitsgefühl nicht verstärkt.»

Jocelyn litt unter diesem Gespräch. Er fühlte sich, als gerate er zwischen zwei Mühlsteine, auf der einen Seite sein Vater und auf der anderen dieser empfindungslose Drachen. Etwas in ihm bäumte sich auf. Plötzlich schlug er, zu seinem und der Schwester bassem Erstaunen, mit der Faust auf den Schreibtisch. «Mein Vater kann sich nicht bewegen und hat Schmerzen. Er wird diesen menschenunwürdigen Zustand wochenlang ertragen müssen. Da sehe ich nicht ein, warum er zusätzlich auch noch die Demütigung ertragen soll, von jungen Frauen, die seine Enkelinnen sein könnten, mit dem Vornamen angeredet zu werden.»

Jocelyn starrte in das bleiche, bebrillte Gesicht. Mein Gott, dachte er, jetzt hab ich alles vermasselt. Denn er war sich durchaus der Grundregel aller Krankenhäuser bewußt, die lautet: Man muß sich mit der Stationsschwester gutstellen. Dennoch konnte er ein Gefühl des Triumphs nicht ganz unterdrücken, als die Schwester auf die Station ging, die Fieberkurve nahm und mit großen Buchstaben darauf vermerkte: STETS MIT MR. PENTECOST ANZUREDEN. «Nun, gefällt Ihnen das besser?» fragte sie mit einem breiten, freundlichen Lächeln, das ihm großes Vergnügen bereitete, aber vollkommen verwirrte.

Gaylord und Henry Bartlett starrten ungläubig auf die Palmzweige, mit denen sie so listig die Tigerfalle getarnt hatten. Sie lagen jetzt zerbrochen auf dem Boden der Grube. Die Erde war aufgewühlt. Alles deutete darauf hin, daß ein gewaltiger Kampf stattgefunden hatte.

Es gab dafür nur eine plausible Erklärung: Sie hatten den Tiger gefangen, aber es war ihm anscheinend nach langen Mühen gelungen, sich zu befreien.

«Der muß aber ganz schön groß gewesen sein», sagte Gaylord.

«Meinst du wirklich?» Henry blickte seinen Freund bewundernd, fast ehrfürchtig an. Er sagte: «Was hätten wir getan, wenn er noch hier drinnen säße?» Ein Schauer der Angst lief ihm über den Rücken, und Schweiß stand ihm auf der Stirn.

Gaylord sagte hochtrabend: «Och, wir hätten ein großes Netz über ihn geworfen und ihn weggeschleppt. Nichts einfacher als das.»

Henry hätte es Gaylord gegenüber nie zugegeben, aber er war sehr erleichtert, daß der Tiger sich davongemacht hatte. Es hatte ihnen viel Mühe erspart, andererseits wäre es natürlich irrsinnig aufregend gewesen. Aber Henry mußte sich eingestehen, daß er ganz gut ohne solche Aufregungen auskommen konnte. «Wo hätten wir ein Netz herbekommen?» fragte er.

«In unserer großen Scheune hätten wir bestimmt ein Netz gefunden.» In der großen Scheune gab es einfach alles, was man brauchte. Man mußte nur lange genug danach suchen.

«Beide Knöchel gebrochen!» rief May entsetzt. «Mein Gott, da muß der arme Schwiegervater Wochen wenn nicht Monate still liegen.»

«Und du, mein armer Schatz, wirst es nicht leicht haben», sagte Jocelyn. «Er wird ein recht ungeduldiger Patient sein.»

«Ich werde schon mit ihm fertig», sagte sie ruhig. «Aber... oh, Jocelyn, seine Spaziergänge werden ihm fehlen. Das Stillliegen wird ihn an den Rand des Wahnsinns treiben.»

«Aber er bleibt am Leben.» Jocelyn seufzte. «Als die Polizei von einem Herzanfall sprach...» Er vollendete den Satz nicht.

May sagte: «Liebling, ich will dir gewiß nicht mehr Sorgen machen, aber wie ist es passiert? Er muß schwer gestürzt sein.»

«Er weiß es selbst nicht. Er sagt, eine Minute sei er friedlich nach Hause gegangen, und in der nächsten hätte er sich in einem Krankenbett wiedergefunden. Er erinnert sich an nichts.»

«Das meine ich gerade. Hoffentlich hat er nicht für einen Moment das Bewußtsein verloren. Dann darf er nämlich nicht mehr Auto fahren, selbst wenn er wieder gesund ist.»

Jocelyn runzelte die Stirn. «Das ist leichter gesagt als getan.»

«Ich weiß. Er wird sich sträuben und uns zum Teufel wünschen. Versuch herauszubekommen, ob er sich nicht doch noch an etwas erinnert. Es wäre eine große Erleichterung.»

Gaylord kehrte aus der Schule heim: «Ist Opa schon tot?» fragte er ängstlich.

May sagte: «Natürlich nicht, Dummerchen.»

Jocelyn mischte sich ein. «Ich habe ihn im Krankenhaus besucht. Es ist... nicht so schlimm, wie wir dachten. Er hat sich beide Fußknöchel gebrochen, was arg genug ist, aber...»

«Ein Glück», sagte Gaylord ohne große Begeisterung. Natürlich freute er sich für Opa, aber dieser harmlose Ausgang war auch etwas enttäuschend. Andererseits konnte er so das Thema anschneiden, das ihm sehr am Herzen lag.

«Mummi, erinnerst du dich an die Tigerfalle?»

«Ja, was ist damit?»

«Der Tiger war gefangen, aber er ist wieder rausgekommen.»

«Schade. Aber macht nichts, Herzchen, das nächste Mal.»

Jocelyn hatte großen Respekt vor schöpferischer Phantasie, schließlich war sie sein täglich Brot. Aber zuweilen hatte er das Gefühl, daß Gaylord die Phantasie durchging. Daher sagte er: «Weißt du, Gaylord, es gibt hier in der Gegend nicht sehr viele Tiger. Meinst du nicht, daß es vielleicht eine Katze war, die in deine Grube gefallen und wieder herausgesprungen ist?»

Gaylord war beleidigt. «Aber Paps, es war doch eine Tigerfalle.»

Jocelyn sagte geduldig: «Nicht nur Tiger gehen in eine Tigerfalle.»

«Nur Tiger, Paps.» Oje. Paps war gelegentlich etwas schwer von Begriff. Das lag wohl am Alter. «Schließlich fängt man mit einer Mausefalle auch nur Mäuse. Und in einer Kaninchenschlinge verfangen sich nur Kaninchen. Und ein Nilpferd geht nur in eine Nilpferdfalle», endete er triumphierend.

Jocelyn wünschte, daß er die Unterhaltung nie begonnen hätte.

«Das weiß man nicht», sagte er mürrisch.

«Natürlich weiß ich das. Du findest nie ein Rhinozeros in einer Nilpferdfalle. Nie und nimmer.»

May lächelte ihren Mann herausfordernd an: «Nun, Jocelyn, wie willst du dich da herauswinden?»

Jocelyn seufzte. Wenn das Gespräch auf die afrikanische Fauna kam, war kein Ende abzusehen. Er sagte: «Tut mir leid, aber ich muß gehen.»

«Feigling», sagte May.

Jocelyn machte ein pikiertes Gesicht. «Wenn ich nicht pünktlich mit dem Glockenschlag, seine *Times* in der Hand, zur Stelle bin, sobald die Besuchszeit beginnt, bin ich bei Vater untendurch. Ich muß wirklich los.»

Eine Stunde später stand er wieder vor dem respekteinflößenden Portal und schauderte bei dem Gedanken, hineingehen zu müssen. Bestimmt würde ihn der Oberarzt gleich beim Arm nehmen, ihn in eine stille Ecke führen und ihm irgendwelche schrecklichen Neuigkeiten über seinen Vater mitteilen, oder diese Stationsschwester würde ihm eine wohlüberlegte, grausame Demütigung zufügen.

Aber nichts dergleichen geschah. Die Oberschwester schenkte ihm ein dünnes Lächeln, das ihn mit tiefer Dankbarkeit erfüllte, und sein Vater schwebte friedlich auf Wolken von Betäubungsmitteln. Jocelyn hätte nie gedacht, daß sein

Vater so entspannt und aufgeschlossen für die Fragen seines Sohnes sein könnte. Er strengte seinen von den Beruhigungsmitteln geschwächten Geist an und versuchte sich zu erinnern, was ihn zu Fall gebracht hatte: eine Pfütze, ein Stein, eine Dornenranke?

Aber er konnte sich an nichts erinnern.

Nichtsdestoweniger verließ Jocelyn ihn nicht mit völlig leeren Händen. Als er im Gehen war, ergriff sein Vater plötzlich seine Hand und sagte: «Eine von den Schwestern hier hat deine Bücher gelesen, Jocelyn, komischer Zufall, nicht wahr? Sie möchte dich kennenlernen. Ich kann mir zwar nicht vorstellen warum, sie ist aber ein verdammt hübsches Mädchen.»

«Tatsächlich?» Jocelyn war perplex. Er sah sich eifrig im Krankensaal um. «Natürlich will ich gern mit ihr sprechen. Welche ist es denn?»

«Welche ist was?» fragte John. Er nuschelte auf einmal.

«Die Schwester, die meine Bücher gelesen hat?»

«Welche Bücher?» sagte John. Das Schlafmittel wirkte, der alte Mann war eingeschlafen.

«Verflixt noch mal», fluchte Jocelyn leise. Ein Autor, der weitab von London wohnte, hatte nicht oft Gelegenheit, einen Fan zu treffen, und schon gar nicht einen ‹verdammt hübschen› Fan.

Aber John schlief. Jocelyn ging. Er warf verstohlene Blicke um sich, aber keine der Schwestern zeigte das geringste Interesse an ihm.

Jocelyn kehrte abgespannt nach Hause zurück. Sein Leben hatte sich verändert. Noch gestern war er zufrieden zwischen einer sehr angenehmen Wirklichkeit und der ebenso angenehmen Welt seiner Romane hin- und hergependelt. Heute dagegen war er eingesperrt in die harte Wirklichkeit. Und sie würde noch manchen Tag ihr Recht fordern.

Dabei fiel ihm ein, daß ihm noch ein anderes Schrecknis

bevorstand: er mußte die Familie anrufen und ihnen die traurige Nachricht mitteilen.

Um diesen gräßlichen Moment hinauszuzögern, machte er im Geiste erst einmal eine Liste: Tante Bea, Tante Dorothea, seine Schwestern Rose und Becky.

Er haßte es zu telefonieren. Ein langsam funktionierender Verstand wie der seine brauchte ein Lächeln und aufmunternde Gesten, um die langen Pausen des Schweigens zu überbrücken, während derer er nach dem richtigen Ausdruck suchte. Telefongespräche waren für Jocelyn eine Sache äußerster Anspannung, er mußte sich konzentrieren wie ein Tenniscrack beim Endspiel in Wimbledon. Noch schwieriger wurde es, wenn May dabei im Zimmer war, weil er entweder etwas zu sagen vergaß, was ihr natürlich nie passierte, oder weil sie ihn unterbrach, was seine sorgsam vorbereiteten Sätze endgültig durcheinanderbrachte. Deshalb sagte er: «Ich gehe rauf in mein Arbeitszimmer und rufe die Familie an.»

Sie nickte verständnisvoll. «Grüß alle von mir.»

Es gibt zwei Arten von Menschen. Die einen haben ein starkes Durchsetzungsvermögen; wenn sie eine noch so enge Parklücke finden, manövrieren sie, gleichgültig wie mühsam es ist, ihren Wagen rückwärts hinein. Die anderen, die Schwächlinge, denken: ‹Ach, was soll's›, und parken mit der Motorhaube voran, ungeachtet der Schwierigkeiten, die sich später daraus ergeben.

Diese Aufteilung in zwei Kategorien gilt auch für Menschen am Telefon: die einen machen die schwierigen Anrufe zuerst, die anderen schieben die Großtanten Bea dieser Welt bis zum Schluß auf.

Jocelyn gehörte zweifellos zur zweiten Kategorie. Er rief zuerst seine hübsche junge Schwester Becky an, die genauso reagierte, wie er es erwartet hatte: Sympathie, das Angebot zu helfen, Traurigkeit, Verständnis. Als nächste war seine ältere Schwester Rose an der Reihe, und auch hier hörte er, was er erwartet hatte: Bestürzung, Mitgefühl, aber was sie sagte, deprimierte ihn. Rose war eine besonders nette Frau, aber sie hatte das Talent, einem das Gefühl zu geben, alles sei verloren, und es lohne sich nicht, dagegen anzukämpfen. («Beide Fußknöchel, sagst du? O Gott, in seinem Alter kommt er nie wieder auf die Beine. Du und May seht schweren Zeiten entgegen.»)

Dann rief er Tante Dorothea an. Aber als das Gespräch etwas abrupt zu Ende war, wußte er nicht, ob sie überhaupt begriffen hatte, daß sie einen Bruder namens John hatte, oder wer Jocelyn eigentlich war, und warum er sie angerufen hatte. Aber er hatte seine Pflicht erfüllt. Und nun mußte er Tante Bea die Stirn bieten.

Als Oberschwester in einem Lazarett an der Westfront hatte Bea in ihrer Jugend mindestens ebensoviel Angst und Schrecken unter ihren Untergebenen, aber auch unter ihren Vorgesetzten verbreitet wie der stärkste Feind. Und das Alter hatte sie nicht milder gestimmt, es hatte vielmehr vor ihr kapituliert. Ob sie des Morgens über den Golfplatz schritt, Eisen in der Hand, oder beim Bridge mit lauter Stimme sechs Sans atouts verkündete oder den Vorsitz bei einer Parteiversammlung der Konservativen führte, bei der niemand zu opponieren wagte – immer war sie eine respekteinflößende Dame. Kein Wunder also, daß Jocelyn mit zitternder Hand ihre Nummer wählte und im stillen Gott anflehte, sie möge besetzt sein.

Sie war es aber nicht. «Wer spricht?»

«Jocelyn, Tante Bea.»

«Wer?»

«Jocelyn, dein Neffe, Jocelyn Pentecost.»

«Jocelyn, mein lieber Junge, wie geht es dir?» frohlockte sie laut. «Und was macht Gaylord, der kleine Schlingel?»

«Oh, dem geht es gut, aber ...»

«Freut mich zu hören, gib ihm einen Kuß von mir.»

«Danke. Aber … ich rufe Vaters wegen an.»
«Wegen John? Hat er was angestellt?»
«Er hat sich die Fußknöchel gebrochen.»
«Du meine Güte! Wie hat er denn das fertiggebracht?»
«Er … ist anscheinend hingefallen.»
«Er hat schon als Kind ständig auf der Nase gelegen. Flucht er viel?»
«Nein, für seine Verhältnisse verhält er sich erstaunlich ruhig.»
«Kein gutes Zeichen. Gut, ich komme in ein paar Tagen. Sag May, sie soll meinetwegen keine Umstände machen.»
Der Hörer fiel auf die Gabel.

«Na, wie war's?» fragte May.
«Sie sagen alle, daß sie helfen kommen, wenn du sie brauchst, bis auf Dorothea. Ich glaube, sie hat nicht so ganz mitgekriegt, wer sie angerufen hat. Nur Bea kommt bestimmt. Sie läßt dir ausrichten, du sollst ihretwegen keine Umstände machen.»
May wurde blaß. Das Ehepaar blickte sich leicht verstört an. Nun gab es keinen Zweifel mehr: in ihrem Leben war eine Wende eingetreten, die nichts Gutes versprach.

3. Kapitel

John Pentecost hatte sich in eine Hülle des Schweigens zurückgezogen. Er beklagte sich nie. Er ließ die Demütigung der Bettpfanne ohne Murren über sich ergehen, obwohl die Prozedur ihm peinlich war. Er behandelte die Ärzte, die Schwestern und das Dienstpersonal mit ausgesuchter Höflichkeit. Er begrüßte seine Besucher freundlich und war dankbar, wenn sie wieder gingen. Er war – so unwahrscheinlich es klingen mag – ein idealer Patient.

Aber innerlich war er zornerfüllt. Innerlich loderte er vor Wut. Er war von Natur aus ein temperamentvoller, freimütiger Mann, der jedem immer unverblümt die Wahrheit sagte. Jetzt lernte er zum erstenmal den langsamen Zersetzungsprozeß des unterdrückten Grolls kennen.

Ja, er empfand einen bitteren, dumpfen Groll, und dieser Groll richtete sich gegen seinen eigenen Körper, der bis zu seinem siebzigsten Lebensjahr ohne Murren und Mätzchen durchgehalten hatte. Und plötzlich, im Handumdrehen, hatte dieser Körper ihn im Stich gelassen, ihm seine Gesundheit und Freiheit geraubt, ihn in einen würdelosen Gefangenen verwandelt. Und er selbst, der Herr über diesen prächtigen Mechanismus aus Knochen, Muskeln und Sehnen gewesen war, hatte in einem Augenblick der Unaufmerksamkeit diesen seinen Körper an einen grausamen Feind verraten.

Aber das war noch nicht alles. Er hatte May und Jocelyn mit sich ins Unglück gerissen. Ihr ganzes Leben war aus der Bahn geworfen, seit er im Krankenhaus war, und es würde noch schlimmer für sie werden, wenn er als Invalide nach Hause zurückkehrte.

Von seinem Fenster aus sah er einen einzigen Baum, ein Stückchen Himmel, ein paar Wolken und zuweilen einen fliegenden Vogel. Das war alles. Ein winziger Ausschnitt des weiten Himmels, der sein gewesen wäre für weitere zehn Jahre, hätte sein Körper ihn nicht im Stich gelassen.

Nun, es würde vorübergehen. Man würde ihn zusammenflicken, und er würde wieder gehen können. Aber wenn man siebzig ist, sollte jeder Monat, jeder Tag seine eigene Süße haben. Statt dessen vergingen die kostbaren Tage, und er sah nur ein kleines Stück Himmel, einen einzigen Baum und manchmal einen fliegenden Vogel.

Ein Besuch machte ihm große Freude. Er öffnete die Augen und sah eine verlorene Gestalt in einem erdfarbenen Regenmantel, Gummistiefeln und einer Mütze aufmerksam und still an seinem Bett stehen wie ein Todesengel. «Reuben!» rief er. «Sie sind mich besuchen gekommen?»

«'türlich. Hier.» Er legte eine knittrige Papiertüte auf die Bettdecke. «Hab Ihnen was gebracht.»

John blickte mißtrauisch auf die Tüte. «Was denn?»

«Halbes Dutzend Eier. Sagen Sie einem von diesen Mädeln, sie soll Ihnen zum Tee täglich ein Ei kochen, wird Ihnen ungemein guttun. Na, und wie geht's so?»

«Um die Wahrheit zu sagen, ich langweile mich, ich ärgere mich, und ich hab schlechte Laune.»

«Aha. Dann tun Sie, was Hamlet dem Horatio angeraten hat.»

«Und was hat er ihm geraten?»

«Verbann dich von der Seligkeit ein Weilchen», sagte Reuben. «Guter Ratschlag, Mr. Pentecost. Guter Ratschlag für die Lage, in der Sie sich augenblicklich befinden. Erstklassige Wolle, das», sagte er und strich mit der Hand über die Bettdecke. «Könnte von einer meiner alten Damen stammen», setzte er versonnen hinzu und ging hinaus.

Nach einem seiner Besuche sagte Jocelyn: «Mein Vater hat mich heute in Erstaunen versetzt. Er hat Hamlet zitiert.»

«Wirklich?»

«Ja. Ihm seien Hamlets Worte eingefallen: ‹Verbann dich von der Seligkeit ein Weilchen.› Er wolle sich danach richten, solange er im Krankenhaus sei.» Er sah May mit einem unsicheren Lächeln an. «Mein Vater meint, daß er von der Seligkeit verbannt ist.» Er seufzte.

Sie schwiegen. Dann sagte May: «Dein Vater ist ein tapferer Mann. Und für manche Überraschungen gut.»

«Ja. Übrigens möchte er, daß seine Enkelkinder ihn besuchen kommen.»

«Gaylord hat schon gefragt, ob er nicht mal mitgehen darf. Laß uns morgen alle zusammen ...»

Jocelyn unterbrach nervös: «Es dürfen immer nur zwei Besucher kommen.»

«Kinder zählen bestimmt nicht.»

«Doch, und wie. Die im Krankenhaus mögen keine Kinder.»

«Dann sprich doch mit der Oberschwester, sie wird bestimmt eine Ausnahme machen.»

Jocelyns Miene verfinsterte sich.

Aber dann ging alles problemlos. Die Oberschwester unterhielt sich mit May, tätschelte Amanda und lächelte Jocelyn freundlich zu. Sie schickte eine junge Schwester auf die Kinderstation, um für Gaylord ein paar Bücher zu holen.

Gaylord blickte sich mit wachsendem Mißvergnügen um. Als *er* im Krankenhaus gelegen hatte, war die Station voller Spielzeugeisenbahnen und Schaukelpferde gewesen. Aber auch Opa war eine Enttäuschung. Der Opa, den er kannte, war ein manchmal mürrischer, aber nie langweiliger Gefährte gewesen, mit dem Gaylord durch die Felder gegangen war und nach dessen Hand er in den seltenen Augenblicken der Unsicherheit hatte greifen können. Auf seinen breiten Schultern hatte er huckepack Bäche und Pfützen überquert; Opa war ein Mann gewesen so alt, so mächtig und so allwissend wie Gott.

Aber der Opa, der hier im Bett lag, war ein ganz anderer Mann, ein Fremder. Gaylord hatte plötzlich eine gewisse Scheu vor ihm.

Die Schwester kam mit den Büchern zurück. «Hier, bitte, für dich», sagte sie und ließ den Stapel auf seine Knie gleiten.

«Vielen Dank», sagte Gaylord. «Was für tolle Bücher.»

Aber die Schwester hatte nur Augen für Jocelyn. «Sie sind der Schriftsteller, nicht wahr?»

«Ja.» Jocelyn strahlte übers ganze Gesicht.

«Ich habe einige von Ihren Büchern gelesen.»

«Das habe ich schon gehört», sagte Jocelyn und plusterte sich auf. Sie war, wie er (aber auch May) bemerkte, ein hübsches, aber ziemlich freches, kleines Ding.

«Sie sehen genauso aus, wie ich Sie mir vorgestellt habe», sagte sie. «Groß, Tweedjacke und ein wenig schlampig.»

Eine unverschämte Person, dachte May, aber Jocelyn ließ sich nicht beirren. «Welche... welche von meinen Büchern haben Sie denn gelesen?»

«Ach, an die Titel erinnere ich mich nicht mehr, eins handelte von einem jungen Mädchen, das den falschen Mann geheiratet hat. Übrigens habe ich auch selbst ein Buch geschrieben.»

Wie Jocelyn aus Erfahrung wußte, schnitt dieser von ihm so gefürchtete Satz jedes Gespräch über *seine* Bücher ab. «Ach, wirklich?» sagte er.

«Ja, Sie müssen es lesen und mir sagen, was ich besser machen kann.»

«Das ist leider nicht möglich», sagte Jocelyn milde.

May mischte sich energisch ein. «Wenn Schriftsteller die Manuskripte anderer Leute lesen würden, kämen sie nie selbst zum Schreiben.»

Die Schwester warf ihr einen eisigen Blick zu, dann wandte sie sich wieder an Jocelyn. «So ist das also», und eilte davon.

Höflich, wie er war, vernachlässigte Gaylord über dem Lesen nicht die Konversation. «Opa, kennst du jemand, der Ziegen hält?»

«Du kannst eine Ziege haben.»

«Ich will gar keine Ziege, Opa, nur ein Zicklein.»

«Zicklein wachsen und werden Ziegen. Aber wozu brauchst du ein Zicklein?»

«Als Köder für meine Tigerfalle. Henry und ich haben eine Tigerfalle gebaut und auch einen Tiger gefangen, aber er ist wieder entkommen.»

«Kann kein Tiger gewesen sein», sagte Opa, «vermutlich war es eine Katze.»

«Aber es ist doch eine Tigerfalle, Opa.»

«O Gott, fang bloß nicht wieder damit an», murmelte Jocelyn.

«Und deshalb muß es ein Tiger gewesen sein?» sagte Opa.

Gaylord hatte das Fragezeichen nicht mitgekriegt. «Natürlich», sagte er und warf seinen Eltern einen triumphierenden Blick zu. Auf Opas gesunden Menschenverstand war immer Verlaß.

«Und wo hast du die Tigerfalle gegraben?» fragte Opa. Nicht daß er sich dafür besonders interessierte, aber wenn man in einem Krankenhausbett lag, war jedes Gesprächsthema recht.

«Auf Polly Larkins Weg», sagte Gaylord begeistert. Endlich jemand, der ein wenig Interesse zeigte!

«So, so», war die enttäuschende Antwort. Dann wandte sich Opa an seinen Sohn und erkundigte sich nach irgendeinem langweiligen Artikel in der Zeitung. Ganz offensichtlich hatte er die Tigerfalle bereits vergessen. Gaylord war nicht erstaunt. Die schmetterlingshafte Flatterigkeit der Gedanken von Erwachsenen würde ihm für immer unverständlich bleiben.

Eine Uhr schlug vier, auf dem Korridor ertönte eine schrille Glocke. Jocelyn wurde unruhig. «Es ist Zeit, daß wir gehen, May.» Die Oberschwester hatte an diesem Nachmittag schon eine Ausnahme gemacht, er wollte keinesfalls riskieren, die Vorschriften ein zweites Mal zu verletzen.

Aber John Pentecost hielt seinen Sohn am Arm zurück. «Jocelyn, Gaylords Tigerfalle hat mir auf die Sprünge geholfen. Jetzt erinnere ich mich wieder. Ich weiß noch ganz genau, daß ich Polly Larkins Weg entlanggegangen bin und dann... nichts. Mein Gott, ich muß das Bewußtsein verloren haben.»

«Polly Larkins Weg?» fragte May mit erstickter Stimme. Dann fügte sie geistesgegenwärtig hinzu: «Ich glaube eher, daß du über irgend etwas gestolpert und hingefallen bist und dir dabei den Kopf angeschlagen hast. Eine leichte Gehirnerschütterung kann das Kurzzeitgedächtnis für eine kleine Weile auslöschen.»

Der alte Mann starrte sie zornig an. «Meine liebe May, ich gehe diesen Weg seit zwanzig Jahren, ich kenn ihn so gut wie meine Hosentasche, es gibt dort nichts, worüber man stolpern könnte.»

Sie verfielen in Schweigen, dann sagte Jocelyn: «Die Oberschwester sieht schon zu uns herüber. Wir müssen gehen.»

Sie gingen. Was sollen wir bloß machen? dachte May. Unser Sohn hat dem alten Mann etwas Entsetzliches angetan, aber wir können Gaylord deswegen keine Vorwürfe machen.

Sie mußte es mit Jocelyn besprechen. Aber das ging jetzt nicht. Gaylord hing wie eine Klette an ihrer Hand, während sie die endlosen Korridore entlangtrabten. Und im Auto konnte sie auch nicht reden. Vermutlich mußte sie warten, bis Gaylord zu Bett gegangen war. Sie flüsterte Jocelyn zu: «Ist es nicht schrecklich?»

«Was ist schrecklich?» fragte Jocelyn laut.

«Was ist schrecklich, Mummi?» fragte Gaylord neugierig.

«Ach, nichts», sagte May ärgerlich. Dann blieb sie plötzlich stehen. «Gaylord, was tust du mit den ganzen Büchern?»

«Die Dame hat sie mir geschenkt.»

«Nein, geschenkt hat sie sie dir nicht. Die Bücher gehören Kindern hier im Krankenhaus.»

«Kann ich sie nicht mit nach Hause nehmen und morgen wiederbringen?»

«Nein, das geht nicht. Gib sie sofort her.» Sie legte Amanda ihrem Vater in die Arme und nahm die Bücher. «Jocelyn, bekommst du denn nie etwas mit, außer vielleicht hübsche Schwestern, die deine Bücher lesen?» sagte sie giftig. «Geh voraus zum Auto. Ich komme gleich nach.»

«Laß mich die Bücher zurückbringen», sagte Jocelyn. Aber sie war schon fort. Amanda fing zu weinen an. Gaylord sagte: «Warum ist Mummi so böse, Paps?»

«Ich weiß es auch nicht», gab sein Vater bedrückt zu.

Gaylord mochte es gar nicht, wenn Mummi böse war, und noch viel weniger, wenn sie auch noch mit Paps böse war. Paps war dann immer so hilflos. Gaylord hätte ihn liebend gern etwas aufgeheitert. Er wühlte in seinen Taschen, fand aber nur einen Sahnebonbon ohne Einwickelpapier, an dem eine Menge Flusen klebten. «Willst du den Bonbon haben, Paps?» fragte er und hielt ihn seinem Vater hin.

«Nein, vielen Dank, Gaylord», lehnte Jocelyn höflich ab.

Gaylord steckte ihn sich selbst in den Mund, er schmeckte gut. Während er damit beschäftigt war, die klebrigen Flusen aus seinem Mund zu entfernen, bemerkte er den verlorenen Ausdruck auf dem Gesicht seines Vaters und ließ seine Hand in die von Paps gleiten. Es war eine lieb gemeinte Geste, aber wie so viele von Gaylords freundlichen Gesten wurde sie nicht richtig gewürdigt. Paps zog seine Hand sanft zurück und wischte sie mit dem Taschentuch ab. «Hab ich klebrige Finger?» erkundigte sich Gaylord teilnehmend.

«Ja, ein bißchen», sagte Jocelyn.

«Tut mir leid, Paps», sagte Gaylord. Er hatte immer das größte Verständnis für die Schwächen der Erwachsenen, obwohl er sie meistens reichlich blöd fand.

Es war schwer zu entscheiden, was langsamer mahlte: die Mühlen Gottes oder der Verstand von Jocelyn Pentecost. Aber beide kamen schließlich ans Ziel. Jocelyn sagte plötzlich: «Gaylord! Wo hat Opa gesagt, erinnert er sich, gewesen zu sein?» Die wacklige Grammatik verriet, daß er hochgradig erregt war.

«Auf Polly Larkins Weg», sagte Gaylord.

Jocelyn schwieg. Es fiel ihm wie Schuppen von den Augen. Er selbst hatte seinem Sohn dabei geholfen, auf einem öffentlichen Weg eine Tigerfalle anzulegen. Er war schuld daran, daß sein Vater Schmerzen litt. Er war ein gedankenloser Trottel, ein gefährlicher Idiot!

Mummi kam zurück und gab Gaylord ein Buch. «Hier, das ist für dich, verwöhnter Bengel. Die Schwester sagt, wenn du es ausgelesen hast, kannst du es zurückgeben.»

«Danke, Mummi.» Er war entzückt und begann noch während sie die Korridore entlanggingen, in dem Buch zu blättern, hin und wieder gab er einen beglückten Grunzlaut von sich.

Jocelyn setzte steif einen Fuß vor den anderen und starrte blicklos in die Ferne. Schließlich hielt er es nicht mehr aus und sagte mit halb erstickter Stimme: «May! Mir ist ein furchtbarer Gedanke gekommen.»

«Ach», sagte May, «ist der Groschen endlich gefallen?»

Er sah zu Gaylord hin, der nur Augen für sein Buch hatte. «Es ist... es hat... mit Vaters Unfall zu tun.»

«Ja, ich weiß», sagte sie. «Aber schweig jetzt.»

«Ja.» Er nickte.

Sie erreichten den Wagen und fuhren nach Hause. Gaylord, der normalerweise wie ein Hund an der Leine gezerrt hätte, um ins Freie zu kommen, setzte sich mit dem Buch auf einen Stuhl. «Das ist wirklich ein prima Buch, Mummi», sagte er.

«Das freut mich», sagte May, «aber willst du nicht hinausgehen und spielen?»

Gaylord roch den Braten: Mummi wollte ihn aus dem Weg haben, das konnte nur heißen, daß sie dringend mit Paps sprechen wollte. Meist waren diese Gespräche ungeheuer langweilig, manchmal aber gingen sie Gaylord sehr direkt an. «Ich lese lieber weiter in meinem Buch, Mummi», sagte er.

«Wie du willst», sagte Mummi honigsüß. «Du liest dein Buch, und Paps und ich machen einen kleinen Spaziergang.» Seine Eltern brachen sofort auf. Gaylord rannte zum Fenster und sah ihnen nach. Die beiden gingen offensichtlich zu Polly Larkins Weg und zum Fluß. Ganz wie er es erwartet hatte.

Erwachsene waren oft völlig unberechenbar, aber manchmal konnte man leicht sehen, was sie vorhatten.

May und Jocelyn gingen schweigend nebeneinander her. Jocelyn, dem die Beichte auf der Seele brannte, fand keine Worte für seinen Frevel. Sie kamen zu Polly Larkins Weg, einem schmalen überwachsenen Pfad, der sich zwischen hohem Gebüsch dahinschlängelte. May holte tief Luft. «Der Augenblick der Wahrheit ist gekommen», sagte sie.

John Pentecost blickte auf den blauen Abendhimmel und den einen Baum.

Er malte sich die Heimfahrt seiner Besucher aus: wie sie allmählich den dichten Stadtverkehr hinter sich ließen, von der Autobahn abbogen und über die Landstraße die kurvenreiche Strecke am Fluß entlangfuhren und schließlich vor dem stillen Haus hielten. Sein Zuhause, aus dem er grausam vertrieben war wie ein Verbannter. Würde er je dorthin zurückkehren? fragte er sich.

«Aber sicher!» sagte er laut und schreckte den ganzen Krankensaal auf. «Zum Teufel, Mann, hör auf, dich selbst zu bemitleiden», tadelte er sich. Aber es half nichts. Er war siebzig, und seine Tage waren gezählt. Mußte er sie fern vom Sonnenschein, vom Sommerwind, eingesperrt im Zimmer verbringen? Eine harte Strafe für die momentane Unachtsamkeit eines alten Mannes.

Aber war er wirklich unachtsam gewesen? Nein! Jetzt wußte er es. Er war nicht auf Polly Larkins Weg gestolpert. Sein Verstand hatte eine Sekunde lang ausgesetzt, die unendlich komplizierte Maschinerie seines Körpers war zusammengebrochen, und er war gestürzt wie ein gefällter Baum.

Und das konnte jeden Tag wieder geschehen: auf der Treppe, in einem überfüllten Laden, bei achtzig Kilometer Geschwindigkeit auf der Autobahn. Es war ihm, als sähe er in den Lauf einer auf ihn gerichteten Pistole.

Über Polly Larkins Weg hing noch die Hitze des Sommertags. Die Luft war drückend, kein Wind rührte sich, eine schwere Wolkendecke lag tief über dem Land. May und Jocelyn wußten, was sie finden würden.

Und sie fanden es: ein flacher Graben quer über den Weg, verstreute Weidenzweige, aufgewühlte Erde.

«Das muß die Stelle sein», sagte May.

«Sie ist es», sagte Jocelyn bedrückt.

«Der arme Gaylord», sagte May. «Er hat eine Tigerfalle gegraben und seinen eigenen Großvater gefangen.» Sie lachte unter Tränen.

Jocelyn war ein aufrichtiger Mensch. Aber als er jetzt die Unglücksgrube sah, bei deren Bau er selbst mitgeholfen und die soviel Schmerz und Leiden verursacht hatte, verließ ihn alle Kraft. Er versuchte zu sprechen, brachte aber nur ein heiseres Krächzen heraus. Ihm war gar nicht so wohl. Lag es an der dumpfen Luft dieses überwachsenen, duftschweren Pfads oder war es das Gewicht der Schuld, das ihn fast erdrückte?

«Es war nicht nur...» Aber er konnte beim besten Willen nicht normal sprechen, er konnte nur noch flüstern. «Es war nicht nur Gaylord», wisperte er.

May sah ihn verdutzt an. «Was meinst du damit?» Dann in einem besorgten Tonfall: «Liebling, ist dir nicht gut?»

Er sagte ein wenig gefaßter: «Ich habe Gaylord geholfen,

die Grube mit Weidenzweigen abzudecken.» Er starrte in das Loch. «Den Ast da habe ich selbst quer darüber gelegt.»

Sie sagte: «Was hat denn der Ast damit zu tun?»

Jocelyn schrie nie jemanden an, aber jetzt schrie er. «Ich habe den Ast über die Grube gelegt, verstehst du nicht? Und die Weidenzweige so verteilt, daß die Grube getarnt war und niemand sie sehen konnte. Und dann ist mein eigener Vater hineingestürzt und muß die letzten Tage seines Lebens als Krüppel verbringen. Er hätte tot sein können!»

May starrte ihren Mann verdutzt und angstvoll an. So hatte sie ihn noch nie erlebt. Er war ein sehr empfindsamer, dünnhäutiger Mann, der nur zu leicht bereit war, *mea culpa* zu sagen, aber er war auch sehr beherrscht, ein Mann, der die Ideale des alten Roms hochhielt und eher in den Tod gehen würde, als seine Gefühle preiszugeben. Und dieser Mann stand jetzt vor ihr, der Verzweiflung nahe und bezichtigte sich mit tränenerstickter Stimme eines unglaublichen Verbrechens.

Sie umfaßte fest seine Schultern und sah ihm ins Gesicht. «Jocelyn, was erzählst du mir da?»

«Nicht Gaylord allein hat schuld. Ich bin genauso schuldig. Ich habe ihm geholfen. Es hat mir sogar Spaß gemacht. Ich habe nicht daran gedacht... nicht eine Sekunde lang... daß jemand... daß ein Mensch...» Er sah sie flehend an.

«Komm, wir gehen nach Hause», sagte sie.

Sie führte ihn sanft von der Grube weg. Sie schwieg. Was sollte sie sagen? Was konnte man sagen? Nichts.

Er sprach jetzt mit ruhiger Stimme. «Mein Vater hat mich schon immer für einen Trottel gehalten. Was...?»

«Das ist nicht wahr», unterbrach sie ihn heftig. «Ich weiß, daß er nicht verstehen kann, wie ein Mensch mit Bücherschreiben sein Geld verdient. Aber er schätzt dich.» Sie versuchte verzweifelt, die richtigen Worte zu finden. «Liebling, es war ein Unfall. Nimm einmal an, dein Vater wäre über die Schnur meines Staubsaugers gestolpert und hätte ins Krankenhaus gemußt. Es hätte mir natürlich wahnsinnig leid getan, aber ich hätte mich doch nicht persönlich für den Unfall verantwortlich gefühlt.»

«Es ist nicht das gleiche», erwiderte er schnell.

«Doch, es ist das gleiche. Und noch etwas. Ich bin der Meinung, daß es ganz unnötig ist, daß du mit deinem Vater über die ganze Sache sprichst.»

Er sah sie verblüfft an. «May, natürlich muß ich es ihm erzählen. ‹Dein Trottel von einem Sohn hat dich zum Krüppel gemacht, Vater!›»

«Jocelyn», sagte sie bittend, «sag so was nicht. Du bist kein Trottel. Du bist ein kluger Mann, und ich liebe dich.»

Er ignorierte ihre Bemerkung. «Verstehst du denn nicht, daß ich es ihm erzählen *muß*? Er macht sich bittere Vorwürfe über seine Unachtsamkeit. Er ist fest davon überzeugt, daß er für einen Augenblick das Bewußtsein verloren hat, und befürchtet, daß Dr. Pemberton ihm verbieten wird, seinen geliebten Rover zu fahren. Das regt ihn mehr auf als alles andere.»

Bevor May eine Antwort darauf einfiel, rief eine fröhliche Stimme: «Gib acht, Paps, fall nicht in meine Tigerfalle!» Gaylord wußte, daß er Mummi nicht zu warnen brauchte. Mummi hatte nicht nur im Rücken Augen, sondern auch auf den Fußsohlen. Paps war anders. Auf Paps mußte man aufpassen.

«He, Gaylord», sagte Paps traurig. Er dachte an seinen Vater, der an einem so schönen Abend in seinem Krankenhausbett lag und sich nicht rühren konnte.

Sie wandten ihre Schritte heimwärts, ohne ein Wort zu sagen, Gaylord klebte wieder wie eine Klette an ihnen. Jocelyn sah verzweifelt aus, seine Gedanken kreisten um diese absurde Tigerfalle und um Mays verblüffenden Vorschlag, die ganze Sache zu verheimlichen. Was würde geschehen, wenn er seinem Vater die Wahrheit sagte? Ob eine solche Wunde je wieder heilte?

Im Krankenhaus begann die Abendroutine: Zähneputzen, Tabletten, Bettpfanne, Katzenwäsche mit einem Waschlappen und ein munteres ‹Gute Nacht› von der Stationsschwester, wenn man gerade im Eindösen war. «Wie lange noch, Herrgott, wie lange noch?» murmelte John Pentecost. Er, ein Mann voll strotzender Gesundheit und geistiger Unabhängigkeit, war solchen Demütigungen ausgesetzt. Er konnte nicht einmal nach einer Tasse, einer Zeitung greifen, wenn sie ein wenig außerhalb der Reichweite seiner Arme waren.

Und dann die Angst, daß ihm so etwas wieder zustoßen könnte. Würde er jedesmal, wenn er irgendwo hinfahren wollte, Jocelyn bitten müssen, ihn zu chauffieren? Nein! Verdammt noch mal, nein.

Jocelyn würde es gern tun. Aber das durfte er nicht zulassen. Jocelyn hatte sein eigenes Leben. Von nun an würde er ein Taxi nehmen und sich die endlosen Klagen der Fahrer anhören, die alles auf der Welt viel besser ordnen würden als der Allmächtige, wenn man sie nur ließe.

John Pentecost hätte kaum sagen können, an was er glaubte, und es wäre ihm auch peinlich gewesen. Doch an diesem Abend murmelte er vor dem Einschlafen: «Lieber Gott, hol mich möglichst schnell hier raus.»

Sobald Gaylord im Bett war, ging Jocelyn mit einem Spaten in die Dämmerung hinaus und schaufelte die verfluchte Grube zu. Er ebnete den Boden und trat die Erde fest. Zumindest kommt jetzt niemand anderer mehr zu Schaden, dachte er, obwohl das meinem armen Vater auch nichts mehr hilft.

Er kam ins Haus zurück. «Ich habe das Loch zugeschaufelt», sagte er.

«Ein Glück», sagte May.

Sie sah Jocelyn besorgt an. Nun würde er mit ihr über seine Mitschuld am Unfall des alten Mannes sprechen wollen. Und ob er es ihm beichten solle. Schwierige Fragen.

War sie im Recht? Oder hatte Jocelyn wirklich die moralische Verpflichtung, seinem Vater die Wahrheit zu sagen?

Und wie würde John Pentecost auf diese Eröffnung reagieren? Der alte Mann war großherzig, sicher würde er seinem Sohn verzeihen. Ja, Jocelyn mußte es ihm sagen, sonst konnte er sich morgens beim Rasieren nicht mehr ins Gesicht sehen.

Und was war mit Gaylord? Wenn Jocelyn beichtete, mußte er auch von Gaylord sprechen.

Die innige Freundschaft zwischen Gaylord und dem alten John empfand May als ein großes Glück. Mein Sohn lernt mehr von seinem Großvater als von mir, Jocelyn und von allen seinen Lehrern zusammen, dachte sie. Er lernt von dem alten Mann, alles Lebendige zu achten und zu lieben, anderen Menschen nicht weh zu tun und doch seinen Platz zu behaupten. Diese Freundschaft darf nicht gefährdet werden, kein Schatten soll auf sie fallen. Ein tragischer Unfall ist geschehen. Aber wie oder warum tut nichts zur Sache. Die Zeit heilt alle Wunden.

Sie brachte die abendliche Ovomaltine herein. Seit den frühesten Tagen ihrer Ehe war dies die Stunde, in der sie ihre gemeinsamen Probleme besprachen. Sie wartete. Nichts. Deshalb schnitt sie das Thema an: «Warum hat der Unfall deines Vaters dich so aus der Bahn geworfen?»

Er sah sie mitleidheischend an. Dann sagte er: «Gaylord hat eine Tigerfalle gegraben. Wie üblich eine falsche Handlung aus den edelsten Motiven. Ich kam zufällig des Wegs. Und statt daran zu denken, daß diese Falle jemandem gefährlich werden könnte, habe ich... ihm geholfen.» Sie schwieg.

Er seufzte. «Wenn ich Gaylord nicht... geholfen und die Zweige nicht darübergedeckt hätte, wäre Vater nicht in die Grube hineingestolpert.»

Sie schwieg noch immer, dann beugte sie sich vor und berührte seine Hand.

«Ich habe Schuldgefühle und... sogar Angst», sagte er.

«Angst, deinem Vater die Wahrheit zu sagen?»

«Ja, auch das. Ich bin eben nie erwachsen geworden.»

«Unsinn», sagte sie scharf. «Meinst du, ich hätte dich sonst geheiratet?»

Er antwortete nicht. Sie saßen einander schweigend gegenüber. Ihre Ovomaltine hatten sie ausgetrunken.

«Schau mich an», sagte May schließlich.

Er sah auf. «Ich finde noch immer, daß du deinem Vater nichts sagen solltest», sagte sie.

«Das wäre unehrenhaft.»

«Liebling, ich bin durchaus eine ehrbare Frau. Aber wenn die Ehre gegen das Wohl meiner Familie geht, dann kann sie mir gestohlen bleiben.»

Er schwieg wieder. War das die Stärke der Frauen, fragte er sich, daß sie bereit waren, all die großen Worte und hehren Begriffe zu vergessen, sobald die Familie bedroht war?

«May, du magst recht haben.» Zum erstenmal seit vielen Stunden lag der Anflug eines Lächelns um seinen Mund.

«Natürlich habe ich recht.»

«Aber ich kann deinem Rat nicht folgen», sagte er. «Ich könnte meinem Vater nie mehr in die Augen sehen.»

Sie sagte: «Jetzt denk mal genau nach. Was willst du dem alten Mann sagen? ‹Ich habe eine Grube gegraben und sie mit Zweigen abgedeckt, um einen Tiger zu fangen›? Der Alte wird dir kein Wort glauben.»

Jocelyn sagte: «Ich bin mir völlig klar darüber, daß ich Gaylord mit in die Geschichte hereinziehen muß. Aber ... Gaylord ist ein Kind, Vater wird ihm keine Schuld geben.»

«Da bin ich mir nicht so sicher. Und was wird Gaylord empfinden, wenn er erfährt, daß er seinen Großvater zum Krüppel gemacht hat?»

«Aber ich kann nicht mit einer Lüge leben», rief Jocelyn verzweifelt aus.

«Das könntest du schon», sagte sie grimmig. «Wenn du die Stärke einer Frau hättest!»

Zwanzig Minuten später schlief er friedlich wie ein Kind. May, die wach neben ihm lag, dachte: Gute und sensible Männer machen sich das Leben verdammt schwer. Und nicht nur sich, fügte sie in Gedanken hinzu. Aber will ich, daß er sich ändert? Nein. Er ist mein Mann, und ich liebe ihn so, wie er ist. Ehe er einen anderen Menschen verletzt, wird er sich lieber selbst weh tun. Er hat ein zu empfindliches Gewissen und lebt nach Prinzipien, die für die anderen längst nicht mehr gelten. Armer Jocelyn! Lieber Jocelyn! Sie beugte sich über ihn und küßte ihn. Er rührte sich im Schlaf, doch er erwachte nicht.

4. Kapitel

Im Krankenhaus zu liegen, war schon schlimm genug. Warum mußte man da noch andere Qualen ertragen, dachte John Pentecost, zum Beispiel Verwandtenbesuche.

An einem schwülen Nachmittag erwachte er aus einem angenehmen Traum und wurde mit einer besonders unerfreulichen Wirklichkeit konfrontiert. Auf dem Stuhl neben dem Bett saß seine ältere Schwester Beatrice. Es wäre für jeden ein Schock gewesen, aber in seinem geschwächten Zustand traf es ihn besonders hart. «Mein Gott», krächzte er, «was, zum Teufel, tust du denn hier?»

«Ich wollte bloß mal kontrollieren, ob sie dich auch gut versorgen, John», sagte sie mit der Liebenswürdigkeit eines Krokodils, das gerade eine zarte junge Dame verspeist hat. «Und nach allem, was ich beobachtet habe, während du schliefst, John, ist es höchste Zeit, daß ich gekommen bin.»

Er sah sie ungläubig an: «Willst du etwa sagen, daß du dein Leben und das Leben anderer riskiert hast und fünfzig Meilen mit dem Auto gefahren bist, nur um mich zu besuchen? Wie vielen Fahrzeugen hast du einen Denkzettel verpaßt?»

«Nur dem Milchwagen. Also, dann werde ich mal ein Wörtchen mit der Oberschwester reden. Bei uns im Lazarett hat das damals besser geklappt. Wer...?»

John erbleichte. «Bea!» rief er. «Vergrätz mir bloß nicht die Oberschwester!»

Bea musterte ihn nachdenklich. «John, bisher habe ich immer angenommen, daß ich der einzige Mensch auf der Welt bin, vor dem du Angst hast. Aber nun fürchtest du dich auch vor dieser spirrigen Person. Ich bin ehrlich erstaunt.» Sie schüttelte mißbilligend den Kopf.

«Ich, Angst vor dir?» Er hatte noch nie im Leben einen derartigen Blödsinn gehört. Seine Augen funkelten. Sie blickte finster drein. Tante Bea und John Pentecost waren aus demselben Holz geschnitzt. Zwei eigensinnige, leicht verschrobene, ein bißchen dickköpfige Briten. Er behauptete, daß sie als Kind beim Rommé gemogelt habe, um ihr Taschengeld aufzubessern, und sie warf ihm noch heute vor, daß er mit sieben Jahren bei einer Schachpartie gegen die Regeln einen Bauer kassiert habe. Kampfeslust blitzte in beider Augen, wann immer sie sich trafen, aber heute witterte sie einen Triumph. War diese Jammergestalt wirklich ihr streitsüchtiger Bruder? Hatte die erste Krankheit seines Lebens einen Waschlappen aus ihm gemacht?

Offensichtlich ja. Nun, dann konnte sie es sich leisten, großmütig zu sein; sie konnte sich sogar den Luxus erlauben, mit diesem armen Mann Mitleid zu haben. Sie sagte: «John, wir waren ja nicht immer einer Meinung.»

«Und wer war schuld daran?» fragte er bissig zurück.

Aber sie war zur Großmut entschlossen. «Vielleicht hat es nicht ausschließlich an dir gelegen», gab sie zu. «Aber wie dem auch sei, John, was ich sagen wollte...» und ihre Stimme klang fast zärtlich, «mach dir keine Gedanken darüber, wer dich pflegt, wenn du hier herauskommst. Ich werde dich pflegen.»

Ein erschrecktes Schweigen war die Antwort, dann brachte er hervor: «Du?»

«Ja, ich. Mit meiner Lazaretterfahrung bin ich die ideale Pflegerin für dich. Ehrlich gesagt...» und sie senkte die Stimme, «diesen jungen Dingern hier könnte ich noch eine Menge beibringen.» Sie erhob die Stimme wieder. «Besonders dieser Oberschwester.»

«Schsch!» John blickte ängstlich um sich. Er war entsetzt. Zum erstenmal in seinem Leben wußte er nicht, was er tun sollte. Am liebsten wäre er unter die Bettdecke gekrochen.

Er nahm seine ganze Kraft zusammen. «Meine liebe Bea, es hat sich manches verändert, seit du auf der Krim warst.»

«Ich war nie im Krimkrieg, du Idiot. Ich spreche vom Ersten Weltkrieg.»

«Ein und dasselbe.»

«Unsinn. Also, sag May und Jocelyn, sie sollen sich keine Sorgen machen. Ich bin unabhängig und kann sofort kommen, wenn du aus dem Krankenhaus entlassen wirst. Anruf genügt.»

John stöhnte. Die Wochen im Krankenhaus waren halbwegs erträglich gewesen, weil am Ende des Tunnels ein freundliches Licht winkte. Eine friedliche Genesung im eigenen Heim.

Und nun plötzlich das! Aus dem Licht am Ende des Tunnels waren die bedrohlich größer werdenden Scheinwerfer eines auf ihn zurasenden Zuges geworden. Bea! Sie würde ihm jeden Bissen in den Mund zählen, ihn womöglich auf Diät setzen! Oder ihm seinen Whisky wegnehmen. Sie war zu allem fähig! Und wenn er, so Gott wollte, wieder gehen könnte, würde sie ihn auf Schritt und Tritt begleiten. Es gab kein Entrinnen.

Sie erhob sich, küßte ihn und suchte ihre Sachen zusammen. «Trinkst du auch viel Wasser?»

«Literweise», sagte John, der das Zeug nie anrührte.

«Gut. Zeig mir deine Zunge.»

«Ich werde den Teufel tun.»

«Nun, dann nicht. Ich fahre jetzt zu May und Jocelyn und sage ihnen, daß ich deine Pflege übernehme. Das wird eine große Beruhigung für die beiden sein. May kann mich sicher für die Nacht unterbringen.»

«Gott steh uns allen bei», sagte John.

Tante Beas Mini trödelte vergnügt die Landstraße entlang. Die Fahrerin war so vergnügt wie ihr Auto. Bald war sie am Ziel. May und Jocelyn würden sich freuen.

Am Straßenrand stand, an ein Gartentor gelehnt, ein ‹fröhlicher Landmann›. Die Melodie ging ihr durch den Kopf. Sie winkte ihm zu.

Da erhob sich unter ihrem Wagen plötzlich ein empörtes Gegacker, und ein wütend geplusterter Federball flatterte auf den Mann zu. «Verdammt, Miss, Sie haben Ophelia angefahren», schrie Reuben Briggs und fing das Huhn geschickt ein. «Haben Sie denn keine Augen im Kopf?»

«Warum lassen Sie Ihre dämlichen Hühner frei auf der Straße herumlaufen?» erwiderte Tante Bea, stieg aus dem Wagen und fuhr mit der Hand über Ophelias Federn. «Es ist nicht verletzt, es hat sich nur erschrocken.»

Reuben blickte sie herablassend an. «Was wissen Sie schon von Hühnern...»

«Eine ganze Menge.» Sie blickte über die Felder. «Und über Schafe weiß ich noch besser Bescheid.»

«So?»

«Die dort sind gut in Schuß.»

«Beste Herde in ganz Derbyshire. Kommen Sie rein, Miss, und trinken Sie eine Tasse Tee.»

«Das ist sehr freundlich von Ihnen, aber...»

Reuben überhörte das ‹aber›. «Ich seh schon, daß Sie die blöden Viecher mögen.» Er schien den Tee vergessen zu haben. «Kommen Sie mal mit», sagte er. Sie gingen zu den Schafen hinüber. Offenbar verstand sie tatsächlich etwas davon. «Habe kürzlich eins meiner Mutterschafe verloren.»

«Pech», sagte Bea, dann sah sie Tränen in den Augen des alten Mannes. «Was war es, die Fäule?»

«Nein, ein Junge hatte das Gatter offengelassen. Fand das Schaf nach Tagen – mausetot. Armes, altes Mädchen.»

«Gehört eingesperrt, der Bengel.»

«So ist es. Mögen Sie Chrysis?»

«Wie bitte?»

«Chrysanthemen?» Aber er war bereits im Garten und pflückte zwischen Bohnen und Kohl ein paar Blumen. Dann ging er ins Haus und brachte ihr gleich darauf den Strauß, der zu ihrem großen Erstaunen in eine zerknitterte Seite von *Times' Literary Supplement* eingewickelt war. «Mit Leuten wie Ihnen ist gut auskommen», sagte er.

«Vielen Dank. Vermutlich kennen Sie meinen Bruder, John Pentecost? Und meinen Neffen Gaylord?»

«Ja, kenn ich.»

Tante Bea stieg in ihren Mini und fuhr los. Die Blumen lagen auf dem Sitz neben ihr. Was für ein reizender Mann, dachte sie vergnügt.

Kaum hatte Tante Bea das Krankenhaus verlassen, überraschte John Pentecost die Schwestern mit der Bitte, ihm ein Telefon zu bringen. Der Patient, der sonst mit Engelsgeduld auf seinen Tee wartete, schlug jetzt auf die Bettdecke und drohte, die Krankenhausverwaltung und die Oberschwester persönlich zu verklagen, falls er nicht sofort ein Telefon bekäme.

Eine Hilfsschwester sagte, soviel sie wisse, gebe es kein Patiententelefon, aber sie holte eine Schwester. Die Schwester sagte, sie wolle sehen, was sich tun ließe, morgen vielleicht. Aber der alte Mann schrie, er wolle das Telefon nicht morgen, er wolle es jetzt. Sofort! Die Oberschwester wurde zu Hilfe gerufen, die ihm geduldig erklärte, daß es unmöglich sei, zu dieser späten Stunde noch ein Telefon anzuschließen.

John Pentecost hörte ihr zu, dann sagte er ungerührt: «Entweder Sie beschaffen mir sofort ein Telefon oder ich verlasse noch heute abend dieses Krankenhaus. Sie können wählen.»

Man brachte ihm ein Telefon.

Nur Mummi, dachte Gaylord, brachte es fertig, jemand an einem Juniabend ins Bett zu schicken. Die Sonne schien noch, ihr Licht fiel durch den Spalt zwischen den zugezogenen Vorhängen. Durch die offenen Fenster drangen Sommerlaute herein: Das Rattern eines Rasenmähers, das Schnappen einer Gartenschere, Lachen und Vogelgezwitscher. Gaylord wünschte, er wäre ein Vogel. Vögel dürfen aufbleiben, so lange sie wollen, und Vogelmütter fragen ihre Jungen nicht dauernd, ob sie sich die Krallen gewaschen und die Schnäbel geputzt haben. Auch Fliegen mußte Spaß machen. Eines Tages, ganz bald, würde er sich ein Paar Flügel bauen und aus dem Fenster fliegen. Da würde Mummi sich aber wundern.

Das Telefon klingelte.

Nun, das Telefon ging ihn nichts an. Keiner würde es ihm danken, wenn er hinunterging und abnahm. Er bekäme nur wieder zu hören: «Bloß eine Ausrede, um herumzustreunen wie ein Hund auf dem Jahrmarkt, statt im Bett zu bleiben.» Gaylord machte sich keine Illusionen über die Dankbarkeit der Erwachsenen.

Aber warum ging niemand dran? Weil Paps und Mummi im Garten waren und das Rattern des Rasenmähers das Klingeln übertönte. Sie hörten es nicht. Also war es seine verdammte Pflicht und Schuldigkeit, ans Telefon zu gehen.

Er lief die Treppe hinunter und musterte das Telefon. Hoffentlich legte der andere nicht auf. Um dieser alarmierenden Eventualität zuvorzukommen, hob er schnell den Hörer ab. «Hallo», sagte er vorsichtig. «Wer ist da?»

Eine Stimme sagte: «Gaylord? Bitte, hol deine Mutter an den Apparat. Sag ihr, es ist dringend.»

Es war Opa. Aber Opa war doch im Krankenhaus, wie konnte er von da aus telefonieren? «Bist du in der Telefonzelle?» fragte er.

«Nein. Ich liege in meinem Bett. Und jetzt hol endlich deine Mutter oder deinen Vater, verdammt noch mal.»

«Sind deine Knöchel besser, Opa?»

«Wirst du gefälligst sofort deine Eltern holen!»

«Wen von den beiden möchtest du sprechen?» erkundigte

sich Gaylord höflich, immer bemüht, die Erwachsenen zufriedenzustellen.

«Mir ist jeder recht. Sag ihnen, meine Existenz hängt davon ab.»

Das klang spannend. Gaylord schoß in den Garten. «Mummi! Paps! Opa ist am Telefon und sagt, seine Existenz hängt davon ab.»

Seine Eltern sahen einander beunruhigt an, May lief ins Haus. «Was ist Existenz?» fragte Gaylord.

«Das Dasein», sagte Jocelyn, das wandelnde Lexikon, dann überlegte er, ob die Antwort ausführlich genug gewesen war. Aber Gaylord schien befriedigt. Jocelyn eilte aufs Haus zu. May kam ihm entgegen: «Jocelyn, dein Vater ist außer sich. Tante Bea hat ihn besucht und gedroht, daß sie ihn gesundpflegen will. Er sagt, das bringt ihn um.»

«*Mich* würde es umbringen», sagte Jocelyn.

Gaylord war entsetzt: «Wird sie bei uns wohnen?»

«Ja, natürlich», sagte May.

Gaylord wurde angst und bange. Tante Bea kam immer zu Weihnachten und Ostern, und während dieser hohen christlichen Feiertage fühlte er sich wie ein gehetztes Wild; er mußte sich in den entferntesten Winkeln verstecken, um dieser hartnäckigen Neffenküsserin aus dem Wege zu gehen, diesem Drachen, dem nichts verborgen blieb. Es war, als hätte man zwei Mummis gleichzeitig im Haus.

Weihnachten und Ostern dauerten jedoch immer nur zwei Tage. Wenn Tante Bea für länger bei ihnen wohnte, wurde das Leben unerträglich. Er mußte auswandern wie der Onkel von Henry Bartlett.

«Was hat Vater gesagt?» fragte Jocelyn.

«Er hat gesagt, sorg dafür, daß sie nicht kommt, wie, ist mir ganz egal. Ich will nicht, daß dieser Dragoner mir meine letzten Erdentage vergällt! Gaylord, geh zu Bett.»

Gaylord war empört. «Mummi, ich bin nur aufgestanden, weil das Telefon geklingelt hat. Es hat geklingelt und geklingelt, und du und Paps, ihr habt es nicht gehört. Wenn ich nicht rangegangen wäre, wäre der ganze Apparat explodiert.»

Oder dein Großvater, dachte May bei sich. Laut sagte sie: «Ich danke dir, Gaylord, aber nun klingelt es nicht mehr.»

Gaylord zog eine Flunsch. Undankbarkeit war der Welt Lohn. «Wie wandert man aus?» fragte er.

«Gaylord, sei nicht frech.»

«Mummi, es war doch nur eine Frage. Wenn Tante Bea hier einzieht, muß ich wahrscheinlich auswandern. Das ist doch nicht frech.»

«Schon gut. Jetzt marsch ins Bett. Paps und ich haben etwas zu besprechen.»

Typisch! Jedesmal, wenn etwas Interessantes passierte, wurde er weggeschickt. «Tante Bea kommt wirklich her?» fragte er kleinlaut.

Er brauchte die Antwort seiner Mutter nicht abzuwarten. Man hörte das Geräusch von splitterndem Holz. Tante Beas Mini klapperte die Auffahrt herauf, ein paar Latten vom Gartenzaun hinter sich herschleifend. «Da ist ja der kleine Schlingel», trompetete Tante Bea vom Fahrersitz. Einige Sekunden später sah May ihren Sohn vorsichtig aus dem Fenster seines Zimmers linsen. Bravo, Junge, dachte sie. Er mußte einen neuen Rekord aufgestellt haben. Erstaunlich, wie Tante Beas Erscheinen Gaylords Reaktionen beschleunigte.

Tante Bea saß, einen Gin mit Tonic in der Hand, bequem zurückgelehnt im Armstuhl ihres Bruders und strahlte May und Jocelyn an. «Kein Wunder, daß mein Bruder von so einem Sessel Ischias bekommt. Kein Halt im Rücken. Der Sessel muß hier raus, ehe John nach Hause kommt.» Es war an der Zeit, den beiden die freudige Nachricht zu verkünden. Jocelyn machte ein Gesicht wie ein zum Tode Verurteilter.

Tante Bea kostete die Situation voll aus. Jocelyn wirkt ein wenig spitznasig, stellte sie bei sich fest, wahrscheinlich denkt er die ganze Zeit darüber nach, wovon er die Nachkur für seinen Vater bezahlen soll.

«Also», sagte sie, «ich will es euch heute schon mitteilen, damit ihr euch keine Sorgen mehr macht. Ich komme zu euch und pflege John, solange es nötig ist.»

Sie waren stumm vor Erstaunen und Dankbarkeit, dann sagte May: «Aber, Tante Bea, das werden wir keinesfalls zulassen, ein solches Opfer können wir nicht annehmen.»

«Nein, auf keinen Fall», sagte Jocelyn und versuchte, gebieterisch zu klingen, aber er fühlte sich unsicher wie eine Zimperliese.

Bea sagte: «Meine Lieben, seit dem Tod eures Onkels Ben komme ich mir so überflüssig vor. Ich habe niemanden mehr, um den ich mich kümmern und den ich beschützen kann. Aber jetzt...» und ihre Augen leuchteten, «jetzt hat mein Leben wieder einen Sinn.»

Weil sie alle der Ansicht waren, daß es Onkel Ben dort, wo er sich jetzt befand, weit besser ging, brachte diese Bemerkung keinen Trost. May dachte: Mir muß irgend etwas einfallen, damit sie sich hier nicht einnistet. Aber was? Das Haus hat sieben Schlafzimmer, ich kann also nicht sagen, daß wir keinen Platz haben. Daß wir eine private Krankenschwester nehmen? Sie weiß, daß wir uns das nicht leisten können. Eigentlich ist Tante Beas Besuch ein Geschenk des Himmels.

Aber wie sagte Jocelyn manchmal? Ich fürchte die Danaer, auch wenn sie Geschenke bringen! Manchmal meinte der Himmel es zu gut mit einem.

Jocelyn dachte: Wir müssen dafür sorgen, daß sie nicht kommt, das sind wir Vater und Gaylord schuldig. Aber May hatte Tante Beas Angebot offensichtlich die Sprache verschlagen, und wenn ihr schon nichts einfiel, bestand wenig Hoffnung, daß er auf einen rettenden Einfall kam.

Tante Bea sagte: «Ich habe mir alles genau überlegt. Wir stellen ein Bett ins Erdgeschoß. Jocelyn, ist hier unten eine gute Toilette?»

«Neben dem Kuhstall», sagte Jocelyn.

Sie warf ihm einen Blick zu, der ihn stark an seinen Vater erinnerte. «Meinst du etwa – *draußen*?»

«Wir leben in einem alten Bauernhaus, Tante, und nicht in einem modernen Bungalow mit allem Komfort», sagte May.

«John braucht aber diesen Komfort. Verstehst du was vom Klempnern, Jocelyn?» Jocelyn, dem schon bei der Vorstellung, daß er das Bett heruntertragen sollte, der kalte Angstschweiß ausgebrochen war, wußte auf diese Frage keine Antwort. May sagte: «Jocelyn schreibt Bücher, das ist sein Beruf, und er tut es mit Erfolg. Von den Einnahmen kann er sich Klempner und Anstreicher leisten. Das ist auch gut so, er hat nämlich zwei linke Hände.»

«Pah, ich habe keine Zeit für hochtrabende Gespräche», sagte Tante Bea herrisch. «Als wir heirateten, war Ben auch so unpraktisch, aber schon nach kürzester Zeit war er geschickter als jeder Handwerker. Er hat uns ganz allein die Zentralheizung eingebaut. Wußtet ihr das?»

Der arme Onkel Ben, dachte May. Aber Tante Bea hatte natürlich recht. Weder sie noch Jocelyn Pentecost hatten sich über John Pentecosts Rückkehr Gedanken gemacht.

Als Tante Bea zu Bett gegangen war mit einem Teller Kekse, einem Glas für ihre Zähne und einem Buch, falls sie nicht schlafen konnte («Mir ist jedes Buch recht. Nein, gebt mir doch lieber eins von Jocelyn; ich kann mir zwar nicht vorstellen, daß es mir gefällt, aber man weiß ja nie.») saßen May und Jocelyn bei einem Becher Ovomaltine beisammen. May war nachdenklich. Seit dem Tag, an dem der alte Mann gestürzt war, war ihr geordnetes Leben aus den Fugen geraten. Der Wagen des Lebens holperte, und es brauchte eine feste Hand, um ihn wieder ins Geleis zu bringen. Sie sah ihren geliebten Jocelyn an. Er war so anhänglich, so rücksichtsvoll, so wohlmeinend, aber er war auch – sie mußte es offen zugeben – hoffnungslos lebensuntüchtig.

«Weißt du, Liebling, Bea hat recht», sagte sie. «Dein Vater

braucht ein Zimmer im Parterre und ein Badezimmer. Dafür können wir die Speisekammer nehmen. Und laß uns gut überlegen, was noch gemacht werden muß, bevor uns Tante Bea das ganze Haus auf den Kopf stellt.»

Jocelyn warf ihr einen scheuen Blick zu. Seinem unpraktischen Verstand erschien der Gedanke, aus einem staubigen Abstellraum ein helles Badezimmer mit blitzenden Armaturen zu machen, genauso absurd, wie einen Frosch in einen Märchenprinzen zu verwandeln. Es gab Männer, die solche Wunder zustande brachten, aber er gehörte gewiß nicht dazu. Er sagte ohne Überzeugung: «Ich werde versuchen, in Ingerby einen Architekten aufzutreiben.»

Sie sagte: «Wir brauchen keinen Architekten, Liebling, wir brauchen einen Klempner und einen Anstreicher.» Ein Architekt, das fehlte noch! «Und wir müssen das blaue Zimmer für Tante Bea herrichten, und wir brauchen eine Rampe für den Rollstuhl, und dein Vater muß hier unten seine Kleider irgendwo hintun. Meinst du, wir kriegen den großen Kleiderschrank über die Treppe herunter, oder sollen wir einen Einbauschrank kaufen?» Sie war nun ganz in ihrem Element. «Und wir brauchen einen passenden Sessel, wenn Tante Bea den alten hinauswirft. Und aus dem alten Abtritt machen wir ein Gartenhäuschen. Wir nehmen den Sitz raus, stellen einen Tisch hinein, ein paar Regale an die Wände...» Sie holte tief Atem. Ihr war schon sehr viel wohler zumute. Sie wußte, was notwendig war, und niemand würde ihr hineinreden.

Gaylord sagte verdrossen: «Hast du Großtanten, Henry?»

«Jede Menge», sagte Henry.

«Sind sie alle bekloppt?»

«'n bißchen», sagte Henry.

Sie trotteten weiter. Henry sagte: «Hast du Großtanten, Gaylord?»

Gaylord nickte. «Eine, und die kommt und wohnt bei uns. Sie ist *furchtbar*.»

Henry strahlte stummes Mitleid aus. Schließlich sagte er: «Habt ihr ein Geheimzimmer?»

«Was ist das?»

«Ein Zimmer, von dem keiner was weiß, nur du. Früher haben die Katholiken da ihre Priester versteckt.»

«Warum denn?»

«Damit der Erzbischof von Canterbury sie nicht findet. Haben wir in der Schule gehabt.»

Gaylord hatte ein Gefühl, als ob er ein Puzzle zusammensetzte, und es fehlten ein paar Teile. Tante Bea, Katholiken, der Erzbischof von Canterbury – manchmal brachte Henry alles durcheinander.

«Wie groß ist denn so ein Geheimzimmer?»

«Ungefähr so wie euer altes Klo neben dem Stall.»

Sowenig Gaylord Tante Bea auch mochte, sie in den alten Abtritt zu sperren, das ging zu weit.

Henry hatte das dunkle Gefühl, daß er sich vielleicht nicht deutlich genug ausdrückte. Er sagte: «In dem Zimmer sollst *du* dich verstecken, Gaylord.»

Gaylord ging endlich ein Licht auf. «Stimmt. Da geht niemand mehr hin. Ich könnte mir was zu essen mitnehmen, Schokolade und so, und für viele Jahre verschwinden.»

«Und wenn deine Mutter dich vermißt, was dann?»

Henry hatte einen wunden Punkt berührt. Mummi außer acht zu lassen, war äußerst riskant. Aber Gaylord wußte schon, wie er die Sache deichseln konnte. Er wußte, wie er seine Gegenwart vortäuschen konnte, ohne sich länger als dreißig Sekunden im Haus aufzuhalten. Haustür aufmachen, laut singen, schneller Rundgang durch alle Zimmer, Türen zuknallen, Treppe hinaufpoltern, ein paar Töne auf der Blockflöte, leise aus der Hintertür hinaus und in die Büsche schleichen – schon hatte Mummi den beruhigenden Eindruck, er sei im Haus.

Henry sagte vorwurfsvoll: «Johannes der Täufer hatte keine Schokolade, er hat von Heuschrecken und wildem Honig gelebt.»

Gaylord hatte keine Lust, von Heuschrecken zu leben. «Schokolade ist nahrhafter», sagte er. Und laut Mummi, dachte Gaylord, stand etwas ‹Nahrhaftes› ganz oben auf der Liste, egal wie scheußlich es schmeckte.

Henry sagte trotzig: «Johannes der Täufer war damit zufrieden.» Er versank in Nachdenken. «Meinst du, er hat die Heuschrecken in den Honig getunkt, oder hat er die Heuschrecken zuerst gegessen und dann den Honig? Wie wir erst das Roastbeef und dann den Apfelkuchen?»

Aber Gaylord interessierte sich nicht für den Speisezettel des Täufers. Er überlegte bereits, wie viele Kekse, Kartoffelchips und Dosen Coca-Cola er sich für sein Taschengeld kaufen konnte. Es würde wohl reichen, bis Tante Bea wieder abfuhr. Doch sein Freund raubte ihm alle Illusionen, er sagte nämlich: «Ich fürchte, deiner Mutter wird es auffallen, wenn du nicht zu den Mahlzeiten erscheinst.»

Gaylord fiel das Herz in die Hose. Henry hatte recht. Der Traum von einem gemütlichen Einsiedlerleben bei Schokolade und Kartoffelchips, fern von Tante Beas Umarmungen, verflog im Nu. Und das nur, weil Mummi ihre Nase ständig in alles steckte. Wenn Gott doch nur nicht die Mütter erfunden hätte, dachte er sehnsüchtig, wie herrlich wäre das Leben ohne sie. Paps würde nie merken, ob Gaylord am Tisch saß oder nicht. Aber Mummi!

Trotzdem hielt er an seinem Plan fest. Er hamsterte Kartoffelchips und Schokolade. Was immer geschehen mochte, er würde nicht Großtante Beas Opferlamm sein.

Eines Tages, als er in dem kleinen Raum saß und sich zufrieden durch ein Päckchen Kekse aß, hörte er ein leises Piepsen. Er wurde neugierig und fing an zu suchen. In einer dunklen Ecke lagen eng aneinandergeschmiegt ganz kleine nackte Tierjunge. «Aah», wisperte Gaylord gerührt beim Anblick dieser winzigen, hilflosen Wesen. Ganz vorsichtig nahm er eins in die Hand. Es drehte und wendete sich unbehaglich. Gaylord legte es zurück zu seinen Geschwistern, zwischen denen es sich dankbar einkuschelte. «Aaah», wisperte Gaylord wieder. Er überlegte sich, was für Tiere es wohl waren. Vielleicht werden es Eichhörnchen, wenn sie groß sind, dachte er. Aber er wollte Mummi nicht fragen; je weniger Mummi wußte, desto besser.

Das frühere Außenklo war unersetzbar. Hier konnte Jocelyn alles unterbringen, für das er sonst keinen Platz fand: verblühte Alpenveilchen, die auf ihre Wiedergeburt im Herbst warteten, aber unweigerlich vergessen wurden und dort bis in alle Ewigkeit standen; Holz, das er eines Tages für den Kamin zerhacken wollte; Gartenstühle, die repariert werden mußten. Spinnen spannen hier ihre Netze und starben zwischen dem Gerümpel. Der eigentliche Zweck des Orts war längst vergessen. Es roch nach Geranien, warmen Ziegeln und vergangenen Sommertagen. Hier bin ich in Sicherheit, dachte Gaylord, während er die neugeborenen Tiere betrachtete. Die Tür schloß fest, das sonnenwarme Fenster war von Efeu überwachsen. Gaylord hatte einen Zufluchtsort gefunden, den Mummi nie entdecken würde und in den Tante Bea nicht eindringen konnte.

Henry Bartlett mochte ungeschickt und ein bißchen pomadig sein, aber er war ein verläßlicher Freund. Und als er entdeckte, daß irgendein Barbar Gaylords Tigerfalle zugeschüttet hatte, ärgerte er sich, nein, mehr noch, er war wütend.

Aber seine Loyalität beschränkte sich nicht auf rein moralische Unterstützung. Gaylord war voll damit beschäftigt, Vorräte in sein Versteck zu bringen, und so beschloß Henry, auf eigene Faust zu handeln. Er holte seine Schaufel und begann zu graben. Nach ein paar Tagen war der frühere nützliche Zustand der Falle wiederhergestellt.

Henry empfand eine große innere Befriedigung. Er freute sich schon auf den Tag, an dem er Gaylord, der hoffentlich bald alles für sein Versteck beisammen hatte, die Tigerfalle zeigen konnte. Er würde stolz auf ihn sein.

5. Kapitel

Als Jocelyn seinen Vater das erste Mal an Krücken gehen sah, gab es ihm einen Stich ins Herz.

Aber er empfand nicht nur Mitleid, er empfand Reue. Schuldgefühle belasteten sein Gewissen. Wenn ich nur einen Augenblick lang nachgedacht hätte, als Gaylord mir diese blödsinnige Falle zeigte, dann müßte sich mein Vater jetzt nicht durch die Krankenstation schleppen wie eine rückenkranke Spinne. Ich muß ihm die Wahrheit sagen, dachte er, nicht jetzt, aber eines Tages.

Sein Vater hätte es nicht freundlich aufgenommen, mit einer rückenkranken Spinne verglichen zu werden. Er schob energisch das Kinn vor, fluchte leise und machte sich entschlossen an die Aufgabe, wieder gehen zu lernen. Nur keine Klagen, kein Selbstmitleid und keine Zeitvergeudung. Und als der Heilgymnastiker sagte: «Natürlich wird es in Ihrem Alter ein wenig länger dauern, Mr. Pentecost», warf John Pentecost ihm einen fuchsteufelswilden Blick zu und knurrte böse: «Das werden wir ja sehen, junger Mann», daß der arme Kerl fast erwartete, daß sein Patient die Krücken fortwarf und ohne Hilfe das Krankenhaus verließ.

Jocelyn saß neben dem leeren Bett seines Vaters und sah mitleidig dessen Gehversuchen zu, als eine Stimme sagte: «Darf ich Ihnen das Manuskript geben, Mr. Pentecost? Ich glaube, mein Roman wird Ihnen gefallen.»

Die hübsche vorlaute Krankenschwester hielt ihm einen dicken Aktendeckel hin. Er wich zurück. «Nein!» rief er. «Nein, ich habe wirklich keine Zeit dafür.»

«Ach, nehmen Sie es doch mit», sagte sie. «Ich habe Ihrem

Vater versprochen, daß ich ihm den Roman zu lesen gebe. Nehmen Sie, sonst gerät es noch in Vergessenheit.»

«Nun gut», sagte Jocelyn. «Aber ich selbst kann ihn nicht lesen.»

«Wenn Sie erst mal angefangen haben, werden Sie ihn nicht mehr aus der Hand legen», sagte sie, lächelte, drückte ihm das Manuskript in die Hand und verschwand.

Und noch bevor er sich von dem Schrecken erholen konnte, sah er, daß die Oberschwester auf ihn zukam. «Guten Abend, Schwester», sagte er und stand höflich auf.

«Guten Abend, Mr. Pentecost. Ihr Vater macht große Fortschritte. Wenn alles gutgeht, kann er nächste Woche entlassen werden.»

«Tatsächlich?»

«Wir haben den Eindruck, daß er sich in seiner vertrauten Umgebung besser als hier erholt. Sie haben doch alle nötigen Vorkehrungen getroffen?»

«Ja.»

«Das habe ich mir gedacht. Für gewöhnlich nehmen wir die Patienten, bevor sie entlassen werden, mit nach unten in die Küche, um uns zu vergewissern, daß sie sich eine Tasse Tee machen und etwas zu essen aufwärmen können, aber ich bin überzeugt, daß dies im Fall Ihres Vaters nicht nötig ist.»

«Gott behüte, schlagen Sie ihm bitte so was nicht vor!»

«Nun gut.» Sie sah ihn mit einem scheelen Blick an, und Jocelyn wünschte, er hätte geschwiegen.

Jetzt kam sein Vater zurück. Der Heilgymnastiker half ihm ins Bett. Jocelyn sagte: «Vater, du kommst bald nach Hause.»

Der alte Mann schien sich gar nicht zu freuen. «Gut. Aber sagt um Himmels willen Bea nichts davon.»

«Vater, das geht nicht. Sie wäre tödlich beleidigt.»

«Um so besser.»

Jocelyn sagte: «Aber Vater, sie ist deine *Schwester*.»

«Na und?»

Sie starrten einander gereizt an. Schließlich sagte John:

«Sag May, daß sie sich darum kümmern soll. Ihr wird schon etwas einfallen, das uns den alten Drachen vom Leib hält.»

«Nein, das geht wirklich nicht. Schließlich will Bea nur dein Bestes.»

«Verdammt gefährliche Sache, das Beste zu wollen», brummte John.

Jocelyn fuhr in düsterer Stimmung nach Hause. Streit drohte von allen Seiten, Streit mit Tante Bea, Streit mit seinem Vater, womöglich sogar mit May. Und er würde bald mit Vater reden müssen. Ihm war nicht wohl in seiner Haut.

«Er kommt nach Hause», sagte er tonlos. May sah ihn überrascht an. «Du klingst, als ob du dich gar nicht freust.»

«Bea», sagte er.

«Aha.»

Er sah sie hilflos an. «Ich fürchte...» begann sie.

Das Telefon klingelte. Er nahm den Hörer ab. Es war Bea. «Jocelyn, wann kommt John nach Hause?»

«Ende nächster Woche.»

«Ausgezeichnet. Ich komme Sonntag. Dann hab ich genug Zeit für die Vorbereitungen. Ach ja, sag May, ich komme nicht allein, ich bringe Messalina mit. Sie macht niemandem Mühe.»

Jocelyn sah seine Frau an, sie erwiderte ungerührt seinen Blick. Er sagte: «Wer ist Messalina?»

May spitzte die Ohren. Bea sagte: «Eine bildschöne Perserin.»

«Frau oder Katze?»

Lautes Gelächter erscholl am anderen Ende des Telefons. «Tut mir leid, daß ich dich enttäuschen muß, Joss, alter Gauner, Katze.»

«Sie bringt eine Katze mit», flüsterte Jocelyn seiner Frau zu. Ins Telefon sagte er stockend: «Tante Bea... es ist furchtbar nett von dir, aber wir können dir das Opfer nicht zumuten.»

«Unsinn, Joss. Also, bis Sonntag!» Sie hatte aufgelegt.

Sie sahen einander an. «Sie hat mich Joss genannt – zweimal.»

Sie warf ihm einen Blick zu, aus dem er nicht klug wurde. Aber es war kein freundlicher Blick. «Was hast du gesagt?» fragte sie betont langsam.

«Ich habe gesagt, daß sie mich zweimal Joss genannt hat.»

«So, sie hat dich Joss genannt. Dein Vater kommt als Invalide nach Hause. Deine Tante, eine tüchtige und gute Frau, aber eine schreckliche Nervensäge, wird monatelang bei uns wohnen. Sie bringt auch noch ihre verdammte Katze mit. Und alles, was dich interessiert, ist, daß sie dich Joss genannt hat!»

Er sah sie verwirrt an. Seit dem Unfall seines Vaters begann seine gemütliche, geordnete Welt rissig zu werden. Er hatte geglaubt, daß May und er gemeinsam dem Sturm trotzen könnten. Aber wenn May, seine kühle, starke, fröhliche May, unter dem Druck der Ereignisse schon ihre Gelassenheit verlor und ihr sanfter Spott scharfe Kanten bekam – wie lange konnte er dann den täglichen Angriffen auf sein Nervensystem standhalten?

Er legte den Arm um sie. «May, Liebling. Wir haben viel durchgemacht, seit Vater im Krankenhaus liegt. Und wir wissen beide, daß uns noch Schlimmeres bevorsteht, auch ohne Tante Bea. Wir dürfen nicht die Nerven verlieren.»

Sie sah ihn schweigend an. Es war lange her, daß er sie mit tränenfeuchten, ja, böse blitzenden Augen gesehen hatte. Er hielt sie fest in seinen Armen. Sie lächelte. «Verzeih, Jocelyn.» Das Aprilgewitter war vorbeigezogen. Sie waren wieder vereint.

Von morgens bis abends war das Haus nun erfüllt von Hämmern und Gepolter, vom schabenden Geräusch der Malerpinsel, dem bösartigen Kreischen elektrischer Bohrmaschinen und dem Gedudel aus den Radios der Arbeiter. Wie sollte ein Schriftsteller da arbeiten? Und wenn dieser Höllenlärm verstummt, dachte Jocelyn, würde er nur von anderen Mißklängen abgelöst werden: dem endlosen Gezeter seines Vaters und dessen Schwester und den allerdings höflich leisen, aber mit dem tödlichen Ernst eines mittelalterlichen Turniers ausgetragenen Auseinandersetzungen zwischen May und Bea.

Aber eines Tages waren zum Glück wenigstens die Umbauarbeiten beendet, und Stille kehrte wieder ein. May kam in sein Arbeitszimmer und sagte stolz: «Liebling, es ist alles fertig. Willst du es dir nicht ansehen?»

«Gern», sagte er. (Adieu, Ruhe, adieu, Frieden.) Er legte den Stift hin, klappte sein Notizbuch zu und folgte ihr. Sie machten einen Rundgang durch das Haus. Er war verblüfft. Der Abstellraum im Parterre war zu einem eleganten, bequemen Schlafzimmer geworden, in dem Vaters Bett, sein Kleiderschrank und sein Toilettentisch standen. Das blaue Zimmer strahlte und leuchtete, die Wände waren frisch gestrichen worden, und es hatte einen neuen Teppich bekommen. Die kleine Speisekammer hatte sich über Nacht in ein Duschbad mit Toilette verwandelt. Er legte seinen Arm um ihre geschmeidige Taille. «May! Vielen Dank. Das hast du großartig gemacht.»

Sie sagte: «Ich wußte, daß du lieber die Rechnungen bezahlst, als selber zu handwerkern. Und... Liebling, ich war vor ein paar Tagen nicht nett zu dir. Es tut mir leid. Schließen wir wieder Frieden?»

«May», er schloß sie in die Arme. «Du brauchst dich nicht zu entschuldigen.»

«Ich tu's aber. Ach ja, noch etwas. Tante Bea hat neulich abend den Pfosten vom Gatter umgefahren, ich wollte die Handwerker bitten, es zu reparieren, habe es aber vergessen. Ob du das bitte machen könntest?» Sie beugte lächelnd ihren Kopf nach hinten, und er küßte sie. Gaylord, der ihnen auf leisen Sohlen gefolgt war, beobachtete seine

Eltern interessiert. Ihm gefiel, was er sah, er fand es irgendwie schön. Henry Bartlett hatte gesagt, daß *seine* Eltern sich nie küßten, ja, er hatte sogar behauptet, Ehepaare küßten sich nie. Außerdem kämen sie ins Gefängnis, wenn sie jemand dabei erwischte. Gaylord hatte gesagt, deshalb würde keiner ins Gefängnis gesteckt, aber Henry hatte gesagt, natürlich wird man eingesperrt, wenn man so blöd ist, seine eigene Frau zu küssen. Gaylord hatte daraufhin sehr taktvoll das Thema gewechselt. Er hatte seinen Freund sehr gern, aber dessen Sturheit fiel ihm manchmal auf den Wecker.

May hatte sich einen Leckerbissen aufgespart. Das Leben war in letzter Zeit reichlich fade gewesen, und sie fand, daß sie nun an der Reihe sei. Ein bißchen Spaß stand ihr auch zu. Im Haus war nun alles Notwendige getan. Jetzt kam etwas dran, auf das sie sich schon lange freute. Sie wollte aus dem alten Außenklo ein Gartenhäuschen machen, das keinen Vergleich zu scheuen brauchte.

Zuerst wollte sie entrümpeln, die alten Liegestühle zerhakken und verbrennen. Dann wurden Regale gebaut, das Häuschen mußte innen und außen gestrichen werden, ein paar Töpfe mit Blumen: ein Schmuckstück würde es werden und ein Zufluchtsort, wenn sie allein sein wollte.

Jocelyn loszuwerden war nie schwierig. Der Satz: «Und nun willst du sicher wieder an deine Arbeit», übte die gleiche elektrisierende Wirkung auf ihn aus wie die Worte «Gassi gehen» auf einen Drahthaarterrier.

«Jetzt ist es soweit!» sagte sie zu sich selbst und ging über den Hof. Das kleine, gemütlich aussehende Gebäude stand vor ihr, gebadet im goldenen Sonnenschein. Sie öffnete die Tür und trat ein.

Jocelyn war kaum in seinem Arbeitszimmer angekommen, als er vom Hof her gellende Schreie vernahm. Er rannte die Treppe hinunter. Was konnte es sein? Noch nie in seinem Leben hatte er May so schreien gehört. Er lief über den Hof. May stand aufgelöst vor dem Außenklo, neben ihr sah ein offensichtlich verlegener Gaylord betreten zu Boden.

«May, was ist los? Was ist passiert?»

Sie deutete auf die offene Tür. «Ich bin hineingegangen», sagte sie. «Ich wollte... aufräumen und... aber da waren...» sie brachte das Wort nicht über die Lippen.

«Was war da?»

Sie starrte ihn mit weitaufgerissenen Augen an. «Ratten», flüsterte sie. «Ratten! Überall Ratten. Und...» ihr Blick wanderte zu Gaylord, «und der ganze Boden voll Keksein-wickelpapier und leeren Kartoffelchipstüten.»

Gaylord bekam es mit der Angst zu tun. Und prompt sagte Mummi: «Wir unterhalten uns später, mein Junge.»

«Ich frage Reuben um Rat», sagte Jocelyn hastig. Bei allen Problemen und Zwischenfällen des alltäglichen Lebens war «Ich frage Reuben um Rat» das Allheilmittel. Reuben stand in dem Ruf, bei allen häuslichen Katastrophen zu wissen, was zu tun war.

«Es ist wegen dem Erzbischof von Canterbury», sagte Gaylord.

«Wie bitte? Übrigens heißt es wegen des», sagte Jocelyn.

«Für die Katholiken», sagte Gaylord.

Jocelyn war verdutzt. Was ging in seinem Sohn vor? «Ganz ruhig, Gaylord», sagte er. «Erzähl mir...»

«Jocelyn!» unterbrach May. «Tu was! Hol Reuben!»

«Ach ja, Reuben», sagte Jocelyn. Er machte sich auf den Weg zu dem Wäldchen, in dem Reubens Cottage stand. Er klopfte an Reubens Tür. «Herein», rief Reuben, der bequem in einem alten Korbsessel saß. Jocelyn trat ein.

Reuben sagte: «War Ihre nette Tante neulich auch bei Ihnen?»

«Ja, wieso? Kennen Sie sie?»

«Sie hat beinahe eins von meinen Hühnern überfahren. Nette, vernünftige Frau.»

Jocelyn konnte Reubens Gedankengang nicht recht folgen, aber er war nicht hergekommen, um über seine Tante zu sprechen.

«Reuben», sagte er. «Wir haben Ratten.»

«Was Sie nicht sagen, Mr. Pentecost.» Reuben schien sich zu amüsieren. «Und was hab ich damit zu tun?»

Jocelyn war bestürzt. Es gehörte zu seinen Glaubenssätzen, daß Gott nie eine Naturkatastrophe schickte, ohne auch Menschen wie Reuben zu schicken, die mit solchen Katastrophen fertig wurden. Er sagte zaghaft: «Ich... dachte... daß Sie uns von den Ratten befreien könnten.»

«Und wie kommen Sie auf die Idee?» sagte Reuben kühl.

Jocelyn atmete tief ein. «Habe ich etwas gesagt, über das Sie sich geärgert haben?»

Reuben antwortete nicht. Auch Jocelyn schwieg, dann sagte er. «Nun gut, Reuben, Sie scheinen in letzter Zeit etwas gegen mich zu haben. Es tut mir leid, daß es so ist, aber können Sie mir nicht wenigstens sagen, was ich verbrochen habe?»

«Passiert ist passiert. Auf Wiedersehen, Mr. Pentecost.»

Jocelyn rührte sich nicht von der Stelle. «Ist es... weil mein Sohn das Gatter offengelassen hat?» Aber Reuben war schon wieder in sein Buch vertieft.

Jocelyn ging. Er war selten so deprimiert gewesen. Er hatte sich in Reubens Gegenwart nie besonders wohl gefühlt, nicht nur weil Reuben ihn als Autor offenbar viel niedriger als den alten Dosto einschätzte (ein Urteil, das er akzeptierte), sondern auch, weil sein Nachbar ihn nicht für voll nahm, und das tat weh. Aber Reuben war bislang immer hilfsbereit gewesen. Heute hatte er zum erstenmal Feindseligkeit anstelle von bloßer Verachtung gezeigt.

Was war nun mit den Ratten? «Wir sind hier nicht in Hameln», murmelte er. «Obwohl ich wünschte, daß ich dort wäre.» Oder sonst irgendwo, fern von der Plage, die er plötzlich ganz allein bannen sollte.

Er telefonierte mit dem Bezirksamt und bat flehentlich darum, zu ihrer Rettung einen Kammerjäger zu schicken. Aber es scheint ein Naturgesetz zu sein, daß Katastrophen immer an einem Freitag um fünf Uhr nachmittags hereinbrechen, wenn Ärzte, Zahnärzte, Elektriker und Kammerjäger von der Erdoberfläche verschwinden wie Kaninchen beim Knallen von Schüssen. So hatten die Ratten noch ein ganz vergnügliches Wochenende vor sich, während dessen sie sich an den Resten von Gaylords Keksen gütlich tun konnten.

Warum war Reuben so abweisend und feindselig gewesen? Jocelyn hatte wirklich genug. Sein exzentrischer Nachbar zeigte ihm die kalte Schulter, die Heimkehr seines Vaters rückte näher und Jocelyn wußte nicht, ob er das Geheimnis seiner Schuld bewahren konnte. Und May erwartete offensichtlich von ihm, daß er aus dem Stegreif das Kunststück des Rattenfängers von Hameln wiederholte, anstatt daß sie auf den Kammerjäger warteten, der am Montagmorgen kommen sollte.

Er unternahm einen letzten Versuch.

Kaum war Tante Bea eingetroffen, nahm er sie beiseite und sagte: «Tante Bea, wir haben ein paar Ratten im Außenklo. Meinst du, wir könnten deine Katze auf sie ansetzen?»

Sie warf ihm einen Blick zu, der ihn stark an seinen Vater erinnerte: «Jocelyn, das ist doch nicht dein Ernst. Messalina soll Ratten fangen! Bei Gott, ich habe noch nie so einen Unsinn gehört.»

«Entschuldige, Tante. Ich dachte nur…»

6. Kapitel

John Pentecost saß in Pyjama und Schlafrock in einem Rollstuhl im Foyer des Krankenhauses. Er hielt eine Plastiktüte, auf der in großen schwarzen Buchstaben stand: EIGENTUM DES KRANKENHAUSES INGERBY. Darin waren Zahnbürste, ein Handtuch, Seife und seine Pantoffeln.

Die Zeit verging. Er hatte keine Ahnung, wie lange er schon wartete, es war ihm gleichgültig.

«Ödipus bei Colonus», sagte Jocelyn bitter, als May und er durch die Tür traten.

Sie standen vor ihm und begrüßten ihn bedrückt. Es schien ihnen unmöglich, daß er je wieder würde gehen können. Jocelyn dachte: Ich bin schuld an seinem Elend. Ich werde es nie über mich bringen, ihm die Wahrheit zu sagen, andererseits kann ich auch nicht mein Leben lang schweigen. Er sagte: «Hallo, Vater. Wie schön, daß du nach Hause kommen darfst.»

John seufzte. «Es tut mir leid, euch zur Last zu fallen.»

«Du fällst uns nicht zur Last», sagte May fröhlich, obwohl ihr der Mut sank. Der alte Mann war immer schwierig gewesen, aber jetzt, verbittert und an den Rollstuhl gefesselt, würde er ihnen das Leben zur Hölle machen.

Jocelyn umfaßte die Griffe des Rollstuhls und schob ihn vorwärts. Sie setzten den alten Mann ohne Schwierigkeiten auf den Vordersitz ihres Wagens, sehr zu Jocelyns Erstaunen. «Prächtig», sagte er triumphierend. «Ich verstau schnell den Rollstuhl im Kofferraum, und dann geht's los, Vater.»

Er rollte den Rollstuhl um das Auto herum. May sagte:

«Nun, Schwiegervater, bist du nicht froh, aus dem Gefängnis heraus zu sein?»

«Schon», sagte er schwermütig.

«Es muß doch ein gutes Gefühl sein, zu wissen, daß du heute nacht wieder in deinem eigenen Bett schläfst.»

«Ja», sagte er.

Er hat sich verändert. Sie haben ihm hier das Gefühl gegeben, daß er ein alter Mann ist. Er wirkt so resigniert. Wo ist sein Kampfgeist geblieben, seine Angriffslust? Sie hatte sich früher manchmal davor gefürchtet, aber ein bissiger John Pentecost war ihr doch lieber als dieser alte Mann, der in sein Schicksal ergeben vor ihr saß.

Jocelyn kam und ließ sich auf den Fahrersitz fallen. Er hielt eine Hand hoch. «Gib mir ein Heftpflaster, May. Ich hab mir am Rollstuhl die Hand verletzt.»

Sie gab ihm ein Heftpflaster. Er betrachtete es hilflos. «Man müßte eigentlich drei Hände haben», sagte er, «wenn man sich ein Pflaster auf die Hand kleben will.»

«Gib her», sagte sie. Sie wußte, daß er einen glatten Streifen Heftpflaster in ein Reliefmodell der Alpen verwandeln konnte. «Wie ist es passiert?» fragte sie. May war trüber Laune.

«Ich habe versucht, den Rollstuhl zusammenzuklappen, aber er klemmte. Dann schnappte er plötzlich zu wie eine Falle. Ich habe noch Glück gehabt, daß ich mir nicht den ganzen Finger abgequetscht habe», sagte er jammernd. Was war das für eine Welt, in der man vor Rollstühlen auf der Hut sein mußte.

John Pentecost schien eingedöst zu sein. May und Jocelyn hingen ihren Gedanken nach. Es war eine traurige, schweigende Fahrt. Ein Schwiegervater, der plötzlich vergreist war; drei Kinder: Jocelyn, Gaylord, Amanda, und dazu noch Tante Bea. Sie würde alle Hände voll zu tun haben.

Sie hielten vor dem Haus. Der alte Mann öffnete die Augen, sagte aber nichts. May, die hoffte, daß er sich über seine

Heimkehr ein wenig freute, sagte: «Da sind wir, Schwiegervater. Freust du dich nicht, wieder zu Hause zu sein?»

«Doch», sagte er teilnahmslos.

Mays Stimmung sank auf den Nullpunkt. Die Depression ihres Schwiegervaters hing wie eine große, schwarze Wolke über ihnen allen. Jocelyn wirkte angespannt und nervös. «Ich hole den Rollstuhl», sagte er. «Halt das Heftpflaster bereit.» Aber bevor er noch eine Bewegung machen konnte, flog die Eingangstür auf, und eine muntere Stimme rief: «Willkommen zu Hause, John Pentecost!» Tante Bea kam herbeigestürzt, riß die Wagentür auf und rief: «Mach schon, Joss, wo ist der Rollstuhl, flink, marsch, marsch!» Sie fing an, ihren Patienten aus dem Wagen zu zerren.

John fuchtelte abwehrend mit den Armen: «Ich hätte mir denken können, daß du hier bist, als ich den kaputten Zaun sah.»

«Ich bin hier, um dich gesundzupflegen, John.»

«Um mich ins Grab zu bringen, meinst du wohl. Wo, zum Teufel, ist mein Rollstuhl, Jocelyn», bellte er.

Mays Laune besserte sich augenblicklich. Johns Augen blitzten wütend, sein weißer Schnurrbart sträubte sich. «Fummel nicht an mir herum, Weib», schnauzte er Bea an, die versuchte, seinen Anschnallgurt aufzumachen. Er wandte sich May zu. «May, ich dachte, daß auf dich Verlaß ist. Aber auch du hast mich im Stich gelassen.» So gefällst du mir besser! dachte May. Bea hat es geschafft, deine Lebensgeister wieder zu wecken.

Jocelyn brachte den Rollstuhl; er saugte an seinem Daumen, doch sonst schien er unverletzt. Sie schafften den alten Mann ins Haus, die schwarze Wolke, die ihn so lange umhüllt hatte, war verschwunden. May sagte stolz: «Jocelyn hat dein Bett nach unten getragen, Schwiegervater.»

«Dann soll er es umgehend wieder nach oben schaffen», brüllte John. Jocelyn wurden die Knie weich. «Ich denk nicht daran, unten zu schlafen.»

May öffnete die Tür zu dem neuen Badezimmer. «Schau, ist das nicht piekfein? Es hat sogar eine Dusche.»

Der alte Mann starrte sekundenlang, dann sagte er langsam und giftig: «Ich habe ein einziges Mal in meinem Leben eine Dusche genommen, es muß in den dreißiger Jahren gewesen sein. Ich habe mir die Kopfhaut, den Nacken und die Schultern verbrüht, und auf einmal kam eiskaltes Wasser. Ich weigere mich strikt, meine Gesundheit aufs Spiel zu setzen und mich noch einmal den Gefahren einer Dusche auszusetzen.»

«Du kannst aber vorläufig noch kein Bad nehmen», sagte Tante Bea.

«Dann bleibe ich eben ungewaschen. Guter Gott, was ist denn das für ein Ungeheuer?»

«Das», sagte Tante Bea kalt, «ist mein Pussikätzchen.»

«Auch bekannt unter dem Namen Messalina», murmelte May.

John schlug zum erstenmal einen fast freundlichen Ton an. «Bea, wenn ein weiblicher Attila wie du ‹Pussikätzchen› sagt, dann ist das wirklich die Höhe der Geschmacklosigkeit. Mach dich nicht lächerlich, Weib.»

«Nenn mich nicht ‹Weib›», erwiderte Bea liebevoll.

Pussikätzchen, das John mit einer Mischung aus Berechnung und Bosheit beäugt hatte, sprang jetzt auf seine Knie und musterte ihn neugierig aus der Nähe.

John starrte das Tier wie hypnotisiert an. Er hatte sich noch nie viel aus Katzen gemacht. Er sah in riesige gelbe Augen in einem hübschen, weiblichen Gesicht. Ihr Ausdruck war unverhohlen drohend. John betrachtete Messalina nicht mit den Augen ihrer Besitzerin, sondern mit den Augen einer Amsel, die plötzlich eine Katze in den Büschen auftauchen sieht. Pussikätzchen landete empört miauend auf dem Teppich.

Bea nahm sie in die Arme. «Ich sehe, du hast dich nicht verändert, John. Du warst immer ein Tyrann und bist einer geblieben.»

May dachte: Das ist ja großartig. Seit er seine Schwester

erblickt hat, ist er wieder ganz der alte. Sie sagte: «So, Schwiegervater, Jocelyn wird dich jetzt ins Wohnzimmer bringen, und ich komme gleich mit dem Tee.»

John sagte: «Jocelyn wird mich nirgendwo hinbringen, ich bin schließlich kein Postpaket. Ich werde allein ins Wohnzimmer rollen. Vielleicht werde ich die Möbel dabei beschädigen, die Türen zerkratzen und mit einigem Glück die verdammte Katze überfahren. Aber ich verbitte mir, daß man mich wie einen seelenlosen Gegenstand behandelt.» Woraufhin er seinen Rollstuhl energisch in Bewegung setzte. Eine Minute später ertönte aus dem Wohnzimmer ein wütender Aufschrei: «May! Wo ist mein Lehnstuhl?»

May sah nicht ein, warum sie darauf antworten sollte. Honigsüß sagte sie zu Bea: «Würdest du es ihm bitte erklären, Tante?»

«Das will ich gern tun», sagte Großtante Bea. Sie rauschte ins Wohnzimmer. «John, wann hattest du zuletzt Ischias?»

Er brummte. «Letzten März, warum?»

«Und davor?»

«Zu Weihnachten. Aber was soll das? Ich will wissen, wo mein Lehnstuhl geblieben ist.»

«Ich habe ihn entfernt, John. Er hat deinen Rücken nicht genug gestützt. Sobald du aus dem Rollstuhl heraus bist, wirst du dich in den neuen Sessel setzen. Er ist hart und hat eine gerade Lehne, genau das, was dein Rücken braucht.»

«Aber nicht das, was *ich* brauche.» In seinem Blick lag fast so etwas wie Bewunderung. «Bea, selbst die schlimmsten afrikanischen Diktatoren sind nicht solche Despoten wie du.»

«Sie haben es auch nicht mit einem so despotischen Menschen zu tun, wie du einer bist, Bruder.»

May und Jocelyn kamen mit dem Tee herein.

Jocelyn sah seinen Vater an. Es wird noch lange dauern, bis er wieder ganz gesund ist, dachte er. Er ist zwar wieder in seiner gewohnten Umgebung, in seinem gemütlichen Heim, auf seinem geliebten Feldern und Wiesen, aber er kann sich nicht frei bewegen. Trotz seines Wutgebrülls und seiner tapferen Auflehnung ist er von uns abhängig, auch wenn wir es ihn nicht spüren lassen. Und daran bin ganz allein ich schuld. Ich muß ihm die Wahrheit sagen.

Noch heute abend wollte er es ihm sagen, wenn die Kinder im Bett waren und May und Bea in der Küche zu tun hatten. Dann war eine gute Zeit für ein ruhiges Gespräch mit seinem Vater. Aber war es wirklich klug, den alten Mann gleich am ersten Tag damit zu überfallen?

May sagte: «Du bist so still, Jocelyn, ist was los?»

Er schluckte. «Jetzt, wo Vater zu Hause ist, spüre ich immer deutlicher, daß ich ihm die Sache nicht verschweigen kann.» Er sah sie flehend an.

«Jocelyn! Ich dachte, du hättest dir diese Idee längst aus dem Kopf geschlagen! Es nützt niemandem, wenn du mit ihm sprichst, es kann aber eine Menge Schaden anrichten.»

«Ich weiß, Liebling. Das ist ja das Schreckliche. Aber ich *muß* es tun.»

Sie sah ihn nachdenklich an. «Ja», erwiderte sie seufzend, «wahrscheinlich mußt du es tun. Ich respektiere das. Aber vor allem finde ich, du solltest etwas gegen diese gräßlichen Ratten unternehmen», fügte sie mit einem gezwungenen Lächeln hinzu.

Gaylord und Henry Bartlett standen, die Ellbogen aufgestützt, nebeneinander an einem Lattenzaun und führten ein philosophisches Gespräch.

Die Sonne schien, die Vögel zwitscherten, die Schatten der Blätter sprenkelten den Pfad. Aber die beiden sahen und hörten nichts. Sie waren im Grübeln über ein moralisches Problem vertieft: ließ sich ein Mord rechtfertigen, wenn das Opfer so ein Scheusal war wie Tante Bea?

Henry fand, ja. Obwohl er sich anders ausdrückte als seinerzeit der Hohepriester Kaiphas, meinte auch er, es wäre gut, *ein* Mensch, nämlich eine Tante, stürbe für das Volk.

«Dein Großvater, deine Mutter und dein Vater, ihr wärt alle glücklicher, wenn sie nicht mehr da wäre.»

«Tante Bea aber nicht», gab Gaylord zu bedenken.

«Sie auch, weil sie in den Himmel kommt», sagte Henry.

«Ich glaub nicht, daß sie in den Himmel kommt», sagte Gaylord.

Henry dachte nach. «Es steht immer noch eins zu vier», sagte er schließlich. «Stell dir vor, wie dankbar sie dir wären. Und wie froh du erst wärst.»

Gaylord kämpfte mit seinem Gewissen. Er rief sich die glücklichen Tage ins Gedächtnis zurück, als das einzige Haar in der Suppe seine Mummi gewesen war. Damit konnte man leben, lange Erfahrungen hatten ihn gelehrt, Zusammenstößen mit ihr aus dem Wege zu gehen.

Bei Tante Bea ging das nicht. Sie war wie ein Nilpferd, das Amok lief. Henry hatte recht. Ohne Tante Bea wäre die Welt ein glücklicherer Ort.

Aber: ‹Du sollst nicht töten.› Eigentlich unmißverständlich, sogar Gaylord fand es schwierig, daran herumzudeuteln. Außerdem hatte er das dumpfe Gefühl, daß er es nicht über sich brächte, einen Mord zu begehen.

Henry, der Verführer, sagte: «Mein Onkel Arnold hat so'n Zeug, das *alles* umbringt: Unkraut, Wespen, Küchenschaben, Menschen...»

«Auch Tanten?»

«Auch die.»

«Wie sieht es aus?»

«Bißchen wie Mehl. In 'ner Pappschachtel.»

«Sie wird es nicht freiwillig essen.»

«Du kannst es ihr ja in den Kakao tun.»

Wirklich ganz einfach. Und alle würden davon profitieren, bis auf Tante Bea vielleicht. Aber es ging nicht, er konnte es nicht tun. Er sagte: «Tut mir leid, Henry. Aber wir können das nicht machen. Tut mir ehrlich leid.»

Die meisten Jungen hätten Gaylord ausgelacht und ihn

einen Feigling genannt. Henry nicht. «Geht in Ordnung, Gaylord», sagte er großmütig. «War nur 'n Vorschlag.»

«Danke, Henry.» Gaylord war gerührt. Niemand auf der weiten Welt hatte so einen guten Freund, wie es Henry war.

Er ging nach Hause. «Da ist ja mein kleiner Schlingel», rief Tante Bea mit ausgebreiteten Armen. «Und was hast du heute in der Schule gelernt?»

«Nicht viel», sagte er und gab sich wirklich Mühe, ein wenig Wärme in die Begrüßung zu legen. Wenn man jemanden umbringen will, muß man vorher besonders nett zu ihm sein, auch dann, wenn man es vielleicht doch nicht tut.

«Schau, wer hier ist», rief Bea, ergriff seine kleine Hand und zog ihn ins Wohnzimmer.

Es war Opa. Blaß und zerbrechlich saß er im Morgenmantel in einem Rollstuhl. «Grüß dich, mein Junge», sagte er.

«Guten Abend, Opa», sagte Gaylord.

Die beiden Freunde starrten einander an. Gaylord war gehemmt und verlegen. Großtante Bea trompetete: «Willst du deinem Großvater nicht einen Kuß geben?»

Gaylord ging zu ihm hin und küßte ihn auf die stoppelige Backe. Tante Bea umkreiste sie wie ein etwas vollschlanker Engel und verbreitete krampfhaft gute Laune.

«Ist es nicht schön, daß dein Großvater wieder zu Hause ist? Selbst wenn es noch lange dauern wird, bis ihr wieder zusammen spazierengehen könnt.»

Gaylord fühlte sich von diesem lärmenden weiblichen Wesen erdrückt. Er hatte angenommen, daß er gleich nach dem Tee mit Opa losgehen würde. Er fing zu weinen an.

Tante Bea kannte Feigheit vor dem Feind und wußte damit umzugehen, selbst wenn sie, wie jetzt, nicht genau wußte, wer der Feind war. Red ihnen gut zu und beschäm sie ein wenig. So hatte sie es mit den Soldaten im Lazarett gehalten, die sich unerklärlicherweise weigerten, wieder an die Front zu gehen. Sie starrte Gaylord ungläubig an. «Aber

Gaylord, was ist denn los? So ein großer Junge weint doch nicht gleich!»

Gaylord weinte noch lauter.

«Was ist denn», wiederholte sie.

Gaylord wußte es nicht. Er fühlte sich todunglücklich. Er wollte mit seinem alten Freund von Mann zu Mann reden, ohne daß eine Frau jedes Wort mithörte. Aber wie sollte man ihr das erklären?

Opa verstand ihn auch ohne Worte. Es gab eben Frauen, die eine so starke Persönlichkeit hatten, daß sie sensible Männer durch ihre bloße Gegenwart einschüchterten. Und seine Schwester war eine von ihnen. Er sagte: «Bea, halt den Mund und verschwinde. Siehst du nicht, daß du den Jungen nervös machst?»

Bea sagte freundlich: «Unsinn, John. Ich mache ihn nicht nervös. Aber ich hätte nie gedacht, daß mein kleiner Schlingel so eine Heulsuse ist.» Sie blickte Gaylord vorwurfsvoll an.

«Hör mit deinen Sticheleien auf und geh», sagte John.

«Nun gut», sagte sie mit einem falschen Lächeln. «Niemand soll sagen können, daß ich nicht merke, wenn ich unerwünscht bin.» Sie ging, allerdings nicht, ohne Gaylord vorher einen freundschaftlichen Klaps zu versetzen.

Gaylord und Opa sahen einander an.

Opa sagte: «Im Grunde ist deine Tante gar nicht so schlimm. Sie weiß nur nicht, wo ihre Grenzen liegen, und das ist manchmal lästig.»

Gaylord sagte: «Henry Bartlett findet, wir sollten sie umbringen. Sein Onkel Arnold hat irgend so 'n Zeug, das wir ihr in den Kakao tun können. Das überlebt keiner.»

Man sah Opa, dessen Gedanken für gewöhnlich schwer zu erraten waren, deutlich an, daß er beunruhigt war. «Und was hältst du davon?» fragte er.

«Es wäre schon fein», sagte Gaylord nachdenklich, «aber ich finde, wir sollten es doch nicht tun.»

Opa sagte: «Wenn ich's mir genau bedenke, Junge,

stimm ich dir zu.» Er seufzte. «Aber es ist eine große Versuchung.»

«Ja», sagte Gaylord.

Sie schwiegen. Dann plötzlich streckte Opa die Arme aus und sagte: «Komm her, Junge, aber paß auf meine verdammten Knöchel auf.»

Gaylord stürzte sich auf den alten Mann und küßte ihn noch einmal auf seine sandpapiernen Wangen. «Können wir bald wieder spazierengehen?»

«Na, heute abend noch nicht. Aber ich verspreche dir, sobald ich wieder auf den Beinen bin, bist du der erste, mit dem ich einen Spaziergang mache.» Er nahm seinen Enkel bei den Schultern. «Und wohin gehen wir dann?»

«Auf den Hügel», sagte Gaylord. Es war sein Lieblingsplatz. Von dort aus konnte man fast die ganze Welt überblikken. Amerika hatte er zwar noch nie gesehen, aber das lag nur daran, daß es immer so diesig war. Und wenn man sich oben auf dem Hügel hinlegte und sich hinunterrollen ließ, kullerte man bis an den Fluß. Davon war er fest überzeugt. Er hatte es schon immer einmal ausprobieren wollen. Er sagte aufgeregt: «Und wenn du zu müde bist zurückzugehen, kannst du dich auf die Erde legen und nach Hause rollen.»

«Das würde meinen Knöcheln sicher ungemein guttun», sagte Opa. «Aber ich fürchte, deine Tante Bea wird da nicht mitspielen. Sie läßt mich höchstens einmal um den Hof herumgehen.»

«Warum denn?»

«Weil sie glaubt, daß ich sofort wieder hinfalle. Vermutlich bleibt sie mir mit dem Rollstuhl auf den Fersen, du mußt vorausgehen und ein rotes Fähnchen schwenken, während deine Eltern mich rechts und links stützen.»

Gaylord stellte sich die Szene vor. Das konnte lustig werden.

Sie wurden unterbrochen. Jocelyn kam herein. «Na, ihr beiden? Wie fühlst du dich, Vater? Sitzt du bequem?»

Gaylord sagte: «Wenn es Opa besser geht, rollen wir ihn den Hügel hinunter.»

«Gute Idee», sagte Jocelyn, der mit seinen Gedanken ganz woanders war. «Gaylord, deine Mutter sagt, du sollst zum Tee kommen. Vater, kann ich dich einen Augenblick allein sprechen?»

«Gern, mein lieber Junge.»

Jocelyn sagte: «Zuerst einmal, die Schwester hat mir einen Roman für dich mitgegeben.» Er legte das dicke Manuskript auf den Tisch seines Vaters.

«Danke. Taugt er was?»

«Ich habe nur ein paar Seiten gelesen.»

«Genügt das?»

«Leider, ja.»

«Schade! Sag mal, soweit ich weiß, gibt es kein Gesetz, das das Trinken von Whisky um halb fünf Uhr am Nachmittag verbietet?» Jocelyn hörte das tiefe Grunzen, das bei dem alten Mann das Lachen ersetzte.

«Mir ist jedenfalls keines bekannt», erwiderte Jocelyn, der versuchte, auf die heitere Laune seines Vaters einzugehen. Aber er war erstaunt. John Pentecost war heimgekehrt wie jemand, der nach Hause kommt, um zu sterben. Und eine knappe Stunde später war er bester Laune und verlangte lautstark nach einem Whisky.

«Gaylord hat ein brillante Idee», sagte er. «Er will meiner Schwester Bea Gift in den Kakao tun. Er weiß sogar schon, wo er es herbekommt. Von Henrys Onkel Arnold.» Wieder grunzte er vergnügt.

Der arme Jocelyn. Es war ihm unendlich schwergefallen, sich zu diesem Gespräch mit seinem Vater aufzuraffen, und nun hatte er offenbar einen ungünstigen Augenblick erwischt.

Er setzte sich, umklammerte mit der einen Hand sein Glas und strich mit der anderen nervös über die Rillen im Kristall. Sein Vater verzog die Lippen zu einem Lächeln.

«Jocelyn, ich kann dir und May nicht genug danken für alles, was ihr für mich getan habt. Es tut mir leid, daß meine alten Knochen mich im Stich gelassen haben und daß ich euch so eine Last bin.» Es war offensichtlich eine lange vorbereitete Rede.

Jocelyn sagte: «Glaubst du wirklich, daß du das Bewußtsein verloren hast?»

«Ich weiß keine andere Erklärung, mein Junge.» Er nahm einen Schluck Whisky. «Dr. Pemberton wird mir bestimmt das Autofahren verbieten.»

Jocelyn holte tief Luft. «Du kannst Auto fahren, bis du hundert bist. Mach dir keine Sorgen, du hast nicht das Bewußtsein verloren, glaub mir.»

In den Augen des alten Mannes schimmerte Hoffnung, die jedoch gleich wieder verflog. «Du brauchst mich nicht zu trösten, Jocelyn. Ich bin friedlich Polly Larkins Weg entlanggegangen, und im nächsten Augenblick lag ich zusammengeschnürt wie ein ofenfertiger Puter im Krankenhausbett und erinnerte mich an gar nichts. Mein Verstand muß ausgeflackert sein wie eine Neonröhre. Gottseidank ist der Strom nach einiger Zeit wiedergekommen.»

Jocelyn sagte: «So war es nicht, Vater. Jemand hat auf Polly Larkins Weg ein Loch gegraben, du bist hineingefallen, hast durch den Sturz das Bewußtsein verloren und dir die Fußknöchel gebrochen.»

Der alte Mann starrte ihn an. «Ein Loch? Auf Polly Larkins Weg? Welcher Vollidiot soll denn das getan haben?»

«Dazu komme ich gleich. Ich fürchte ...»

«Der Kerl verdient eine Tracht Prügel. Wer war es?» Er nahm hastig einen Schluck Whisky, der ihm in die falsche Kehle kam, und er hustete. Dann sagte er in verschwörerischem Ton: «Meinst du, Jocelyn, daß wir Dr. Pemberton diese Geschichte einreden können?»

«Ja, natürlich. Es ist die Wahrheit, aber ...» er schluckte nervös, «die Geschichte geht noch weiter.»

Der alte Mann hörte ihm nicht mehr zu. «Heißt das, daß ich meinen Rover behalten darf?» Er war jetzt munter wie ein Fisch im Wasser.

Jocelyn sagte kleinlaut: «Das Ganze tut mir schrecklich leid, Vater, aber...»

«Verdammt guter Wagen. Hat Charakter, der alte Dreieinhalb-Liter.» John seufzte. «So was wird heutzutage gar nicht mehr gebaut.» Er hielt Jocelyn sein leeres Glas hin. «Wenn wir bloß Pemberton davon überzeugen können, daß es wirklich so passiert ist.»

«Vater, es *ist* so passiert. Aber... ich meine... es war gut gemeint.»

«Was war gut gemeint?»

«Die Tigerfalle.»

«Die Tigerfalle? Wovon redest du, Jocelyn? Übrigens, der Rover muß in die Inspektion. Das muß schleunigst gemacht werden.»

Tante Bea kam geschäftig herein, gerade, als der alte Mann einen Schluck aus seinem neu gefüllten Glas nahm. «Jocelyn, du hast in deinem Arbeitszimmer die Leselampe brennen lassen. Aber mach dir keine Sorgen, ich habe sie ausgeknipst. John! Was ist in dem Glas?»

«Kalter Tee», sagte John bündig.

«Unsinn. Jocelyn, hat dir schon mal jemand gesagt, daß du ein Feigling bist?»

«Fast jeder», sagte Jocelyn bitter.

«Und mit Recht. Du kannst nicht einmal nein sagen, wenn dein Vater am hellichten Nachmittag Whisky trinken will. Das ist genauso gefährlich, als wenn du einem geistig behinderten Kind eine Schachtel Streichhölzer gibst.»

John fuhr sie an: «Diese Metapher ist eine Beleidigung, Bea.»

Jocelyn sagte: «Es war keine Metapher, es war ein Vergleich.»

«Was?» Der zornsprühende Blick, der bislang Tante Bea gegolten hatte, fiel jetzt auf Jocelyn. «Es war ein Vergleich,

Vater. Bea hat gesagt ‹als wenn›; hätte sie gesagt, daß ich dir eine Schachtel Streichhölzer gegeben hätte, dann wäre es eine Metapher.» May kam ins Zimmer.

Ein Mann, endlich entschlossen, sein Gewissen zu erleichtern, ist wie ein Wasserkessel, der kocht. Er muß Dampf ablassen oder er explodiert. Und Jocelyn konnte keinen Dampf ablassen. Erst hatte sein Vater ihn daran gehindert, dann hatte Bea gestört und jetzt auch noch May. Es mußte heraus. «Vater, *ich* habe Schuld an deinem Unfall. Ich bin daran schuld, daß du im Rollstuhl sitzt. Ich und niemand anderer.»

«Red keinen Unsinn, Jocelyn. Und ruf endlich die Werkstatt an und mach einen Termin für die Inspektion.»

Jocelyn war ganz niedergeschlagen, weil niemand seine sorgsam vorbereitete Beichte anhören wollte. Er beschloß, sich zurückzuziehen. «Ich telefoniere oben», sagte er.

An der Tür drehte er sich noch einmal um. «Vater, hast du gesagt, von Henrys Onkel *Arnold*?»

«Ja, mein lieber Junge.»

«Vielen Dank», sagte Jocelyn.

May beschloß, die Geschwister allein zu lassen. Sie ging in die Küche.

John Pentecost seufzte. Bea ruinierte jetzt fröhlich seine kostbare *Times*. Er hätte seine Schwester am liebsten angefaucht: ‹Laß endlich die Zeitung in Ruhe, du willst doch kein Feuer mit ihr anmachen›, sagte aber statt dessen, ganz der fürsorgliche Bruder: «Bea, meine Liebe, es wird Herbst. Du darfst dein Haus nicht so vernachlässigen. Meinst du nicht, du solltest ausnahmsweise mal an dich denken und nach Hause fahren?»

Tante Bea nahm die Brille ab und sah ihren Bruder lange an: «John, das ist das erste Mal in den siebzig Jahren, seit ich dich kenne, daß du einen Gedanken an einen anderen Menschen verschwendest. Was hast du vor?»

John war zutiefst schockiert. «Meine liebe Bea, ich denke einzig und allein an dein Wohl. Man darf ein Haus in dieser

Jahreszeit nicht so lange leer stehen lassen. Frost, Schnee, Hausbesetzer...»

«Die Hausbesetzer möchte ich sehen, die nicht sofort die Flucht ergreifen, wenn ich auftauche. Nein, John, solange mein jüngerer Bruder meine Hilfe braucht, werde ich meine Pflicht erfüllen, darauf kannst du dich verlassen.» Sie ließ die zerknitterte Zeitung auf den Boden fallen, stand auf und marschierte in die Küche.

«Kann ich dir helfen, May?»

«Nein, danke, Tante.»

«Keine langen Umstände, gib mir eine Schürze.»

«Wirklich, Tante Bea, ich bin fast fertig.» Wie wurde man nur diese allzu temperamentvolle Tante wieder los? Andererseits kümmerte sie sich um den alten Mann, das war eine große Hilfe. Sie war im Grunde eine liebe Frau. Nur daß sie einem so auf die Nerven ging.

Gaylord stürmte herein. Als er Tante Bea sah, wollte er schnell wieder entwischen. Aber es war zu spät.

«Gaylord», sagte May. «Bleib doch ein bißchen bei uns.»

«Ach, lieber nicht, solange die alte Schachtel hier ist.» Es war heraus, ehe er wußte, wie ihm geschah. Er wurde rot.

«Du gehst sofort auf dein Zimmer, Gaylord, und bleibst dort, bis ich dich rufe! Tante Bea, ich weiß nicht, was ich sagen soll.»

Gaylord schlich verdattert hinaus. May wäre am liebsten in den Boden versunken. Sie sah Tante Bea an, doch die war zu ihrer Überraschung ganz ruhig geblieben.

Sie sagte: «Bitte, bestraf ihn nicht. Wenn du jemandem die Schuld geben willst, dann gib sie mir. Wie sehr muß ich den Jungen irritiert haben, daß er so was sagt. Er ist so ein lieber Schlingel.»

May sagte: «Ich werde ihm diese Frechheit nicht durchgehen lassen.»

«May, bin ich wirklich so unerträglich? John findet es auch.»

May schwieg. Was sollte sie darauf antworten? ‹Du bist eine prächtige Frau, Tante, aber du machst dich im ganzen Haus breit und mischst dich in Dinge ein, die dich nichts angehen.› Statt dessen sagte sie: «Nein, du bist nicht unerträglich, Tante, aber...»

«Was aber? Hab keine Angst, mich zu verletzen, May.»

«Du hast... du bist eine sehr starke Persönlichkeit, Tante. Ich glaube, wenn ich so klein wäre wie Gaylord, würde ich mich auch von dir erdrückt fühlen.»

Tante Bea lachte plötzlich. «Ja, ich weiß, was du meinst. Ich hab in meinen jungen Jahren so manchen Oberst zum Schlottern gebracht. Aber bitte, May, bestraf ihn nicht.»

«Er muß sich entschuldigen», sagte May unnachgiebig.

«Nein.»

«Doch, Tante», sie ging zum Fuß der Treppe. «Gaylord!»

Gaylord kam herunter. Man hätte auf seine Unterlippe einen Penny legen und sich an seinen glühenden Backen die kalten Hände wärmen können.

May sagte: «Du hast deine Großtante verletzt, und das war sehr unrecht von dir. Was gedenkst du jetzt zu unternehmen?»

Gaylord starrte zu Boden und trat von einem Fuß auf den anderen.

Tante Bea stand still und steif da wie ein Felsen.

Gaylord wandte sich murmelnd an die Küchenfliesen: «Es tut mir leid, wenn ich Tante Bea verletzt habe, aber ich verstehe nicht, warum ich nicht alte Schachtel zu ihr sagen darf, wo sie mich doch kleiner Schlingel nennt.»

May sagte: «Kleiner Schlingel ist ein Kosename.»

«Alte Schachtel auch.»

«Nein», sagte May, «und das weißt du ganz genau.»

Bea sagte: «Wenn ich dir verspreche, nie mehr kleiner Schlingel zu dir zu sagen, versprichst du mir dann, mich nicht mehr alte Schachtel zu nennen?»

«'türlich», sagte Gaylord. Er überlegte, ob er noch über

eine Zusatzklausel zum Thema Küssen verhandeln sollte, merkte aber, daß er damit jetzt nicht durchkäme. Tante Bea sagte: «Nun, dieser Sturm im Wasserglas ist vorüber.»

«Gott sei Dank», sagte May. Sie dachte: Man mag über Tante Bea sagen, was man will, aber eins steht fest, sie ist eine vernünftige Frau. Manchmal habe ich sie direkt gern. Sie sah auf die Uhr. «Zu Bett, Gaylord.»

Gaylord war empört. «Mummi! Die Uhr geht vor.»

Bea sagte: «Erlaub ihm, zehn Minuten länger aufzubleiben, May, mir zuliebe.»

Die zwei Frauen lächelten sich zu. May sagte: «Also gut.»

«Hurra!» rief Gaylord. «Kann ich draußen spielen gehen?»

«Nein, Herzchen, das nun doch nicht, es ist fast dunkel.»

«Gaylord, willst du eine Partie Schach mit mir spielen?» fragte Tante Bea.

«O ja, bitte», rief Gaylord. Sie spielten drei hart umkämpfte Partien in acht Minuten, und Gaylord gewann alle drei. Er ging hochbefriedigt zu Bett.

Eigentlich war Tante Bea gar kein so großes Scheusal, wie er angenommen hatte. Und die ‹alte Schachtel› war ihm nur so rausgerutscht, er hatte sich selbst darüber erschrocken. Vielleicht brauchte man sie doch nicht aus dem Weg zu räumen.

7. Kapitel

Jocelyn kam die Treppen herunter. May und Bea waren in der Küche, das hieß, sein Vater war allein im Wohnzimmer. Eine gute Gelegenheit, endlich mit ihm zu sprechen.

Er ging ins Zimmer. «Ich habe den Rover zur Inspektion angemeldet, Vater.»

«Vielen Dank, mein Junge.»

Jocelyn redete hastig weiter: «Vater, es war alles mein Fehler...»

«Ist schon recht, mein Junge, du bist manchmal zwar ein wenig saumselig, aber zum Schluß machst du es ja immer ganz ordentlich. Wann holen sie den Wagen ab?»

«Morgen. Ist... ist dir nicht gut?» Er sah seinen Vater besorgt an. Die Stimme des Alten hatte zittrig und traurig geklungen, und nun sah Jocelyn zu seinem Entsetzen, daß seinem Vater Tränen über die Wangen rannen.

Das war schrecklich. Warum weinte John Pentecost? Hatte er Schmerzen? Verfiel er gar in Melancholie?

Jocelyn sagte: «Vater, verzage nicht...»

«Verzagen? Ich? Sei nicht töricht, mein Sohn.» Aber in seinen Augen waren immer noch Tränen.

«Ich weiß, daß es nur langsam bergauf geht, Vater», sagte Jocelyn.

«Über was, zum Teufel, redest du denn?»

«Über die Schwierigkeit, wieder gehen zu lernen. Und da wir gerade bei dem Thema sind, wollte ich dir sagen, daß es mein Fehler...»

Der alte Mann unterbrach ihn irritiert: «Wir sind nicht bei dem Thema, verdammt noch mal.»

«Ach nein?» Jocelyn war total verwirrt. «Weil du so unglücklich bist, dachte ich natürlich...»

«Ich bin nicht unglücklich. Es ist dieses verflixte Buch. Der beste Roman, den ich seit Jahren gelesen habe. Diese Mariana – eine echte tragische Figur.» Er schneuzte sich laut.

Jocelyn bemerkte erst jetzt das Manuskript. «Willst du damit sagen, daß es dir gefällt?»

«Gefallen? Ich sag dir doch, es ist der beste Roman seit *Vom Winde verweht.*»

«Aber... aber, Vater, das Buch ist ungenießbar.»

Sein Vater begann, auf seinem Stuhl herumzurutschen, immer ein schlechtes Zeichen und nicht ganz ungefährlich; er saß, weil Bea es so angeordnet hatte, auf einem Eßzimmerstuhl. «Ungenießbar? Meine Güte, wenn du an all den Quatsch denkst, der heutzutage gedruckt wird. Dieses Mädchen wird Millionen verdienen, wenn du ihr ein wenig unter die Arme greifst!» Er warf ihm einen zornigen Blick zu. «Ich hasse Neid auf Kollegen.»

«Neid? So leid es mir tut, Vater, es ist ein schlechtes Buch.»

«Hast du nicht gesagt, daß du nur darin geblättert hast?» fragte sein Vater bissig.

«Manchmal genügt der erste Absatz.»

«Soso», sagte John. «Du hast einen Absatz gelesen, und dennoch wagst du es, ein Urteil abzugeben.» Er war wütend.

«Ich habe nicht gesagt, daß ich nur einen Absatz gelesen habe», sagte Jocelyn. Er kannte seinen Vater. Argumente würden keinen Schritt weiterhelfen.

«Vater, ich wollte eigentlich über etwas ganz anderes mit dir reden. Dein Unfall...»

«Ach, ja, deine Theorie, daß irgendein Idiot mitten auf einem Weg Löcher gräbt. So schwachsinnig kann doch kein Mensch sein, Jocelyn.»

«Doch. Ich...»

«Dann sollte man ihn verklagen. Besprich die Sache mit Constable Harris.»

«Das wird zu nichts führen, Vater. Verstehst du, ich...»

«Gut, wenn es dir unangenehm ist, werde ich selbst mit ihm reden. Und nun – entschuldige mich, aber Mariana hat gerade ihrer Jugendliebe für immer Adieu gesagt.» Er nahm das Manuskript wieder auf. «Nein, Vater», rief Jocelyn, «du mußt mir zuhören.»

Der alte Mann schob den Ordner langsam von sich weg und sagte ungeduldig: «Ich bin ganz Ohr.»

Die Tür ging auf, Dr. Pemberton kam herein. «Verflixt», sagte Jocelyn. «Guten Tag, Herr Doktor. Ich lasse Sie mit Ihrem Patienten allein.» Er ging hinaus.

John Pentecost und Edward Pemberton waren vom gleichen Schlag. «Sie brauchen mich nicht groß zu untersuchen, Edward, ich will von Ihnen nur eins.»

«Und das wäre?»

«Die Erlaubnis, meinen Wagen zu fahren.»

«Leute, die manchmal das Bewußtsein verlieren, lasse ich nicht auf die Menschheit los, John.»

«Ich *habe* das Bewußtsein nicht verloren, fragen Sie Jocelyn.»

«Was weiß er schon davon.»

«Alles. Anscheinend hat irgendein Vollidiot auf Polly Larkins Weg ein Loch gegraben, und ich bin hineingefallen und habe durch den Sturz das Bewußtsein verloren.»

«Beweisen Sie mir das.»

«Wie, zum Teufel, soll ich das beweisen?» Seine Stimme wurde sanfter. «Edward, ich war immer ein vorbildlicher Patient, Sie kennen mich. Ich würde doch nicht...»

«Ich weiß nur, daß Sie jede Tablette, die ich Ihnen verschreibe, schnurstracks ins Klo werfen. Ich weiß auch, daß Sie zuviel Whisky trinken...»

«Apropos Whisky, wie wär's mit einem Gläschen, alter Freund?»

«Ich schenk uns einen ein», sagte Dr. Pemberton. «Aber für Sie nur einen Daumen hoch.»

«Als ob ich je mehr trinke», sagte John. «Und nun schauen Sie sich kurz meine Knöchel an, befühlen meine Leber und leuchten mir in die Augen, und dann sagen Sie mir, daß ich wieder Auto fahren kann.»

Dr. Pemberton untersuchte ihn gründlich, endlich schnappte er seinen Koffer wieder zu. «Ihnen würde ich keinen Ochsenkarren anvertrauen.»

«Nennen Sie mir einen guten Grund.»

«Ich könnte Ihnen ein halbes Dutzend nennen, aber einer ist genug. Der Druck auf die Fußknöchel. Warten Sie noch drei Monate.» An der Tür drehte er sich um. «Tut mir leid, John. Ich weiß, wieviel Ihnen daran liegt, aber wir müssen vernünftig sein.»

«Vernünftig! Sie sind immer ein altes Weib gewesen, Edward. Trotzdem vielen Dank fürs Kommen.»

May schlief schon, als Jocelyn sich endlich zu Bett legte. Sie wachte nicht auf. Und dabei hätte er ihr etwas zu erzählen, etwas auf das er stolz war. Er hätte gern ein wenig damit angegeben.

Nun mußte er bis morgen früh warten. Er war todmüde. Das Leben war in letzter Zeit ziemlich anstrengend, er brauchte seine acht Stunden Schlaf.

May murmelte: «Wo bist du gewesen?»

Nun konnte er seine Geschichte doch noch loswerden. «Ich war bei Henrys Onkel Arnold und habe Rattengift geholt, und dann habe ich es überall im Außenklo gestreut.» Er konnte sich nicht verkneifen hinzuzufügen: «Du kannst also beruhigt schlafen, Liebling, du wirst keine Ratte mehr zu Gesicht bekommen.»

«Mhm, dank dir, Jocelyn, mir hat wirklich vor diesen Ratten gegraust.» Sie schlief wieder ein.

Jocelyn genoß das Lob seiner Frau. Seine Gedanken begannen sich zu verwischen. Er knipste die Nachttischlampe aus. Schlaf umfing ihn wie die Arme seiner Mutter.

Die Nacht ging vorbei. Die Sterne verblaßten, die Erde drehte sich der Sonne zu, ein Hahn krähte.

Irgend etwas klapperte gegen Gaylords Schlafzimmerfenster.

Dann Stille. Dann wieder ein Geklapper.

Gaylord erwachte sofort. Es war schon hell, aber nicht sehr hell. Irgend etwas (Hagel, Schrotkörner, Kieselsteine) schlug an sein Fenster. Es klang wie ein heimliches Signal. Gaylord liebte nichts mehr als heimliche Signale. Er spitzte die Ohren.

Jemand rief «Psst». Es klang, wie wenn aus einem Fahrradschlauch die Luft entweicht.

‹Psst› ist ein Wort, das sich gar nicht so leicht aussprechen läßt, aber Henry Bartlett brachte es fertig.

«Henry», rief Gaylord und lehnte sich gefährlich weit aus dem Fenster. «Was gibt's?»

Die aufgehende Sonne beschien Henry Bartletts glattes, rosiges Gesicht, seine Brillengläser funkelten.

Henry schluckte. Er hatte sich genau überlegt, was er sagen wollte. Nun ließ er die Bombe platzen.

«Du kennst doch deinen Vater, Gaylord?»

«Ja.»

«Also...» eine lange Pause, um die Wirkung zu erhöhen. «Er will deine Tante vergiften.» Eine weitere Pause. «Wenn er's nicht schon getan hat.»

Obwohl er sah, daß Gaylord gespannt wie ein Flitzbogen auf die Fortsetzung der Geschichte wartete, nahm Henry sich Zeit, diesen wunderbaren Augenblick ganz auszukosten. «Er hat sich bei meinem Onkel Arnold eine Schachtel von dem Zeug geholt.»

Gaylord war konsterniert. Das hätte er von Paps nicht erwartet. Gut, er wußte, daß Paps mit Tante Beas Besuch nicht einverstanden war – aber das! Er sagte: «Komm rein, Henry. Wenn ich ein Laken zusammenknote, meinst du, du kannst daran heraufklettern?»

«Ich komme durch die Haustür, wenn's dir nichts ausmacht, Gaylord.»

«Klar», sagte Gaylord, obwohl er fand, daß es seinem Freund an einem gewissen Stilgefühl mangelte. Mit übertriebener Heimlichkeit schlich er die Treppe hinunter und öffnete Henry die Tür. Sie gingen in die Küche.

«Wir müssen deine Tante warnen», sagte Henry.

«Wenn's nicht schon zu spät ist», sagte Gaylord unheilvoll. Er war beunruhigt. «Hoffentlich hat Paps keine Fingerabdrücke hinterlassen.» Er wollte nicht, daß Paps ins Gefängnis kam. Das wäre noch schlimmer als Opa im Krankenhaus.

«Da!» rief Henry plötzlich.

Eine kleine Pappschachtel stand auf dem Küchentisch, sie war halb gefüllt mit einem weißen Puder. «Ob er's schon benutzt hat?» fragte Henry.

Um die Frage beantworten zu können, müßte man nachsehen, ob Tante Bea noch atmete. «Nimm die Schachtel und gib sie deinem Onkel Arnold zurück», sagte Gaylord. «Wie kann man ein so belastendes Beweisstück auf dem Küchentisch herumliegen lassen!»

Henry stopfte die Schachtel in die Hosentasche. Dann stahl er sich auf leisen Sohlen aus dem Haus.

Jocelyn war plötzlich hellwach. Es war Tag, die Uhr schlug sieben. May saß aufrecht neben ihm im Bett. «Messalina!» rief sie.

«Was?»

«Messalina! Wo hast du die leere Schachtel gelassen?»

Die kürzeste Antwort hätte gelautet: ‹Auf dem Küchentisch. Aber die Schachtel ist nicht leer, sie ist noch halb voll.›

Kurze Antworten sind jedoch nicht so leicht zu geben, wenn man aus dem Schlaf kommt. Jocelyn sagte: «Oh... mhm... mein Gott, ich habe nicht an die verdammte Katze gedacht.»

May verschwendete keine weiteren Worte. «Komm, rasch!» Sie sprangen aus dem Bett und rannten in die Küche.

Mays erster Blick galt Messalinas Körbchen. Es war leer. Jocelyn starrte auf den Küchentisch. Die Schachtel war fort. Jocelyn fuhr sich mit der Zunge über die trockenen Lippen. «Das Gift ist nicht mehr da», murmelte er mit erstickter Stimme.

«Wir müssen die Katze finden, sie ist bestimmt irgendwo im Haus. Sie darf nicht ins Freie», sagte May. «Hoffentlich ist sie noch am Leben.»

Sie gingen ins Wohnzimmer. «Messalina», flüsterte sie lokkend. «Pussikätzchen.» Und dann weniger schmeichelnd: «Du dummes, kleines Biest, wo bist du?»

Keine Messalina. Jocelyn sagte angstvoll: «Sie verkriechen sich in dunkle Ecken, um zu sterben, nicht wahr?»

«Ja», sagte May ungerührt.

Sie gingen auf den Korridor. Keine Messalina. Jocelyn überlegte voller Verzweiflung, wie er seiner Frau beibringen sollte, daß er die Schachtel auf dem Küchentisch hatte stehenlassen und daß sie jetzt nicht mehr da war. «Ihr ist bestimmt nichts passiert», murmelte er.

«Hoffentlich. Wie stehen wir sonst vor Tante Bea da?»

Sie gingen in Tante Beas Zimmer. Dunkelheit, Stille.

«Tante Bea», sagte May leise und knipste das Licht an.

«Guten Morgen, meine Lieben», sagte Tante Bea lächelnd.

«Gaylord!» rief Mummi. «Gaylord!» rief Paps. «Gaylord!» rief Tante Bea.

Neben Tante Beas Bett stand ein offensichtlich verlegener Gaylord. «Was machst du denn hier?» fragte May.

«Ich wollte nur sehen, ob Tante Bea noch lebt», sagte Gaylord.

«Hast du einen Grund anzunehmen, daß ich tot bin, Kind?» fragte Tante Bea, die die Situation genoß. «Und welchem Umstand verdanke ich die Ehre eures morgendlichen Besuchs?» fuhr sie, an May und Jocelyn gewandt, fort.

May sagte: «Wir suchen Messalina, Tante. Gaylord, was murmelst du da vor dich hin?»

Gaylord sagte: «Ich dachte, Paps hat sie vergiftet.»

«Kannst du dir vorstellen, daß dein Vater eine Katze vergiftet?» fragte May.

«Nein, Mummi, nicht die Katze, sondern Tante Bea.»

Tante Bea lachte schallend. May sagte: «Entschuldige, Tante, aber Gaylord kommt manchmal auf die seltsamsten Ideen.»

«Oh, ich finde die Idee gar nicht so abwegig. Es gibt eine Menge Leute, die nichts dagegen hätten, wenn mich jemand um die Ecke bringt.»

Jocelyn sagte: «Wirklich, Tante, ich weiß nicht wie...»

Gaylord sagte: «Henry Bartlett hat gesagt, daß Paps sich das Zeug von seinem Onkel Arnold geholt hat. Es bringt alles um, Kellerasseln, Ohrenkriecher...»

«Und Großtanten», sagte Bea, die sich noch immer köstlich amüsierte. «Jocelyn, ich bin wirklich baff.»

Jocelyn konnte das Geplänkel nicht länger ertragen. «Tante Bea, ganz im Ernst, wir können Messalina nirgends finden... und, um ehrlich zu sein, ich habe Rattengift ausgelegt, aber nur im Außenklo...»

«Irgendwo wird sie schon stecken», sagte Tante Bea ruhig. «Aber jetzt erlaubt mir bitte aufzustehen.» Die drei traten hastig den Rückzug an. Bea faßte unter die Bettdecke und zog eine zerzauste, verschlafene Messalina hervor und hielt sie sich dicht vors Gesicht. «Atmest du noch, meine Alte?» sagte sie. «Eigentlich verdienst du es nicht. Du weißt, Tante May sieht es nicht gern, wenn du in ihrer Bettwäsche schläfst.» Sie setzte die Katze auf den Fußboden.

Messalina lebte noch, eine Sorge weniger für Jocelyn. Aber was war mit der Giftschachtel geschehen? Niemand wußte doch, daß er sie auf dem Küchentisch hatte stehenlassen!

Gaylord war überrascht, daß Paps ihm in sein Zimmer folgte. Mummi tat so etwas, um zu kontrollieren, ob er sich den Hals und hinter den Ohren gewaschen hatte. Warum interessierte sie sich gerade für diese Körperstellen, die niemand sehen konnte, wenn er angezogen war. Aber Paps?

Und Paps benahm sich sehr eigenartig, selbst für Paps. Er starrte aus dem Fenster, Hände in den Taschen, hüstelte nervös und redete ihn mit ‹alter Junge› an. «Gaylord, alter Junge.» Gaylord war sofort auf dem Quivive. «Gaylord, alter Junge, du hast nicht zufällig die kleine Schachtel fortgenommen, die ich auf dem Küchentisch habe stehenlassen?»

«Nein, Paps.» Es war die Wahrheit. Nicht er hatte sie fortgenommen, sondern Henry.

«Ich dachte nur», sagte Paps unglücklich, «daß du sie vielleicht... weggetan hast.» Dann fügte er hoffnungsvoll hinzu: «Aber vielleicht hast du sie gesehen?»

Gaylord dachte lange nach. «Tut mir leid, Paps», sagte er nach einer gründlichen Erforschung seines Gewissens. Sein Selbsterhaltungstrieb siegte; Regel Nr. 1: Wenn keine triftigen Gründe dagegensprechen, alles abstreiten.

«Vielen Dank, alter Junge», sagte Jocelyn. Er ging und nahm sein Bad. Gewöhnlich genoß er es sehr. Heute nicht. Der Gang der Ereignisse versprach nichts Gutes.

Vor dem Frühstück durchsuchte er das ganze Haus. Ohne Erfolg. Wo konnte diese Unglücksschachtel nur sein? Wie töricht von ihm, sie herumliegen zu lassen. Wahrscheinlich war genug Gift darin, um die gesamte Bevölkerung von Derbyshire auszurotten.

Er kam zum Frühstück, die anderen hatten schon angefangen. Sein Vater überbrückte die Pause zwischen Porridge und Eiern mit Speck und Würstchen, indem er die Schlagzeilen aus der Zeitung vorlas. «Entschuldigt, daß ich der letzte bin», sagte Jocelyn. «Das bist du fast immer», sagte sein Vater mürrisch und ließ die Zeitung sinken.

Das fängt ja gut an, dachte Jocelyn. «Ich möchte nur einen

Toast mit Orangenmarmelade, vielen Dank, May», sagte er. Und nicht mal den würde er herunterkriegen.

«Hättest du das nicht eher sagen können?» May war ungehalten.

«Erwarte nie von einem Mann, daß er vorausdenkt», sagte Tante Bea, «du ersparst dir damit Enttäuschungen.» Sie grinste Jocelyn an.

Jocelyn schluckte und packte den Stier bei den Hörnern. «Ich fürchte, etwas sehr Unangenehmes ist passiert.»

May sah ihn erschrocken an. Seines Vaters Verdrossenheit wich regem Interesse.

Jocelyn nahm allen Mut zusammen. «Gestern abend», sagte er, «habe ich im Außenklo Gift gestreut, gegen die Ratten. Dann... habe ich... die halbleere Schachtel auf dem Küchentisch stehengelassen, als ich ins Bett ging. Es war sehr leichtsinnig von mir.»

«Sehr», sagte John trocken.

«Oh, Jocelyn», sagte May vorwurfsvoll.

Er blickte sie hilfeflehend an und fuhr fort: «Das Schlimme ist, daß das Gift heute morgen nicht mehr da war. Ich habe überall gesucht. Weiß zufällig jemand, wo es sein könnte?»

May warf die Serviette auf den Tisch.

«Gift!» sagte John. «Und du läßt es auf dem Küchentisch liegen.»

Jocelyn sagte: «Ich bin ganz sicher, daß die Schachtel auf dem Tisch stand, und nun ist sie fort, wie vom Erdboden verschwunden.»

Plötzlich blickten alle Gaylord an. May sagte streng: «Was weißt du darüber, Gaylord?»

«Ich, Mummi?» Erstaunt, gekränkt, ungläubig.

«Ja, du!»

Gaylord hatte plötzlich großes Mitleid mit seinem Vater. Alle hackten auf ihm herum. Er sagte beherzt: «Ich weiß nicht, warum ihr alle denkt, es ist Paps' Fehler.» Dann hellte sich seine Miene auf. «Paps, jetzt fällt mir was ein. Henry Bartlett hat in der Küche etwas in die Tasche gesteckt. Bestimmt war es das Gift.»

«Wann war das?» fuhr May ihn an.

Jetzt haben wir den Salat, dachte Gaylord, es war schon richtig, daß er Mummi nie mehr erzählte, als unbedingt notwendig war. «So um fünf.»

«Heute morgen?»

«Ja.»

«Und was hatte Henry Bartlett um fünf Uhr früh in meiner Küche zu suchen?»

Das Verhör dauerte, bis sie vom Frühstück aufstanden, und wurde noch während des Abwaschs fortgesetzt. Jocelyn hatte sich längst vorher aufgemacht, um mit Henry Bartletts Onkel Arnold zu sprechen.

Henrys Onkel Arnold sah Jocelyn vorwurfsvoll an und sagte: «Mr. Pentecost, Sie sollten sich nicht so abhetzen. Sie sehen ja ganz erschöpft aus.»

«Das Gift», stieß Jocelyn keuchend hervor, «hat Henry es Ihnen zurückgegeben?»

«Natürlich, Mr. Pentecost. Aber Sie dürfen sich nicht so aufregen! Das kann Ihnen mehr schaden, als wenn Sie vom Gift genommen hätten.»

«Wirklich?»

«Ja. Ratten bekommt es nicht, aber für Menschen ist es völlig ungefährlich.»

«Gott sei Dank!» Jocelyn atmete erleichtert auf und eilte von dannen. Auf dem Heimweg kaufte er für Gaylord eine Tüte Pfefferminzbonbons.

8. Kapitel

Als der Sommer sich seinem Ende zuneigte, war es soweit: John Pentecost mußte wieder gehen lernen.

Es war ein mühseliger Weg. Kleine Erfolge wechselten mit Enttäuschungen und Wutanfällen. Zuerst versuchte er es mit einem Gehrahmen im Wohnzimmer, dann auf Krücken im Korridor, und jeder dieser schmerzhaften Versuche war für den stolzen Mann eine Demütigung. Aber er stand es durch. Nichts, weder Schmerzen noch Müdigkeit, weder knirschende Knochen noch rebellierende Muskeln konnten ihn abhalten. Er wollte bald wieder gehen können. Er plagte sich von früh bis abends, fluchend, schimpfend, grollend, und weigerte sich strikt, außerhalb des Hauses im Rollstuhl gesehen zu werden («Ich bin doch kein Invalide!»).

Und niemand verstand seinen Eifer. «Übertreib es nicht, Schwiegervater.» – «John, es wird dir zuviel.» – «Vater, was tust du auf der Treppe?» Es war zum Verrücktwerden. Aber er erreichte Schritt für Schritt sein Ziel.

Der Morgen war so unglaublich schön, so unwiderstehlich verlockend, daß der alte Mann vermeinte, den Fluß mit seinen Dunstschleiern, seinen im Sonnenlicht tanzenden Wellen deutlich vor sich zu sehen. Er sah die gefleckten Kühe auf der Weide, er sah das tiefe, unendlich wohltuende Blau des Himmels. Und er empfand Sehnsucht.

Gut, ihm mochten noch viele Tage vergönnt sein, aber wie viele Tage waren so schön wie dieser? Er mußte den Fluß sehen, bevor die Wolken vom Westen her vordrangen und die Sonne verdunkelten.

Er fühlte sich stark. Er hatte ein Ziel. Er rollte in sein Zimmer, zog sich ächzend die Schuhe an, richtete sich auf und ergriff seinen Spazierstock. Langsam, aber mit sicheren Schritten, ging er in die Küche.

Gaylord saß am Tisch und zeichnete voller Eifer ein Ungeheuer. Das Ungeheuer wurde so gräßlich, daß er eine angenehm kitzelnde Furcht zu spüren begann.

May trocknete das Frühstücksgeschirr ab. Sie lächelte. «Schwiegervater, du machst Fortschritte. Wie schön!»

Tante Bea stand über die Spüle gebeugt und wusch ab. «John!» rief sie, lief zu ihm und packte ihn am Arm. «Du darfst nichts riskieren. Und du weißt, wer dich aufheben und sich um dich kümmern muß, wenn du wieder hinfällst.»

«Ich werde nicht hinfallen, Weib.» Er war bester Laune, er fühlte, wie er allmählich seine Bewegungsfreiheit zurückgewann. Seine schlaffen Muskeln hatten sich wieder gestrafft, gesundes, rotes Blut rann wieder durch seine Adern. «Ich geh aus», sagte er.

May sagte: «Ich häng nur schnell die Schürze auf, Schwiegervater, dann begleite ich dich.»

«Vielen Dank, May», sagte er höflich. «Aber ich brauche dich nicht. Ich will allein sein.»

May, mit einem Schriftsteller zum Mann, konnte das verstehen. Aber ihr war nicht wohl zumute. Andrerseits, wenn man den Patienten zu sehr bevormundete, würde er sich nie erholen. «Nun gut, Schwiegervater, aber sei vorsichtig.»

Tante Bea war aus härterem Holz. «John, wenn du einen Schritt vor die Tür gehst, komm ich mit, ob du willst oder nicht.»

«Nein, das tust du nicht», sagte John.

«Doch, das tue ich. Schon als Kind war er so, May, halsstarrig, bockig und immer entschlossen, seinen Willen durchzusetzen.»

«Wenn ich nicht so gewesen wäre, hättest du mir das Leben noch mehr zur Hölle gemacht.»

Bea stellte sich mit gespreizten Armen vor die Tür. «John, wenn du allein ausgehst, verlasse ich dieses Haus.»

John war unbeirrt auf die Tür zugegangen, aber bei diesen Worten blieb er abrupt stehen. Er starrte seine Schwester ungläubig an. «Ist das dein Ernst?»

«Mein voller Ernst.»

«Sehr gut.» Er ging weiter auf die Tür zu und hielt sich dabei an der Spüle fest, während er seinen Stock hin und her schwenkte. «Geh mir aus dem Weg, Weib.»

Bea starrte ihn wütend an. «Tu, was du willst. Ich packe meine Sachen.» Sie griff nach der Türklinke und öffnete die Tür. «Auf Wiedersehen, John. Du bist und bleibst ein Narr.»

May schwieg. Wenn Bea abfuhr und der alte Mann von seinem Spaziergang auf einer Trage zurückkam, dann war wirklich Matthäi am letzten. Aber sie hütete sich, in den Streit zweier Giganten einzugreifen.

John sagte: «Glaub nicht, daß ich dein Kommen nicht zu schätzen gewußt habe, Bea. Es war nett von dir, sehr nett. Es ist eben Pech, daß du so unerträglich bist.» Er ging vorsichtig die Stufen hinunter und schloß leise die Tür hinter sich.

May sah Tante Bea fragend an. Bea sagte: «Wenn ich etwas sage, dann meine ich es auch.»

«Ich weiß, Tante, aber... in diesem Fall. Willst du ihm nicht noch eine Chance geben? Bitte, geh nicht, Tante.»

Bea sah sie prüfend an. «Bist du aufrichtig zu mir?»

Eine kurze Pause. «Ja», sagte May.

Gaylord traute seinen Ohren nicht. Seit den Worten ‹verlasse ich dieses Haus› hatte er sein Ungeheuer total vergessen, stumm dagesessen und auf jedes Wort der Erwachsenen mit wachsendem Vergnügen gelauscht. Der Augenblick, auf den er so lange gewartet, den er mit aller Kraft herbeigesehnt hatte, war endlich gekommen.

Seine Freude hielt an, bis Opa die Tür hinter sich geschlossen hatte. Aber danach verstand er die Welt nicht mehr. Seine eigene Mutter, statt die einmalige Gelegenheit mit beiden

Händen zu ergreifen und nach oben zu rasen, um Tante Bea beim Packen zu helfen, seine eigene Mutter hatte Tante Bea gebeten zu bleiben! Und das allerschlimmste war – augenscheinlich mit Erfolg!

Ja, tatsächlich mit Erfolg. Denn Tante Bea schlang jetzt die Arme um May und sagte: «Dann bleibe ich. Ach, May, du bist ein Schatz.»

Er sagte vorwurfsvoll: «Mummi, ich finde, du solltest Tante Bea nicht überreden zu bleiben, wenn sie nicht will.»

«Ich könnte Tante Bea auch nicht überreden, wenn sie sich nicht gern überreden ließe. Hab ich recht, Tante?»

Die beiden Frauen lächelten einander an und begannen, über das Abendessen zu reden. Weiber! dachte Gaylord voller Abscheu.

John Pentecost blähte die Nüstern wie ein Pferd, das man aus dem Stall gelassen hatte. Er war frei. Frei und allein. Und nur wenn er allein war, konnte er die ganze Süße der Landschaft empfinden, nur wenn er allein war, konnte er eins werden mit diesem sonnenüberfluteten Tag. Er wäre am liebsten gerannt wie eine Frau, die in die Arme ihres Liebsten eilt. Aber damit war es für immer vorbei. Er mußte zufrieden sein, langsam voranzuhumpeln wie ein Gefangener in Ketten.

Es war nicht einfach: Kopfsteinpflaster auf dem Hof, zäher Matsch, unebener Asphalt. Aber er setzte tapfer Fuß vor Fuß. Er blieb stehen und holte tief Luft. «Ich hätte sterben können», murmelte er. «Manchmal habe ich gedacht, jetzt ist es soweit. Aber noch bin ich am Leben. Ich bin zurückgekehrt in die Welt, die noch schöner ist, als ich sie in Erinnerung hatte.»

Vor ihm im Schatten lag Polly Larkins Weg, und an seinem Ende lockte das Sonnenlicht in seiner ganzen Glorie, der üppige Zauber eines Herbsttags. Er konnte den Fluß schon riechen, der unverkennbare Geruch von Feuchtigkeit und Fäulnis, der ihm immer stille Freuden angekündigt hatte.

Jetzt kam er an die Stelle, wo jemand, laut Jocelyn, ein Loch gegraben hatte. Tatsächlich, es war sogar eine ziemlich breite Grube, sie lief quer über den Pfad. Er war empört. Zwanzig, dreißig Jahre lang war er friedlich hier entlanggegangen. Und nun auf einmal hatte jemand so etwas Heimtückisches getan!

Er näherte sich dem Graben und überlegte, wie er ihn am besten überqueren könnte.

Zu seiner Verblüffung sah er auf dem Boden der Grube ein paar verwelkte Weidenzweige.

Und plötzlich ging ihm ein Licht auf. Jocelyn hatte recht gehabt. Irgendein schwachsinniger Lümmel, ein Verbrecher, war schuld an all seinen Schmerzen und Qualen. «Pest und Hagel», knurrte er. Er würde diesen Kerl finden und dann...

Aber der Kerl sollte ihm den Tag nicht verderben! Dieses kleine Hindernis konnte einen John Pentecost nicht aufhalten. Ein großer Schritt, und er war hinüber.

Aber es ging nicht. Wenn er es versuchte, landete er wahrscheinlich wieder im Krankenhaus.

Haselnußsträucher und Holunderbüsche wuchsen rechts und links bis dicht an den Weg. Er konnte nicht vorbei, er mußte umkehren. Am Ende des Pfads leuchteten die Wiesen und die Bäume im Sonnenlicht. Der Fluß glitzerte. Aber er konnte ihn nicht erreichen.

Der Heimweg war ein Alptraum. Seine verdammten Beine wollten ihm nicht gehorchen. So fest er seinen Stock auch umfaßte, jeder Schritt war eine Tortur. Er torkelte wie ein Betrunkener. Doch er gab nicht auf.

Er kam zu Reuben Briggs' Cottage. Reuben würde ihm helfen, ihm eine Tasse Tee geben; dort konnte er warten, bis er sich erholt hatte. Und dann konnte Reuben ihn mit seinem alten Handwagen nach Hause fahren. Reuben war ein komischer Kauz. Kein normaler Mensch lebte freiwillig allein und vergiftete sich das Hirn mit Büchern. Aber er war ein guter Nachbar. John öffnete mühsam die Gartentür, schwankte den Weg entlang und sah weder die Chrysanthemen noch die Rosen.

Er hatte die Tür erreicht, griff mit letzter Kraft nach dem Klopfer und hämmerte. «O Gott, laß ihn zu Hause sein», betete er.

Sein Gebet wurde erhört. Füße schlurften über die Steinfliesen, ein Riegel wurde quietschend zurückgeschoben, ein Schlüssel knirschte im Schloß. Die Tür öffnete sich. Reuben, mit einer Mütze auf dem Kopf und in Gummistiefeln, starrte ihn an.

John keuchte: «Reuben, ich bin vollkommen fertig. Würden Sie... meinen Sohn anrufen und ihn bitten, mich abzuholen? Entschuldigen Sie, daß ich Ihnen Umstände mache, aber...»

Reuben starrte ihn schweigend an. Dann sagte er: «Mr. Pentecost. Wer einen Narren zeugt, der hat Grämen, und eines Narren Vater hat keine Freude. Auf Wiedersehen, Mr. Pentecost.» Und er schlug John die Tür vor der Nase zu.

John zitterten die Knie. Er vergeudete keine Zeit damit, noch einmal an die Tür zu klopfen oder über Reubens wunderliches Benehmen nachzudenken. Er taumelte durch den verwilderten Garten und den Weg entlang und schaffte es irgendwie, sein Haus zu erreichen.

Er stieß mit dem Ellbogen die Hintertür auf, ignorierte Mays und Beas ängstliche Fragen, schleppte sich in sein Zimmer und sank auf einen Stuhl. Aber das Zimmer schwankte hin und her wie ein Schiff auf hoher See. War dies der Tod?

Er raffte sich auf und stapfte in die Küche.

Bea warf einen Blick auf sein bleiches Gesicht und sagte: «John, du bist ein Narr.»

Er sah sie säuerlich an. «Ich denke, du packst.»

«Ich kann May nicht allein lassen mit einem alten Mann, der nicht mehr Verstand hat als ein Kind. So, und jetzt leg dich hin, ich bringe dir etwas Warmes zu trinken.»

«Ich denke nicht daran, mich hinzulegen.» Er verscheuchte unwirsch den Gedanken an weiche Kissen und warme Dekken.

May sagte: «Tante Bea hat recht, Schwiegervater. Du siehst furchtbar aus.»

Die Welt kippte seitwärts. Vielleicht war es ein kleines Erdbeben, dachte John. Er sah die anderen ängstlich an. Sie schienen es nicht bemerkt zu haben. «Ich gehe in mein Zimmer, um ein wenig Ruhe und Frieden zu haben, und ich hoffe, daß man mich nicht ständig belästigt.»

«Das erste vernünftige Wort aus deinem Mund», sagte Tante Bea. Er warf ihr einen vernichtenden Blick zu, nahm alle Kraft zusammen und ging in sein Zimmer. Er wollte sich wieder auf einen Stuhl setzen, da fiel sein Blick auf das Bett. Selbst sein eiserner Wille konnte dieser Verlockung nicht widerstehen. Er zog sich halb aus und legte sich hin.

Es war ein wundervolles Gefühl. Die Laken kühlten ihn wie ein sommerlicher Teich. Die Kissen stützten sanft seinen Kopf, die Welt gewann ihr Gleichgewicht zurück. Er glitt sanft in den Schlaf.

Als er erwachte, hatte das Licht sich verändert. Es war nicht mehr heller Tag. Das Zimmer hatte sich mit Schatten gefüllt. Er hob vorsichtig den Kopf – die Welt war stabil! Hier zu liegen in der stillen Abenddämmerung war der Himmel auf Erden. Er hoffte, daß sie ihn nicht gleich störten. Er mußte in Ruhe nachdenken, mußte sich Klarheit darüber verschaffen, wie er diesen empörenden Lümmel, der das Loch gegraben hatte, fand, und warum Reuben sich so feindselig verhalten hatte.

Aber er fand keine Ruhe. Er seufzte, drehte die Nachttischlampe an und versuchte, sich in den Roman der Krankenschwester zu vertiefen. Aber selbst diese spannende Lektüre konnte seine trüben Gedanken über die menschliche Bosheit nicht verscheuchen. Er war erleichtert, als jemand zögernd an die Tür klopfte und Jocelyn eintrat.

«Guten Abend, Vater. May und Bea haben mich geschickt, um nachzusehen, ob du etwas brauchst. Du hast stundenlang geschlafen.»

«Unsinn. Ich habe gelesen. Ein großartiges Buch. Aber das ist jetzt unwichtig. Also... ich kann es dir gar nicht beschreiben. Ich bin wütend... Ich möchte diesem Lümmel am liebsten den Hals umdrehen.»

«Vater, soll ich Dr. Pemberton anrufen?»

Er warf seinem Sohn einen vernichtenden Blick zu. «Willst du nicht hören, was passiert ist?»

«Doch, doch, natürlich. Aber trotzdem schadet es nichts, Dr. Pemberton...»

«Ich bin spazierengegangen. Der erste Spaziergang seit Monaten. Ich wollte zum Fluß.»

Jocelyns Mund wurde trocken. Er hatte die Grube doch zugeschüttet. Vielleicht habe ich es nicht ordentlich genug gemacht? Der Augenblick der Wahrheit war gekommen. Er sagte: «Ich glaube, ich weiß, was du sagen willst, Vater.»

«Sei still. Wie kannst du es wissen? Irgendein schwachsinniger Trottel hat auf Polly Larkins Weg tatsächlich ein Loch gegraben!» Er schwieg, damit Jocelyn Zeit hatte, die ganze Ungeheuerlichkeit dieser Tat in sich aufzunehmen.

«Ich...» begann Jocelyn.

«Es muß dieser Graben gewesen sein, in den ich damals gefallen bin. Wenn ich diesen Lümmel erwische, dann gnade ihm Gott!»

Jocelyns Lippen waren noch immer trocken. Er mußte seinem Vater endlich beichten, daß er dieser Lümmel war.

Lümmel, schwachsinniger Trottel, Verbrecher. Es waren harte Worte, aber er verdiente sie. Er sagte bedrückt: «Ich hätte dir sagen können, wer dieser schwachsinnige Trottel ist, Vater.»

«So? Und warum, in aller Herrgottsnamen, hast du es nicht getan?»

«Es war ich», sagte Jocelyn und ärgerte sich trotz seiner Erregung über seine schlechte Grammatik.

Die Stille schien endlos. Dann: «Es war... *wer*?»

«Ich war es», kam heiser, aber nun grammatikalisch richtig, die Antwort.

Der alte Mann richtete sich auf einem Ellbogen auf, um seinen Sohn besser anstarren zu können. «Du?»

«Gaylord hat eine Tigerfalle gegraben. Aber du wärst nicht hineingefallen, hätte ich sie nicht mit Weidenzweigen abgedeckt.»

Eine weitere unerträgliche Stille folgte. Dann, noch immer verständnislos: «Eine Tigerfalle?»

«Ja, ich weiß, es klingt seltsam, aber...»

«Eine Tigerfalle in den Midlands?»

Jocelyn seufzte. «Ja, so ist es.»

John sagte: «Es kann doch wohl nicht dein Ernst sein. Mein Sohn und mein Enkel graben hier in England eine Tigerfalle?»

Jocelyn sagte: «Du darfst Gaylord deswegen keine Vorwürfe machen. Er hat es aus den edelsten Motiven getan. Ich dagegen...»

Der alte Mann unterbrach ihn mit trauriger Stimme: «Glaube mir, Jocelyn, je größer das Unheil, das dieser Junge anrichtet, desto edler sind seine Motive. Eines Tages wird es von ihm heißen: ‹Unabsichtlich hat er den dritten Weltkrieg ausgelöst, aber seine Motive waren untadelig.›»

Jocelyn sagte: «Vater! Gaylord ist ein unschuldiges und besonders phantasiebegabtes Kind. Aber ich... ich fühle mich furchtbar schuldig.»

John schwieg und blickte seinen Sohn streng an, schließlich murmelte er hilflos: «Ich weiß nicht, was ich dazu sagen soll, ich weiß es wirklich nicht.»

Nun schwiegen beide.

Dann sagte John: «Lassen wir das erst mal. Da ist noch etwas. Auf dem Heimweg habe ich mich ein bißchen müde gefühlt und bei Reuben angeklopft, weil ich mich etwas ausruhen wollte.» Er blickte seinen Sohn durchdringend an: «Er hat mir die Tür vor der Nase zugemacht.»

Jocelyn schluckte vor Erstaunen. «Reuben?»

John nickte. «Und noch vor kurzem hat er mir Eier ins Krankenhaus gebracht. Was hast du ihm getan, Jocelyn?»

«Ich? Nichts, soweit ich weiß. Oder ob es damit zu tun hat, daß Gaylord das Gatter offenließ, aber...»

«Er sagte etwas über den Vater eines Narren, der keine Freude hat. Klang mir ganz nach den Sprüchen Salomonis.»

Jocelyn war tief betroffen. Offenbar hielt nicht nur sein Vater, sondern auch sein Nachbar ihn für einen Trottel. Das war schwer zu verdauen. «Ich gehe zu ihm und frage ihn, was er gegen mich hat.»

«Wenn er dir's sagt.» John fing an, im Bett herumzurumoren. «Um noch einmal auf diese Tigerfalle zurückzukommen – über die hast du dich recht lange ausgeschwiegen, was? Ich mußte erst selbst ein wenig Detektiv spielen, bis du mit der Sprache herausgerückt bist.»

«Ich habe einige Male versucht, es dir zu sagen, Vater.»

«Aber hast es nie ganz über die Lippen gebracht. Weiß May davon?»

«Ja. Aber sie hat mir geraten, es dir nicht zu erzählen. Sie fand, daß es niemandem hilft, aber viel Schaden anrichten könnte.»

«Soso, und recht hatte sie. Sehr viel Schaden sogar! Und dennoch muß so etwas ausgesprochen werden.» Er dachte eine Weile nach. «Wundert mich eigentlich, daß May so reagiert hat.»

Jocelyn war bereit gewesen, jeden Schimpf demütig zu ertragen. Er hatte die Vorwürfe verdient. Aber er war bestürzt, daß der alte Mann Gaylord und May kritisierte. Besonders May. Für John Pentecost war seine Schwiegertochter eine Rose ohne Dornen. Wie sehr mußte sein Vater gelitten haben, daß ihn nun eine so tiefe Bitterkeit erfüllte. Die Menschen, die er liebte, waren nicht nur an seinem Unfall schuld, sondern hatten sich überdies auch noch gegen ihn verschworen. Er sagte, und seine Stimme war brüchig wie die eines alten Mannes: «Vater, das Haus gehört dir. Wenn du unsere Gegenwart nicht mehr ertragen kannst, weil wir dich hintergangen haben, ziehen wir aus. Vermutlich willst du uns alle los sein.»

Bevor sein Vater antworten konnte, kam May mit dem Teetablett herein. Sie blickte die beiden überrascht an. «Was macht ihr denn für Gesichter?»

Jocelyn sagte: «Ich habe Vater gerade vorgeschlagen, daß wir ausziehen.»

«Was soll das heißen?»

«Vater weiß jetzt, wer den Unfall verursacht hat, und hat das Gefühl, wir hätten uns gegen ihn verschworen, weil wir ihm nicht sofort die Wahrheit gesagt haben.»

«Ich hätte das nie von dir erwartet, May», sagte John. «Ich habe dich immer für eine aufrichtige und ehrenhafte Frau gehalten.»

May sagte: «Ich glaubte, daß es für uns alle das Beste sei.» Sie ging zu ihrem Mann hinüber und legte ihm die Hand auf die Schulter. «Jocelyn war mutiger als ich und hat es dir gesagt, obwohl ich es noch immer für falsch halte.»

«Und ihr hättet weiter hier mit mir zusammengelebt, ohne euch etwas dabei zu denken. Und am Ende hättet ihr mich begraben und wärt erleichtert gewesen, weil ich nun die Wahrheit nicht mehr erfahren konnte.» Er war von seiner Rede tief beeindruckt.

May setzte sich auf einen Stuhl. «Jetzt hör mir mal zu, Schwiegervater. Erstens, Gaylord weiß nichts von der ganzen Sache, und ich will, daß es so bleibt. Und was immer du sagst, ich halte mich trotzdem für eine aufrichtige und ehrenhafte Person, und würde dich am liebsten ohrfeigen, wenn du das Gegenteil behauptest. Und zweitens, wenn wir dich begraben, dann nicht mit einem Seufzer der Erleichterung, sondern mit Trauer im Herzen, weil wir von einem Mann Abschied nehmen mußten, den wir liebten, obwohl er stachelig war wie ein Igel und gleichzeitig harmlos wie ein Neugeborenes. So, und jetzt: sollen wir ausziehen?»

John sagte: «Ich würde es jedenfalls sehr übel vermerken, wenn Gaylord noch einmal versuchte, mir die alten Knochen zu brechen, ganz gleich, ob mit einer Tigerfalle oder sonstwie. Er ist ein großartiger Junge, und ich mag ihn sehr gern. Aber er hätte mich umbringen können, May! Allerdings nur, weil sein Vater ihm dabei geholfen hat.»

Jocelyn sah May an und erkannte, daß das Barometer auf Sturm stand. Er sagte hastig: «May, Vater ist müde. Meinst du nicht, wir sollten die ganze Sache überschlafen?»

May blitzte ihn zornig an, aber dann beherrschte sie sich. «Vielleicht ist es das beste», sagte sie und stand auf.

Sie gingen zur Tür. «Gute Nacht, Vater.»

«Gute Nacht, ihr beiden.» Seine Stimme klang so unpersönlich, als wünsche er zwei Fremden, die im Dunklen vorbeigehen, eine angenehme Ruhe.

9. Kapitel

Niemand, nicht einmal Gaylord, konnte von Henry Bartlett behaupten, daß er ein besonders eleganter Seiltänzer war. Er war zu dick, zu unsportlich und zu ängstlich.

Das Seil war an einem Ende an einem Baum und am anderen an Opas Krücke befestigt, die Gaylord festzuhalten versuchte. Aber sie wackelte, und das Seil schwankte. Vielleicht war das der Grund, warum Henry immer wieder herunterpurzelte.

Schließlich sagte Henry: «Ich kriege es einfach nicht so gut hin wie die Dame im Zirkus, Gaylord.»

Gaylord war geneigt, ihm zuzustimmen. «Vielleicht hat sie mehr Übung als du, Henry», bemerkte er freundlich.

«Ja, das wird's sein.» Sie gaben das Seiltanzen auf und schlenderten aufs Haus zu, wobei Gaylord wachsam Ausschau nach seiner Mutter hielt. Es war bald Zubettgehzeit, und er wollte sie durch seinen Anblick nicht auf dumme Gedanken bringen.

Er hörte Mummis und Opas Stimmen aus dem offenen Fenster. Nun, es war immer nützlich, die Gespräche der Erwachsenen zu belauschen. Meistens waren sie zwar unbeschreiblich langweilig, aber manchmal bekam man doch etwas Interessantes zu hören.

Wie zum Beispiel heute. Mummi bot Opa gerade Ohrfeigen an. Und, als ob dies noch nicht genug sei, sprach sie dann von Opas Beerdigung.

Gaylord und Henry versteckten sich unter dem Fenster und waren ganz Ohr. Oder vielmehr, Gaylord war ganz Ohr, Henry fühlte sich nicht ganz wohl in seiner Haut. Er war persönlich weniger betroffen als Gaylord und daher empfänglicher für die unbestreitbare Tatsache, daß es höchst ungehörig war, die Gespräche anderer Menschen zu belauschen.

Jetzt sprach Opa. Er sagte etwas über Ausziehen. Und dann redete er über Tigerfallen und fügte hinzu, daß er es sehr übel vermerken würde, wenn Gaylord ihm noch einmal die Knochen bräche. Und daß Gaylord ihn hätte umbringen können. Was hatte das alles zu bedeuten?

Gaylords Wangen glühten. Opa war doch sein Freund! Warum sagte er, daß Gaylord ihn habe umbringen wollen? Ja, es schien sogar, als ob Opa wollte, daß sie alle auszögen und woanders wohnen sollten, weil er, Gaylord, etwas verbrochen hatte.

Er hatte genug gehört. Ihm war zum Heulen zumute. Opa hatte über ihn wie über einen Fremden gesprochen.

Die beiden Jungen setzten ihren Spaziergang fort. «Was hältst du davon, Henry?» fragte Gaylord unglücklich.

Henry bewies großen Scharfsinn. «Mir scheint, daß es kein Tiger war, den du in der Tigerfalle gefangen hast, Gaylord.»

Gaylord nahm diese sensationelle Enthüllung kühl auf. «Was soll es denn sonst gewesen sein?»

«Dein Opa», sagte Henry.

Gaylord schwieg. Henry konfrontierte ihn mit etwas Ungeheuerlichem. In Tigerfallen gingen doch nur Tiger! Er sagte: «Meinst du, daß Opa in die Tigerfalle gefallen ist? Daß deswegen... der Rettungswagen gekommen ist und ihn ins Krankenhaus gebracht hat? Daß er deswegen eine Weile im Bett liegen mußte?»

«War 'n bißchen mehr als 'ne Weile», sagte Henry, der treue Freund. «Es waren sechs Wochen.»

Gaylord schwieg.

Henry sagte: «Und gebrochene Fußknöchel. Meine Oma sagt, es hätte ihm den Rest geben können.»

Gaylord wünschte seinen besten Freund auf den Mond. Er

war ganz durcheinander und wollte allein sein. Er war daher erleichtert, als Henry sich plötzlich in eine Concorde verwandelte und lärmend nach Hause abbrauste. Gaylord sann über den Stand der Dinge nach.

Und die Dinge standen schlecht. Wenn Henry recht hatte, und das lag durchaus im Bereich des Möglichen, dann war er, Gaylord, an Opas Unfall schuld. Und jetzt haßte Opa ihn. Und er, Mummi, Paps und Amanda mußten ausziehen und woanders wohnen, nur weil er diese schreckliche Sache gemacht hatte, und dafür mußten Mummi und Paps ihn auch hassen. Henrys Oma meinte, gebrochene Fußknöchel hätten Opa den Rest geben können. Und wenn das passiert wäre, dann hätte man ihn, Gaylord, vermutlich als Mörder gehängt.

Er war allein und ohne Trost. Gaylord, der die meisten täglichen Ärgernisse so leicht abschüttelte wie eine Ente das Wasser, weinte nur selten. Aber jetzt weinte er bitterlich und verzweifelt.

Er trottete, die Hände in den Taschen, schniefend und schluchzend über die Wiesen, als er plötzlich jemanden rufen hörte. «Gaylord, juhu, Gaylord.»

Er zuckte zusammen und drehte sich um. Tante Bea näherte sich schnaufend wie eine Dampfmaschine.

Sie war der letzte Mensch, den er in einer solchen Krise sehen wollte. Ihre Munterkeit war schon unter normalen Umständen unerträglich. Und noch dazu hatte Tante Bea ihn das letzte Mal, als sie ihn weinen sah, eine Heulsuse genannt.

Aber Flucht war unmöglich. Er trottete weiter, schlurfte durchs Gras, vergrub die Hände noch tiefer in den Hosentaschen und wartete darauf, daß sie ihn einholte.

Was sie auch tat. Aber die munteren Rufe verstummten.

Tante Bea sah ihn nachdenklich an. «Was ist los, Gaylord», fragte sie leise.

«Nichts.»

«Das stimmt doch nicht, Junge. Hier.» Sie warf ihren Mantel ins Gras. «Setz dich und erzähl mir, was dich bekümmert.»

Gaylord ließ sich auf den Mantel fallen. Tante Bea setzte sich neben ihn, schwerfällig wie ein Nilpferd, das ins Wasser plumpst. Sie sah ihren Neffen tadelnd an. «Aber erst muß ich dich mal ein bißchen saubermachen.»

Gaylord schüttelte teilnahmslos den Kopf. Tante Bea machte sich mit einem Taschentuch und Spucke ans Werk. «So, das ist schon besser», erklärte sie nach einem prüfenden Blick auf sein Gesicht. «Du siehst fast wieder wie ein Mensch aus.»

«Gut», sagte Gaylord, dem es wirklich egal war, ob er wie ein Mensch aussah oder nicht.

Tante Bea machte es sich bequem. «Jetzt erzähl», befahl sie.

«Es gibt nichts zu erzählen», sagte ihr Neffe.

«Ich warte.»

Gaylord sagte: «Ein Zirkus ist in die Stadt gekommen, ein Tiger ist entsprungen. Henry und ich haben eine Tigerfalle gegraben, wir haben auch einen Tiger gefangen, aber er ist wieder entkommen. Und nun meint Henry, es war gar kein Tiger.»

«Sondern?»

«Sondern Opa», sagte Gaylord verzweifelt.

Tante Bea brach in ein lautes Gelächter aus, unterdrückte es aber schnell. «Und warum meint Henry, daß es dein Großvater war?»

«Weil er gestürzt ist und sich beide Fußknöchel gebrochen hat. Henrys Oma sagt, es hätte ihm den Rest geben können.» Seine Stimme klang angstvoll. «Tante Bea?»

«Ja, Gaylord?»

«Komm ich an den Galgen, wenn Opa stirbt?»

Tante Bea schüttelte den Kopf. «Nein, Kind», sagte sie ernsthaft. «Ganz bestimmt nicht.» Sie hatte wieder ihren munteren Ton angeschlagen. «Du kannst die ganze Sache vergessen.»

«Nein», sagte Gaylord düster.

Tante Bea musterte ihn aufmerksam. «Und warum nicht? Hast du sonst noch was auf dem Gewissen?»

Eine lange Stille folgte. Dann sagte er: «Opa ist furchtbar wütend, und ich kann's gut verstehen. Er sagt, ich hätte ihn umbringen können, und ich glaube, er will, daß wir alle ausziehen, damit ich ihm nicht noch einmal die Knochen breche.»

Jetzt schwieg Tante Bea. Schließlich sagte sie: «Du hast bestimmt irgendwas in die falsche Kehle bekommen, Junge.»

«Nein, Tante Bea. Er hat gesagt: ‹Wenn ihr hierbleibt und Gaylord mir noch einmal die Knochen bricht, würde ich das übel vermerken. Er hätte mich umbringen können.›»

Bea streckte die Hand aus und zog seinen Kopf an ihre Schulter. «Überlaß die Sache mir, Gaylord. Du mußt etwas mißverstanden haben. Dein Großvater sagt oft Dinge, die er gar nicht so meint. Ich werde ihn zur Rede stellen und die Wahrheit aus ihm herausbekommen. Aber in der Zwischenzeit tu mir den Gefallen und hör auf, dir Sorgen zu machen. In deinem Alter ist es ein Verbrechen gegen die Natur.»

Gaylord schluckte. «Das geht nicht so einfach.»

«Ich weiß», sagte sie ruhig. «Aber versuch es. Und jetzt komm. Und nun lächle mal freundlich.»

Gaylord versuchte es, aber ihm war nicht nach einem freundlichen Lächeln zumute. «Das war ein scheußliches Grinsen», sagte Tante Bea. «Versuch's noch einmal. Und dann wollen wir uns deinen Großvater vornehmen.» Sie klopfte ihm auf die Schulter, versuchte aber nicht, ihn zu küssen, und eilte geschäftig davon. Gaylord sah ihr ehrfürchtig nach. Tante Bea ist Spitze, dachte er.

John Pentecost befand sich in dem köstlichen Schwebezustand zwischen Wachen und Schlafen, als seine Schwester ins Zimmer stürzte. «John! Was hast du zu dem Jungen gesagt?»

Traumbilder waren wie Sommerwölkchen durch Johns

Geist gezogen. Nun waren sie plötzlich fortgeblasen, und vor ihm stand Bea in ihrer ganzen klar umrissenen Realität.

«Gaylord glaubt, daß du an einem gebrochenen Fußknöchel stirbst und er als dein Mörder gehängt wird.»

«Bea! Nur du kannst so dumm sein zu glauben, daß ich ihm das gesagt habe.»

«Natürlich glaub ich das nicht, aber er glaubt es. Und in seinem Alter nimmt so ein Gedanke beängstigende Dimensionen an.»

John richtete sich auf dem Ellbogen auf. «Tobe hier nicht herum, setz dich. Ich habe mit dem Jungen überhaupt nicht geredet.»

«Er sagt, er hätte eine Tigerfalle gegraben, und du wärst hineingefallen und hättest dir die Knöchel gebrochen. Und nun willst du diese nette Familie vor die Tür setzen, damit du nicht noch einmal in eine Falle stolperst.» Sie hielt seinem wütenden Blick stand. «Das hätte ich nie von dir gedacht, John. Wie kannst du das arme Kind so erschrecken.»

John schlug mit der Faust auf die Bettdecke. «Schweig und hör mir zu. Der Junge und sein Vater sind auf den Einfall gekommen, mitten auf dem Weg, den ich immer gehe, eine Grube auszuheben. Ich bin natürlich hineingestolpert und mußte ins Krankenhaus. Vermutlich werde ich bis ans Ende meines Lebens ein Krüppel bleiben. Keine angenehme Aussicht! Aber habe ich Gaylord den geringsten Vorwurf gemacht? Nein.»

Sie war verwirrt. Es war nicht Johns Art, zu seiner Verteidigung zu lügen. Und schon gar nicht ihr gegenüber.

John sank in die Kissen zurück. «Wenn du dich beruhigt hast und aufhörst, mit wilden Beschuldigungen um dich zu werfen, werde ich dir erzählen, was passiert ist.» Er wiederholte ihr sein Gespräch mit May und Jocelyn. «Was mich wirklich tief verletzt hat, war die Tatsache, daß sie seit Monaten Bescheid wissen und mir die Wahrheit vorenthalten haben», schloß er seinen Bericht.

«Ja, das versteh ich. Aber der Junge ist völlig außer sich, John. Du mußt ein paar freundliche Worte zu ihm sagen. Er denkt, du haßt ihn.»

«Mein Gott.» Er sah ein bißchen kleinlaut aus. «Nein, Bea, du hast ihn bestimmt mißverstanden. So etwas würde Gaylord nie denken.»

Jemand klopfte an der Tür. May kam herein. «Entschuldigt, wenn ich euch störe, ich dachte, Gaylord sei hier.»

«Nein», sagte Bea. «Ich habe ihn zuletzt unten am Fluß gesehen. Er war in einem ziemlich desolaten Zustand.»

«In einem desolaten Zustand?» fragte May verblüfft.

Bea lächelte. «Er glaubt, daß er gehängt wird. Aber ich habe es ihm ausgeredet.»

«Vielen Dank», sagte May. «Aber ich bin wirklich böse auf ihn. Er weiß, daß er längst im Bett sein müßte.»

Das Land richtete sich auf die Nacht ein. Die Eulen bezogen geduldig ihre Wachtposten, Fledermäuse flogen im Zickzack durch die Luft, wo noch vor einer halben Stunde die Schwalben ihre Kreise gezogen hatten. Die Kühe fanden sich ungerührt mit der Dunkelheit ab, so wie sie sich mit fast allem abfanden, sie bewegten träge die Schwänze, käuten wieder und zeigten an nichts Interesse. Der Himmel im Westen erglühte eine letzte Abschiedsminute lang in purpurner Pracht, und der Abendstern stand im verblassenden Blau.

May rief Henry Bartletts Mutter an. Dort würde er sein.

Aber er war nicht dort. Mrs. Bartlett machte nie viel Worte, sie übergab Henry den Hörer. Aber was der sagte, klang nicht beruhigend. Er sei schon ewig zu Hause, nein, er hätte keine Ahnung, wo Gaylord sich herumtreibt, aber es könne nichts schaden, den Fluß abzusuchen, Gaylord sei in Selbstmordstimmung gewesen.

May sagte: «Er ist nicht dort. Henry hat angeregt, den Fluß abzusuchen.»

«Typisch Henry. Dieser kleine Leichenfledderer.»

«Gaylord werde ich zerfleddern, in tausend kleine Stücke», sagte May grimmig.

Sie gingen durch die Nebengebäude, riefen, ohne Erfolg. Gaylord saß in dem jetzt rattenfreien Außenklo und war, wie Tante Bea gesagt hatte, in einem desolaten Zustand. Die ganze Welt stand plötzlich kopf. Seine Freunde, und er entdeckte jetzt, daß er sogar Mummi unter seine Freunde zählte – alle seine Freunde haßten ihn. Sogar der treue Henry hatte ihm Vorwürfe gemacht. Nur Tante Bea, vor der er sich so oft versteckt hatte, schien ihn noch zu mögen.

Er hörte die rufenden Stimmen näher kommen. Er hörte, wie jemand versuchte, den Riegel zurückzuschieben. Er hoffte inständig, daß die Tür sich öffnete und sie ihn fänden. Aber sie fanden ihn nicht, und er konnte sich nicht überwinden, den ersten Schritt zu tun und Menschen gegenüberzutreten, die ihn haßten.

Die Stimmen entfernten sich und verhallten. Er saß regungslos da. Die Schatten wurden schwärzer in dem kleinen nach Blumen duftenden Raum. Was würde aus ihm werden? Vermutlich würden sie eines Tages in ferner Zukunft seine Leiche finden, und niemand würde wissen, wer es war. Oder ein uralter, graubärtiger Henry Bartlett würde auf das armselige Häufchen Knochen hinunterblicken und sagen: «Das muß mein Freund Gaylord gewesen sein. Er hat seinen Großvater ermordet, aber wurde nie dafür gehängt. Sie haben ihn nicht gefunden. Das heißt, bis jetzt nicht, und nun ist es zu spät.» Köstliche Angstschauer liefen über Gaylords Rücken. Ihm fiel plötzlich ein, daß man einige Mörder, erst lange nachdem sie tot waren, gehängt hatte. Und wenn ihm das passierte, das wär eine tolle Geschichte. Es würde sich lohnen, sie Henry zu erzählen. Allerdings wußte er nicht recht, wie er das nach seinem Tod bewerkstelligen sollte.

Bea schien am meisten beunruhigt. «Jocelyn, ich weiß noch genau, wo er war, als ich von ihm weggegangen bin. Es war unten am Fluß. Laß uns nachsehen, vielleicht sitzt er da noch.»

«Ja, gut», sagte Jocelyn.

«Ich bleibe hier», sagte May, «und wenn er auftaucht, hole ich euch zurück.»

Sie setzten sich in Marsch. Tante Bea machte große Schritte, als folge sie einem zweihundert Yard Drive auf dem Golfplatz, Jocelyn konnte bei dem forschen Tempo mit seinen langen Beinen gerade noch mithalten.

Es war fast dunkel. Der Fluß gluckste, die Bäume über ihnen raschelten. «Hier war es», sagte Bea plötzlich. «Wir haben auf meinem Mantel gesessen. Man müßte noch sehen können, wo das Gras zusammengedrückt ist. Hast du eine Taschenlampe bei dir?»

«Leider nicht, Tante.»

Tante Bea sagte mißbilligend: «Man nimmt immer eine Taschenlampe mit, wenn man an die Front geht. Hat mir oft das Leben gerettet.» Sie kniete sich hin und musterte das Gras. «Nein, es ist schon zu dunkel. Hast du ein Streichholz?»

«Leider nicht, Tante», sagte Jocelyn. Die Tanten Bea dieser Welt mußten ihn wirklich für einen Trottel halten. «Ich glaube nicht, daß wir hier viel ausrichten können», sagte er. «Gaylord ist ein vernünftiger Junge, er wird schon wieder auftauchen.» Jocelyn liebte den Fluß, aber heute abend erschien er ihm drohend und trostlos. Er wollte nach Hause.

«Ich kann nur hoffen, daß du recht hast», sagte Bea mit Zweifel in der Stimme. «Nun, du Pfadfinder, welchen Weg nehmen wir? Dort geht es lang, nicht wahr?»

«Es gibt eine Abkürzung.»

Reuben Briggs erschien plötzlich auf der Bildfläche. «Reuben», rief Jocelyn, «haben Sie Gaylord gesehen?»

Reuben änderte die Richtung und kam auf sie zu. «Weder gehört noch gesehen, Mr. Pentecost.» Er sah Tante Bea und lüftete andeutungsweise seine Mütze zur Begrüßung. Jocelyn sagte: «Tante, das ist unser Nachbar Mr. Briggs. Reuben, das ist meine Tante Beatrice, Mrs. Browne-Forsyth.»

«Wie geht es Ihnen», sagte Tante Bea und streckte ihm freundlich die Hand hin. Sie sagte: «Uns braucht man nicht miteinander bekanntzumachen. Reuben und ich sind alte Freunde.»

«So ist es, Mr. Pentecost. Weiß viel über Schafe, Ihre Tante.»

«Dann hast du den Weg zu Reubens Herz gefunden», sagte Jocelyn.

Tante Bea lächelte Reuben an. «Und wie geht es den alten Damen?» fragte sie. «Hat Emma Bovary sich erholt?» Dann zu Jocelyn: «Hast du gewußt, daß jedes Schaf in Reubens Herde den Namen einer Heldin aus der Weltliteratur trägt?»

«Nein», sagte Jocelyn.

«Typisch.» Dann wieder zu Reuben in spöttischem Ton: «Eigentlich sollte man annehmen, daß ein Schriftsteller es weiß, wenn er so literarische Nachbarinnen hat, von Elektra bis zu Gretchen.» Sie reichte Reuben wieder ihre kräftige Hand. «Bis zum nächstenmal, Reuben. Ich komm bald wieder auf einen Becher SDV.»

«Auf Wiedersehen, Reuben», sagte Jocelyn. «Schicken Sie Gaylord nach Hause, wenn Sie ihm begegnen sollten.»

«Wird gemacht, Mr. Pentecost. Gute Nacht, Mrs....» Er schüttelte lange ihre Hand, dann machte er sich davon.

Jocelyn sagte: «Ich wußte gar nicht, daß du Reuben kennst.»

«Natürlich kenn ich Reuben. Großer Freund von Gaylord. Er und ich trinken gelegentlich bei Reuben Tee.»

«Tante, du... du trinkst doch nicht etwa seinen Tee?»

«Ich weiß nicht, was man sonst mit Tee tun soll.»

«Und... du bist nicht krank davon geworden?»

«Natürlich nicht.»

Jocelyn sagte: «Ich habe erst kürzlich erfahren, daß Gaylord ihn kennt.»

«Ihr Schriftsteller seid im allgemeinen aber nicht sehr gut informiert.»

Sie marschierten weiter. Plötzlich sagte sie: «Der arme, alte Reuben, er hält große Stücke von mir, ich muß mich vorsehen.»

«Warum?»

«Weil er mir sonst einen Heiratsantrag macht.»

«Du liebe Güte», sagte Jocelyn.

Sie schritten kräftig aus. «Hier wird es schmal, ich geh voraus.»

Jocelyn mußte fast laufen, um sie zu überholen.

«Verdammt dunkel hier», murrte Bea. «Warum hast du keine Taschenlampe mitgenommen, Jocelyn.»

Er ließ Polly Larkins Weg mit Riesenschritten hinter sich; unter freiem Himmel war es etwas heller. «Mein Problem ist, Tante», rief er über die Schulter, «daß ich immer vergesse, Batterien zu kaufen.» Er stapfte energisch weiter.

Er konnte bereits die heimatlichen Lichter sehen. Was für ein hübscher Satz, dachte er. Den konnte er in einem Roman verwenden. Eine helle Stube, ein prasselndes Feuer im Kamin. Oder war das zu kitschig?

«Kürzt den Heimweg doch sehr ab, nicht wahr, Tante?» rief er.

Keine Antwort. Na, dann warte ich lieber, dachte er. Für ihr Alter ist sie ja noch gut in Form, aber ein Springinsfeld ist sie nicht mehr.

Seltsam. Kein Laut. Er ging den Weg zurück, den er gekommen war.

Jetzt hörte er ein leises Stöhnen. Es kam von Polly Larkins Weg. Ein schrecklicher Gedanke traf ihn wie ein Keulenschlag. Nicht ein zweites Mal!

Er fing an zu laufen. «Das ist ja eine ägyptische Finsternis», hörte er Tante Beas Stimme. «Ich glaube, ich werde gleich ohnmächtig. Jammerschade, daß du keine Taschenlampe bei dir hast, mein lieber Junge.»

«Tante Bea», rief Jocelyn verzweifelt. «Tante Bea!»

Aber der Rest war Schweigen.

Jocelyn Pentecost hatte viele bewundernswerte Eigenschaften, aber er war nicht der Mann, um in einer dunklen menschenleeren Landschaft eine ziemlich korpulente, unsichtbare und vermutlich bewußtlose Tante zu bergen. Und das auch noch ohne Taschenlampe.

Um ihn her war es finster und still. Kein Licht, keine Bewegung, kein Laut.

Jocelyn geriet nicht in Panik. Am liebsten hätte er sich erst einmal eine Pfeife angesteckt und nachgedacht, aber das schickte sich jetzt wohl nicht. Außerdem hatte er keine Streichhölzer.

Er sah ein Licht, ein vages, flackerndes Licht, das die Straße am Fluß, die zum Zypressenhof führte, entlang schwankte.

«Hilfe!» rief er. «Hilfe!»

Das Licht erlosch. «Wo sind Sie?» fragte eine weibliche Stimme.

«Hier», rief er.

«Wo ist hier?»

«Auf Polly Larkins Weg.»

«Wo ist das?»

«Hier», rief er verzweifelt, begriff jedoch auf seine konfuse Art, daß dieses lautstarke Gespräch sich im Kreis drehte.

Dann sah er zu seiner Erleichterung, daß das Licht der Fahrradlampe wieder anging und sich auf ihn zubewegte. Die Stimme rief, schon etwas näher bei ihm: «Was ist geschehen?»

«Meine Tante ist gestürzt. Sie hat starke Schmerzen, aber jetzt ist sie anscheinend bewußtlos. Ich kann bloß nichts sehen.»

«Haben Sie ihr den Kopf zwischen die Knie gedrückt?»

«Nein. Hätte ich das tun sollen?»

«Ja.»

«Aber ich kann weder ihre Knie noch ihren Kopf sehen.»

Die Stimme sagte leicht irritiert: «Wo sind Sie jetzt?»

«Da, wo ich immer war. Auf Polly Larkins Weg.»

«Ist Polly Larkin ohnmächtig geworden?»

«Nein. Vergessen Sie Polly Larkin.»

«Was?»

Das Licht kam näher. «Fahren Sie weiter», rief er, «halten Sie die Richtung ein.»

«Ich weiß nicht, welche Richtung ich einhalten soll. Rufen Sie alle zehn Sekunden ‹Hilfe›, dann werde ich Sie schon finden.»

«Hilfe!» rief Jocelyn und zählte bis zehn.

«Hilfe!» rief er wieder und zählte von elf bis zwanzig.

Großtante Bea wählte diesen Augenblick, um unter die Lebenden zurückzukehren. «Was machst du denn für einen Lärm, Joss?»

«Hilfe!» rief Jocelyn und zählte von einundzwanzig bis dreißig. «Du bist ohnmächtig geworden», sagte er vorwurfsvoll.

«Ja, tut mir leid. Aber ich habe höllische Schmerzen.»

«Hilfe!» rief Jocelyn und zählte von einunddreißig bis vierzig. «Wo tut es dir denn weh, Tante?»

«An den Fußknöcheln.»

«O Gott», sagte Jocelyn. «Hilfe! Einundvierzig, zweiundvierzig...»

Plötzlich war er in Licht gebadet und eine sympathische Stimme sagte: «Sind Sie nicht Jocelyn Pentecost, der Autor? Ich war auf dem Weg zu Ihnen.» Das Fahrrad hielt, das Licht erlosch.

«Wirklich? Kenne ich Sie?»

«Flüchtig. Wir haben uns im Krankenhaus getroffen. Ihr Vater kennt mich besser. Ich bin Schwester Nightingale.»

Eine streitsüchtige Stimme erscholl aus der Dunkelheit: «Guten Abend, junge Frau. Ich bin die verletzte Tante.»

«Wir müssen Sie von hier fortbringen», sagte Miss Nightingale. «Können Sie gehen?»

«Nein.»

«Haben Sie was von Fußknöcheln gesagt?»

«Ja.»

Miss Nightingale lehnte ihr Fahrrad gegen einen Baum. Sie betastete erst den einen, dann den anderen Knöchel. «Tut das weh?»

«Wie verrückt.»

«Mhm. Ich glaube nicht, daß sie gebrochen sind, ich kann mich natürlich irren. Aber verstaucht sind sie beide.» Sie wandte sich an Jocelyn. «Hat Ihr Vater noch den Rollstuhl?»

«Ja.»

«Holen Sie ihn und bringen Sie eine Taschenlampe mit, und Bandagen und eine Decke, und rufen Sie Ihren Arzt an und sagen Sie, daß Ihre Tante sich womöglich die Fußknöchel gebrochen und starke Schmerzen hat. Bitten Sie ihn, sofort zu kommen. Okay?»

«Okay», sagte Jocelyn. Er war erstaunt, daß dieser verhaßte Amerikanismus ihm über die Lippen gekommen war. Das Mädchen schien einen schlechten Einfluß auf ihn auszuüben.

«Lassen Sie Ihre Jacke hier, damit ich sie Ihrer Tante überlegen kann.»

Jocelyn zog die Jacke aus und eilte davon. Unterwegs murmelte er vor sich hin: «Rollstuhl, Decke, Bandagen, Doktor anrufen, Taschenlampe, Bandagen.» Oh, verdammt, das waren nur vier. Rollstuhl, Bandagen, Taschenlampe...

Er stürmte ins Haus. «May, ich brauche Vaters Rollstuhl, Bandagen, eine Taschenlampe und... ich muß den Arzt anrufen, und...» eine lange Pause, «eine Decke.» Fünf Sachen, dem Himmel sei's gedankt, er hatte alles behalten.

May sah ihn entsetzt an. «Jocelyn, was ist passiert? Wo ist er?»

«Wer?»

«Gaylord, natürlich.»

«Gaylord? Keine Ahnung. Ist er nicht hier?»

Sie sah ihn verzweifelt an. «Ist ... ist er verletzt? Wo ist er, Jocelyn?»

«Wer ist verletzt?»

Sie schrie: «Ich weiß es nicht. Sag du es mir.»

«Aber du hast gesagt, er sei verletzt.»

«Nein, nicht ich, du hast gesagt, er sei verletzt.» Sie schlang die Arme um ihn. «Liebling, sag mir, was ist unserem Sohn zugestoßen?»

«Ich weiß es nicht. Ich habe angenommen, daß er zu Hause ist.»

Sie stampfte wütend mit dem Fuß auf. «Warum willst du dann Vaters Rollstuhl, Decken und Bandagen haben? Und wo ist deine Jacke?»

«Und eine Taschenlampe, und den Arzt anrufen», erinnerte er sich. «Wegen Tante Beas Fußknöchel», sagte er. «Sie braucht meine Jacke, damit ihr nicht kalt wird.»

«Tante Beas Fußknöchel?» flüsterte May erschreckt.

«Ja. Sie ist in Gaylords Tigerfalle gefallen. Obwohl ich sie zugeschüttet habe. Ich verstehe es auch nicht.»

«Willst du damit etwa sagen, daß sich auch Tante Bea die Fußknöchel gebrochen hat?»

«Miss Nightingale meint, vielleicht sind sie nur verstaucht.»

«Miss Nightingale? Was hat sie damit zu tun?»

«Ich habe ein Licht auf der Straße am Fluß gesehen und ... das war Miss Nightingale.»

«Jocelyn, drück dich deutlicher aus. Hast du nun Gaylord gefunden oder nicht?»

«Noch nicht.»

«Aber du hast Miss Nightingale getroffen und darüber Gaylord vergessen. Das sieht dir ähnlich.»

Ihm fiel etwas ein. «Sie hat gesagt, zuallererst sollte ich den Arzt anrufen.»

May war daran gewöhnt, daß ihr ein halbes Dutzend Gedanken gleichzeitig durch den Kopf schossen. Sie nahm sich zusammen. «*Du* rufst den Arzt an und sagst ihm, was passiert ist. Ich könnte es ihm doch nicht erklären. In der Zwischenzeit suche ich die Sachen zusammen. Was war es? Rollstuhl, Bandagen, Decke, Taschenlampe.»

«Richtig.» Er sah sie bewundernd an und wünschte, er hätte einen so wachen Verstand.

Sie sah Jocelyn nach, als er mit dem Rollstuhl, beladen mit Decken und Bandagen, in der Nacht verschwand. Dann ging sie ins Haus zurück, setzte sich hin und überdachte die Lage.

Sie war über Gaylords Verschwinden ein wenig beunruhigt gewesen. Ein wenig, aber nicht sehr. Als Jocelyn dann ins Haus gestürmt gekommen war, hatte sie sich erschrokken; sie hatte geglaubt, daß Gaylord etwas zugestoßen sei. Nun, dem war hoffentlich nicht so. Trotzdem: Schwiegervater krank im Bett, Gaylord verschwunden, Tante Bea invalide, und Jocelyn und diese Schwester Nightingale in innigem Einverständnis dort draußen in einer lauen Sommernacht. Und dann noch Amanda.

Das ist alles zuviel, damit werde ich nicht fertig, dachte sie, von plötzlicher Panik ergriffen. Wenn Gaylord heute abend nicht zurückkommt? Und wenn ich Tante Bea *und* Schwiegervater pflegen muß? Werd nicht hysterisch, sagte sie zu sich selbst. Alles zusammen wird schon nicht passieren. Aber ihr fröstelte bei dem Gedanken.

Gaylord war natürlich die Hauptsorge. Sollte sie die Polizei anrufen? Sie wollte es nicht tun, ohne zu wissen, wie Jocelyn darüber dachte. Und wo war Jocelyn, wenn sie ihn brauchte? Er plauderte unter den funkelnden Sternen mit einer jungen Dame.

Sie ging zu ihrem Schwiegervater hinein. «May», rief er, «nett, dich zu sehen. Du machst einen niedergeschlagenen Eindruck.»

«Gaylord ist fort.»

John Pentecost blickte gleichmütig drein. «Vermutlich gräbt er eine neue Tigerfalle», sagte er bissig.

May sagte: «Das ist nicht mehr nötig. Tante Bea ist gerade in die alte gefallen.»

Er sah sie verblüfft an. «Was? Bea ist in dieses verdammte Loch gestolpert? Wie typisch für sie.»

May sagte: «Du solltest lieber ganz still sein. Dir ist es auch passiert.»

«Das ist etwas ganz anderes. Wo ist die blöde Person jetzt?»

«Jocelyn bringt sie gerade in deinem Rollstuhl nach Hause.»

«Soso. Und wenn ich den Rollstuhl brauche, was dann?»

«Schwiegervater, du hast ihn seit einem Monat nicht mehr benutzt.»

«Darauf kommt es nicht an. Ich könnte ihn plötzlich brauchen. Ich habe keine Lust, Bea jedesmal aus ihm hochzuscheuchen.»

May sagte: «Du bist wirklich ein unausstehlicher alter Mann. Dein Enkel ist spurlos verschwunden, deine Schwester hat sich verletzt, ich habe nicht nur dich, sondern auch noch eine lahme Tante Bea am Hals, aber du denkst an nichts anderes als an deinen Rollstuhl, den du gar nicht mehr brauchst.»

Er sah aus wie Gaylord nach einer Gardinenpredigt. Bislang war ihr die Ähnlichkeit nicht aufgefallen. Sie hätte den alten Mann am liebsten umarmt. Aber sie beherrschte sich, um ihren Vorteil besser wahrnehmen zu können. Sie sagte: «Eins möchte ich klarstellen. Ich werde mit dir und Tante Bea alle Hände voll zu tun haben, und ich will nicht, daß ihr beide euch um euer Spielzeug zankt, als wärt ihr fünf Jahre alt. Du bist ein erwachsener Mann, Schwiegervater, und ich erwarte von dir, daß du dich dementsprechend verhältst.»

«Ich kenne meine Schwester Bea. Wenn sie erst einmal den

Rollstuhl mit Beschlag belegt hat, rückt sie ihn nie wieder heraus. Und was hast du eben über Fünfjährige gesagt? So eine Bemerkung kannst wirklich nur du dir leisten, May. Aber ich warne dich, überspann den Bogen nicht.»

May sagte: «Jocelyn ruft, ich muß die Verletzte ins Haus schaffen.»

Sie ging in den Hof, wo Jocelyn, ein Mädchen mit einem Fahrrad und Tante Bea im Rollstuhl, eingewickelt in Decken, ihrer harrten. Im gleichen Augenblick bog ein Auto in den Hof ein, und Dr. Pemberton stieg aus. «Guten Abend, May. Wo ist der Patient? Jocelyn hat sich nicht besonders deutlich ausgedrückt.»

«Hier bin ich», erscholl eine Stimme unter einem Haufen von Decken. «Ich bin Jocelyns Tante. Sie sind vermutlich der Arzt. Mein Neffe ist unfähig, eine klare Auskunft zu geben.»

«Am besten, wir gehen ins Haus und sehen uns den Schaden bei Licht an.» Jocelyn umfaßte die Rollstuhlgriffe, Miss Nightingale ging neben ihm, um zur Hand zu sein, wenn sie zu den drei Stufen kamen. May sagte: «Ich hebe den Rollstuhl an, Miss Nightingale, ich habe viel Übung darin.»

«Mir soll's recht sein», sagte Miss Nightingale heiter, dann kicherte sie. «Ich bin aber ein bißchen jünger als Sie, Mrs. Pentecost.»

Just in diesem für May besonders ärgerlichen Moment schoß Gaylord wie ein Korken aus der Flasche aus seinem Versteck hervor.

Er war allmählich in Panik geraten. Es war immer dunkler geworden, und er hatte schon seit Stunden nicht auf Mummis Rufen reagiert. Wenn er jetzt einfach auftauchte, würde Mummi Fragen stellen, und je länger er wartete, um so mehr Fragen würden auf ihn einprasseln. Er mußte warten, bis Mummis Aufmerksamkeit von ihm abgelenkt war, dann konnte er unauffällig im Hintergrund auftauchen. Demütig wandte er sich an Gott mit der Bitte, ihm eine kleine Ablenkung zu schicken.

Zu seinem größten Erstaunen reagierte der liebe Gott blitzschnell. Kaum hatte er seine Bitte ausgesprochen, hörte er das Geräusch eines herannahenden Autos. Das Licht der Scheinwerfer fiel in sein Versteck, dann war es wieder dunkel.

Eine Sekunde später hielt das Auto und Stimmen wurden laut, Paps', Mummis und die von anderen Leuten.

Gaylord vergaß alle guten Vorsätze. Es war zu aufregend. Er rannte hinaus. «Mummi, was ist passiert? Hat Opa sich wieder weh getan?»

«Nicht dein Opa, diesmal hat es Tante Bea erwischt.»

Gaylord hatte den Eindruck, daß Mummi sehr unwirsch war, aber er spürte auch, daß ihre schlechte Laune ausnahmsweise nichts mit ihm zu tun hatte.

Gaylord war ein geübter Mummi-Beobachter. Die göttliche Einmischung schien sehr stark zu wirken, denn Mummi fragte ihn nicht einmal, wo er gewesen sei. «Vielen Dank, lieber Gott», murmelte er. Dann gab er sich ganz den unerwarteten Aufregungen hin.

May stellte erleichtert fest, daß Gaylord nichts zugestoßen war. Aber sie hatte auch bemerkt, daß er in einem Augenblick des allgemeinen Durcheinanders auftauchte, was entweder ein Zufall sein konnte, oder bedeutete, was ihr wahrscheinlicher vorkam, daß ihr Sohn einen günstigen Augenblick abgepaßt hatte. Er sollte nicht ungestraft davonkommen.

Wenn sie die augenblicklichen Schwierigkeiten gemeistert hatte, wollte sie sich Gaylord einmal vornehmen.

Die kleine Prozession bewegte sich ins Haus, doch der Weg durch die Küche wurde ihr von einer Gestalt in Pyjama und Morgenmantel verstellt, die, wütend wie eine Bulldogge, einen Spazierstock schwang. «Bea, wer hat dir erlaubt, meinen Rollstuhl zu benutzen?»

«Es ist nicht dein Rollstuhl, er gehört dem Krankenhaus. Steht drauf.»

«Mir ist es schnurzegal, wem er gehört, dir jedenfalls nicht.»

«Unsinn, John, ich brauche ihn.»

«Und ich auch, verdammt noch mal. Und überhaupt, warum kannst du nicht aufpassen, wo du hintrittst.»

Dr. Pemberton sagte zu Tante Bea: «Tu ich Ihnen nicht leid, weil ich so einen gräßlichen alten Mann als Patienten habe?»

«Ich sollte Ihnen leid tun, Doktor. Er ist mein Bruder.»

John erspähte die letzte Person in der Prozession. «Miss Nightingale! Keiner hat mir gesagt, daß Sie auch hier sind. Ich lese Ihren Roman mit dem größten Vergnügen. Habe seit *Vom Winde verweht* kein so spannendes Buch mehr gelesen.»

Miss Nightingale sagte: «Vielen Dank. Das Buch war der Grund, warum ich Mr. Jocelyn Pentecost besuchen wollte. Ich habe eine Neuigkeit für ihn. Aber die kann bis später warten, erst einmal wollen wir uns um die Patientin kümmern.»

Jocelyns Neugier war geweckt. Eine Neuigkeit? Was meinte sie wohl damit? Das Buch war doch unlesbar.

Miss Nightingale konzentrierte sich aufs Wesentliche. «Zuerst müssen wir Ihre Tante zu Bett bringen, damit der Arzt sie untersuchen kann. Und ich glaube, das Beste für Mr. Pentecost senior wäre, sich erst einmal in sein Zimmer zurückzuziehen. Der Rest ist dann schnell organisiert.»

«Natürlich, Verehrteste», sagte John honigsüß. «Aber vielleicht, Miss Nightingale, wären Sie so nett, mir das Bett zu machen, bevor ich mich wieder hinlege. Es ist ein wenig zerwühlt.» Er hielt ihr höflich die Tür auf und folgte ihr. «Ich habe noch eine Bitte, Miss Nightingale. Wenn Sie meine Schwester zu Bett gebracht haben, könnten Sie dann den Rollstuhl wieder in mein Zimmer stellen?»

«Aber gewiß, Mr. Pentecost.» Sie kam auf den Korridor zurück und wandte sich mit einem strahlenden Lächeln an

May: «Der alte Herr möchte sobald wie möglich seinen Rollstuhl wieder haben, Mrs. Pentecost. Ob Sie sich darum kümmern?»

Ein langes Schweigen folgte, dann nickte May mit dem Kopf und sagte: «Ja.» Ein schlichtes Wort, dennoch drückte es eine Menge aus.

«Vielen Dank», sagte Miss Nightingale fröhlich. Dann neigte sie den Kopf zur Seite. «Hör ich ein Baby weinen?»

«Oh, verflixt», sagte May, die sich seit fünf Minuten vorgemacht hatte, daß sie Amandas Schreien nicht höre. Sie lief die Treppe hinauf und rief über das Geländer: «Gaylord, geh zu Bett.»

Gaylord wußte, daß Widerspruch heute nicht viel nützen würde, Mummi war in einem Zustand, in dem ein falsches Wort eine Explosion auslösen konnte. «Ich hab einen Riesenhunger», sagte er zu Miss Nightingale.

«Ihr kleiner Junge hat einen Riesenhunger, Mrs. Pentecost. Soll ich ihm was zu essen machen?» rief Miss Nightingale die Treppe hinauf.

«Er kann sich selber sein Essen holen», schallte es zurück.

«Ich werde mich drum kümmern», sagte Miss Nightingale. Dann an Gaylord gewandt: «Ich bin Schwester Nightingale, und wie heißt du?»

«Gaylord Pentecost.»

«Du gefällst mir. Was ißt du denn gewöhnlich zu Abend?»

«Brot mit Honig und ein Glas heiße Milch, Miss.»

«Nenn mich nicht Miss. Ich bin keine blöde Schullehrerin. Und das ißt du wirklich am liebsten?»

«Ja, bitte», sagte er artig.

Miss Nightingale wartete, sie fühlte, daß ihm noch etwas auf der Zunge lag. Gaylord balancierte auf einem Bein. «Henry Bartlett kriegt immer Bohnen in Tomatensauce und Coca-Cola», verkündete er.

«Möchtest du auch lieber Bohnen in Tomatensauce und Coca-Cola?» fragte Miss Nightingale.

«Ehrlich gesagt, ja, wenn's Ihnen nichts ausmacht.»

«Mir macht es nichts aus. Klar, du bekommst deine Cola, und auch die Bohnen in Tomatensauce.»

Gaylord saß an der einen Seite des Küchentischs, schmatzte vergnügt und grinste Miss Nightingale an, die ihm von der anderen Seite des Tischs zusah.

Es war einer der schönsten Augenblicke seines Lebens. Er hatte immer das Gefühl gehabt, daß ihm etwas Köstliches entging, wenn Henry ihm von den kulinarischen Genüssen seiner Bohnen-und-Cola-Dinners vorschwärmte. Aber er genoß nicht nur die Gaumenfreuden, sondern auch, daß er wie ein Erwachsener in der hell erleuchteten Küche sitzen und essen durfte, gegenüber die schöne, blonde Miss Nightingale. Es wäre nett, Miss Nightingale zu heiraten. Sie würden ihr ganzes Leben lang jeden Abend Bohnen in Tomatensauce essen, jeder an seiner Seite des Tischs, und einander anlächeln.

Plötzlich mußte er wieder an die wunderschöne Dame im Zirkus denken, die ihn so verzaubert hatte, und die dann leider doch nicht Tante Becky gewesen war. «Miss Nightingale?» sagte er.

«Ja, Junge?»

«Miss Nightingale, sind Sie die Dame aus dem Zirkus?»

«Das kommt mir unwahrscheinlich vor. Welche Dame aus dem Zirkus?»

«Die auf dem Seil getanzt hat.»

Sie schüttelte den Kopf. «Tut mir leid, Gaylord, ich habe in meinem Leben schon viel getan, das aber nicht.»

«Sie sah aber genau wie Sie aus, und wie Tante Becky. Ich wollte meine Tante Becky heiraten, aber Onkel Peter ist mir zuvorgekommen.»

«So ein Pech, Gaylord.»

«Dann wollte ich die Zirkusdame heiraten. Aber wenn Tante Becky nicht die Dame aus dem Zirkus ist und Sie sind es auch nicht...»

«Du sitzt ganz schön in der Patsche», sagte Miss Nightingale lächelnd.

Babygeschrei unterbrach ihr Gespräch. Mummi kam herein und trug eine wütend brüllende Amanda auf dem Arm. Aber es schien, daß Mummi auch auf Amanda wütend war. «Gaylord, ich habe doch gesagt, du sollst zu Bett gehen.»

«Ich weiß, Mummi, aber Miss Nightingale hat gemeint, daß ich Bohnen in Tomatensauce nicht im Bett essen soll.»

«Natürlich sollst du das nicht. Aber du bekommst sonst Brot mit Honig und heiße Milch zum Abendbrot, und das kannst du im Bett essen.»

Miss Nightingale stand auf. «Es ist meine Schuld, Mrs. Pentecost, aber Sie wissen ja, wie sehr Kinder sich über eine Abwechslung freuen. Ich dachte, es kann ihm dies eine Mal nicht schaden.»

May dachte ärgerlich: Erzählen Sie mir nicht, worüber Kinder sich freuen oder was ihnen schadet. Amanda schrie jetzt noch lauter. Miss Nightingale sagte liebenswürdig: «Kann ich Ihnen die Kleine abnehmen?» Sie nahm das Kind vorsichtig auf den Arm. Amanda sah sie erst mißtrauisch, dann interessiert und zum Schluß voller Vertrauen an und begann, wie eine Taube zu gurren. Gaylord sagte: «Miss Nightingale versteht was von Babies, nicht wahr, Mummi?»

Er war froh, ein unverfängliches Gesprächsthema gefunden zu haben. Vielleicht ließ Mummi sich so von der unbestreitbaren Tatsache ablenken, daß er noch nicht im Bett war. Aber Mummi ging nicht auf seine Konversation ein, sie wirkte irgendwie geistesabwesend. Die Erklärung dafür war, daß May ein Selbstgespräch führte: ‹Geh in ein Kloster, May Pentecost. Als Mutter bist du ein totaler Versager. Da sitzt diese Person am Tisch und Gaylord himmelt sie an, weil sie ihm Bohnen aus der Dose vorsetzt. Und Amanda, diese kleine Verräterin, hat sie mir in ein paar Minuten abspenstig gemacht. Nun gut, ich mach mich aus dem Staub. Nein, lieber doch nicht. Denn da ist ja noch der liebe Jocelyn. Er will bestimmt nicht, daß ich ins Kloster gehe. Und diese Person ist nur zehn Jahre jünger als ich, mit der werde ich lässig fertig.›

Jocelyn kam in die Küche, er wirkte vergnügt. «Sie haben ganz recht gehabt, Miss Nightingale, die Knöchel sind nicht gebrochen, nur verstaucht.» Er lächelte sie an. «Eine ausgezeichnete Diagnose.»

Miss Nightingale lächelte. «Zufall, Mr. Pentecost», sagte sie, wie May fand, übertrieben bescheiden.

Jocelyn setzte sich an den Küchentisch. «Also, Miss Nightingale, Sie sagten, Sie hätten etwas Neues über Ihr Buch gehört?» Aber er stellte die Frage nur aus Höflichkeit und gegen besseres Wissen.

«Um ehrlich zu sein, Mr. Pentecost, ich bin hergekommen, weil ich Sie bitten wollte, mir zu helfen.»

Er blickte in ihr klar geschnittenes, von goldblondem Haar umrahmtes Gesicht. Sie wirkte ziemlich selbstsicher. Leicht argwöhnisch sagte er: «Natürlich tue ich alles, was ich kann.»

«Oh, vielen Dank, Mr. Pentecost. Ich wußte, daß Sie mir helfen. Die *Mandrake Press* sagt, daß ich den Text um fünfzig Seiten kürzen soll. Dann wollen sie mein Buch drucken. Und... dazu brauche ich Rat von einem Fachmann.»

Er sah sie verblüfft an. «Wollen Sie damit sagen... daß Mandrake das Buch herausbringen will?»

«Nur, wenn ich es um fünfzig Seiten kürze. Es sei eine Frage des Ladenpreises und keine Kritik an meinem Text.»

Jocelyn dachte: Guter Gott, und war sprachlos. May sagte brüsk: «Es geht mich zwar nichts an, aber ich finde, daß mein Mann sich nicht darauf einlassen sollte. Es ist viel Arbeit.»

«Meine Frau hat recht, es ist viel Arbeit. Und eigentlich können Sie Ihr Buch nur selbst kürzen. Ich würde vorschlagen, daß Sie Ihre Stellung im Krankenhaus aufgeben...»

«Das habe ich schon getan. Eine solche Chance laß ich mir nicht entgehen.» Sie schwieg, dann sagte sie noch einmal flehentlich: «Ich brauche wirklich Ihre Hilfe.»

Jocelyn war cin gutmütiger Mensch, aber wenn es um seine Arbeit ging, wurde er energisch. «Tut mir leid, Miss Nightingale, aber ich muß meine eigenen Bücher schreiben.»

«Ich brauche nur Ihren Rat», sagte sie.

«Noch nicht mal den kann ich Ihnen geben», sagte er leise, aber bestimmt.

Ein aufdringliches Frauenzimmer, dachte May. Laut fügte sie hinzu, um die Unterhaltung zu beenden und ihren Mann vor Torheiten zu bewahren: «Ins Bett mit dir, Gaylord.»

Gaylord, der die beste Mahlzeit seines Lebens beendet hatte, stand ohne zu murren auf. Er umarmte Mummi, Paps und Amanda und Miss Nightingale. Dann ging er zur Tür.

Dort wandte er sich noch einmal um. Was er jetzt sagte, war wohl überlegt. «Ich finde, daß Mummi sich nicht um Opa, Paps, Amanda, mich, Messalina und Tante Bea kümmern kann. Das ist viel zu anstrengend. In ein paar Tagen macht sie schlapp.»

«Geh ins Bett», sagte May liebevoll.

Gaylord sagte: «Miss Nightingale würde bestimmt gern hierbleiben und dir helfen, wenn du sie darum bittest.»

«Es wäre mir ein Vergnügen», sagte Miss Nightingale, «aber ich weiß, Sie brauchen meine Hilfe nicht.»

May dachte: Nein, die brauche ich, weiß Gott, nicht. Es würde damit enden, daß Sie mir im Haushalt helfen, und daß Jocelyn inzwischen Ihren Roman bearbeitet. Ich kenne meinen Jocelyn, und Sie glaube ich auch zu kennen, junge Dame. Laut sagte sie: «Vielen Dank, aber das würde ich Ihnen nie zumuten, Miss Nightingale.»

«Gute Nacht», sagte Gaylord und verschwand.

Miss Nightingale seufzte und erhob sich. «Ich muß mich auch davonmachen.»

Ein seltsamer Zufall beschäftigte schon seit einiger Zeit Jocelyns langsamen Verstand. Er stand auf. «Ich begleite Sie hinaus, Miss Nightingale.»

«Auf Wiedersehen», sagte May. «Und vielen Dank für Ihre Hilfe, Miss Nightingale.»

Die beiden Frauen gaben sich höflich, aber ohne Wärme die Hand. Jocelyn öffnete die Tür und führte Miss Nightingale hinaus. «Wieso gerade die *Mandrake Press*?» fragte er.

«Ich dachte, es wäre günstig, wenn ich einen Autor des Verlags persönlich kenne.»

«Meinen Sie damit... Sie haben sich doch nicht etwa auf mich berufen?»

«Doch. Hätte ich das nicht tun sollen?»

«Aber... Sie haben mich im Krankenhaus doch nur kurz gesehen, und ich habe kaum einen Blick in Ihr Manuskript geworfen.»

«Sind Sie mir böse?»

«Sehr begeistert bin ich nicht.»

«Und ich dachte, Sie freuen sich, daß Sie einem armen Mädchen geholfen haben.»

«Haben Sie meinem Vater erzählt, daß Ihr Buch verlegt wird?»

«Ja, natürlich. Und es hat ihn sehr amüsiert. Er hat gesagt, es wäre ein Beweis, daß er mehr von Literatur versteht als Sie. Ich bin natürlich nicht seiner Meinung», fügte sie entschuldigend hinzu.

Sie waren jetzt im Freien. Die Milchstraße umhüllte das Firmament mit einem Spitzenschleier, doch diese Millionen Sonnen verbreiteten nur ein schwaches Licht. Sie tasteten sich über den Hof. «Komisch», sagte Miss Nightingale, «ich war sicher, daß ich mein Fahrrad hier abgestellt habe.»

Sie fuhr mit der Hand die Mauer entlang. «Haben Sie eine Taschenlampe?»

«Nein», sagte Jocelyn kurz angebunden. Das erste, was er morgen früh tun würde, war, eine Taschenlampe zu kaufen.

Miss Nightingale lachte. «Ich weiß, Sie vergessen immer die Batterien.»

Das Lachen der jungen Frau übte auf Jocelyn eine seltsame

Wirkung aus. Sein Ärger und seine schlechte Laune waren plötzlich verflogen. Seit dem Unfall seines Vaters hatten weder er noch May viel gelacht. Ihr Leben war Trauer und Sorge gewesen. Miss Nightingale war jung und so unglaublich selbstbewußt. Eine Verszeile kam ihm in den Sinn: ‹Tanz, ein provenzalisches Lied und sonnengebräunter Frohsinn.› Er streckte den Arm aus und ergriff ihre Hand. «Vorsicht, das Kopfsteinpflaster ist glitschig.» Hand in Hand suchten sie weiter nach dem Fahrrad, als sei es die natürlichste Sache von der Welt. So würde Amanda später einmal mit ihrem alten Vater über die Wiesen gehen, dachte Jocelyn. Wie jung man sich dabei fühlte.

Aber das Fahrrad war fort. Sogar dieser abgelegene Bauernhof war vor Dieben nicht mehr sicher. «Sie müssen bei uns übernachten», sagte er. «Wir haben genug Zimmer.»

«Ich möchte Mrs. Pentecost keine Umstände machen.»

«Sie machen ihr keine Umstände», sagte er. «May wird sich freuen.» Sein Auto erwähnte er vorsichtshalber nicht. Der Gedanke, daß Miss Nightingale im Zypressenhof bleiben würde, gefiel ihm ganz außerordentlich.

Sie dachte einen Augenblick lang nach, dann sagte sie: «Ich bleibe gern, wenn ich mich für die Übernachtung erkenntlich zeigen kann. Ich meine, ich wasche morgen früh ab und so weiter.»

May war schon zu Bett gegangen. Er ließ Miss Nightingale im Wohnzimmer Platz nehmen und ging hinauf, um May zu wecken. «Entschuldige, daß ich dich störe, aber irgendein Lümmel hat Miss Nightingales Fahrrad geklaut, und ein teures Taxi kann sie sich nicht leisten. In welchem Zimmer soll ich sie unterbringen? Ach ja, vermutlich braucht sie ein Nachthemd, kannst du ihr eins borgen? Es wird ihr zu groß sein, aber das macht ja nichts.»

Fünf von eisigem Schweigen erfüllte Minuten später war im Gästezimmer das Bett gemacht, auf das May ihr schickstes Nachthemd gelegt hatte. Jetzt sagte May etwas. «Fertig. Du kannst sie ja noch fragen, ob sie ein Glas für ihre Zähne braucht.» Sie ging wieder zu Bett. Schon nach kurzer Zeit wachte sie wieder auf. Jocelyn schlief fest. Tante Bea rief mit dringlicher Stimme ihren Namen.

Sie rollte sich aus dem Bett und zog ihren Morgenrock über. Wenn die tüchtige Tante Bea mitten in der Nacht um Hilfe rief, was konnte sie, May, ohne jede medizinische Vorbildung schon für sie tun? Am liebsten hätte sie Jocelyn geweckt, aber sie ließ ihn schlafen. Jocelyn hatte seine eigenen Sorgen, obwohl sie ihm nicht den Schlaf zu rauben schienen.

Sie ging zu Tante Beas Zimmer. Was sollte sie tun, wenn Dr. Pembertons Medizin gegen Schmerzen der armen Frau nicht half? Oder wenn Tante Beas robuste Natur, geschwächt von dem Unfall, einem Schlaganfall erlegen war? Sie klopfte an die Tür, holte tief Luft und trat ein.

Tante Bea sagte: «May, meine Liebe, wärst du bitte so nett und würdest Messalina etwas zu essen geben? Eine halbe Dose von dem Katzenfutter und eine Schale Milch. Die Vitamine kannst du heute ausnahmsweise fortlassen.»

May ging hinunter. Messalina machte keinen Versuch, ihren Ärger zu verbergen. Sie miaute laut. May sagte: «Mach mir keine Vorwürfe, Messy, in einer Krise kommt immer einer zu kurz, und in diesem Fall bist du es eben, Schokoladenschnäuzchen.»

Diese vernünftige Rede versöhnte das Tier nicht im geringsten, es miaute nur noch lauter. «Sei ruhig!» fuhr May die Katze an, löffelte Futter aus der Dose und goß Milch in die Schale. Messalina hörte zu miauen auf, schritt majestätisch näher und schnupperte mißtrauisch an dem Futter. «Na, friß schon», sagte May und ging zurück ins Bett. Ihr war ganz beklommen zumute. Es schien so, als ob Gaylord recht behalten sollte. Alles hing an ihr, sogar um Messalina mußte sie sich kümmern. Sie rückte dichter an Jocelyn heran und sagte: «Ich war unten und habe Messalina gefüttert.»

«Nett von dir», sagte Jocelyn. «Ich habe sie miauen gehört.» Er sank wieder in Tiefschlaf.

May lag wach, bis der Morgen dämmerte, ihr Körper entspannt, ihr Geist in Aufruhr.

10. Kapitel

Ein lieblicher Frühherbstmorgen: Stille, Frieden unter einem azurblauen Himmel.

Doch im Zypressenhof erwachte jeder mit einem Problem.

Als Gaylord wach wurde, fügten sich in seinem Geist mit erschreckender Schnelle alle Stücke zusammen wie ein fertiges Puzzlespiel. Das Bild, was sich ihm darbot, versprach nur Elend und Jammer. Gewiß, der drohende Schatten des Gefängnisses war verblaßt, aber er mußte dennoch dem Haß der ganzen Familie, besonders dem seines Opas, die Stirn bieten. Opa würde vermutlich nie wieder mit ihm reden. Kein Wunder, wo Gaylord ihm etwas so Grauenvolles angetan hatte.

Während er noch darüber nachgrübelte, erscholl von der Tür ein munteres Rat-a-tat, und etwas ganz Wunderbares geschah: Ein Frühstückstablett mit *zwei* gekochten Eiern erschien, getragen von niemand anderem als von Miss Nightingale.

«Miss Nightingale», rief er überglücklich. «Was machen Sie denn hier? Sind Sie doch bei uns geblieben, um Mummi zu helfen und sich um uns zu kümmern?»

«Nichts dergleichen», lautete die enttäuschende Antwort.

«Mir ist gestern abend mein Fahrrad gestohlen worden.»

Gaylord konzentrierte sich darauf, sein Ei zu köpfen. Endlich sagte er: «So?»

«Ja», sagte Miss Nightingale und sah ihn prüfend an.

«Das Ei ist super», sagte Gaylord.

«Deshalb mußte ich über Nacht hierbleiben. Und heute morgen habe ich mir gedacht, ich werde deiner Mutter ein wenig unter die Arme greifen. Wenn du aufgegessen hast, kannst du deinem Großvater das Frühstück bringen. Willst du?»

«Ja, gern.» Gaylord hatte sich vorgenommen, um Opa einen großen Bogen zu machen, aber dieser wunderschönen Dame konnte er nichts abschlagen. «Nicht zu fassen, daß jemand Ihr Fahrrad gestohlen hat, Miss Nightingale.»

«Ja, nicht zu fassen», sagte Miss Nightingale. «Bis später.»

John Pentecosts Probleme waren an diesem Morgen moralischer Natur. War er gestern abend zu hart mit Jocelyn umgesprungen? Und was sollte er Gaylord sagen, wenn er ihn traf? Kinder mußten schließlich lernen, daß auch sie Verantwortung hatten. Es ging doch nicht an, einfach zu sagen: «Du hast mich um meine Gesundheit gebracht, aber das macht nichts, junge Leute sind eben gedankenlos.» Andererseits durfte man auch nicht zu streng sein, denn es steckte ja keine böse Absicht dahinter. Aber es war wohl das beste, um Gaylord erst einmal einen weiten Bogen zu machen, bis er mit sich im reinen war.

Jemand klopfte schüchtern an die Tür. John rief: «Herein.»

Die Tür öffnete sich einen Spalt. Gaylord streckte ängstlich den Kopf hindurch. «Darf ich reinkommen, Opa? Ich habe dir dein Frühstück gebracht.»

«Ja.»

Er kam mit dem Tablett herein und schloß umständlich die Tür hinter sich. Dann drehte er sich um und sah seinen Großvater an.

Sein Großvater sah ihn an.

Das Schweigen hing schwer im Raum.

Schließlich sagte Opa: «Morgen, Gaylord.»

Wieder ein endloses Schweigen. Dann sagte Gaylord langsam, jedes Wort abwägend: «Es tut mir leid wegen deiner alten Knochen, Opa.» Er musterte ängstlich das Gesicht des alten Mannes und wartete.

«Mir auch», sagte John.

«Es war für den Tiger», sagte Gaylord schließlich.

«Aber es war kein Tiger», sagte Großvater. «Ich war es.»

«Ja», sagte Gaylord.

Wieder Schweigen.

«Mein Pech», sagte Opa.

«Ja.»

«Pech – aber keine Bosheit, keine Niedertracht, nicht mit Vorbedacht.»

«Was war das letzte?»

«Nicht absichtlich.»

«Nein.»

«Nein.» Er blickte in das junge, bedrückte Gesicht. Gaylord trug an der Last der Reue. «Magst du spazierengehen, Junge?»

«O ja, bitte», rief Gaylord. Die Spannung hatte sich plötzlich gelöst. John dachte: Zur Hölle mit der ganzen Sache, das Leben ist zu kurz. Er wird andere blödsinnige Sachen anstellen, aber vermutlich wird er keine Tigerfallen mehr graben, in die ich stürzen kann. Und er wird allmählich, ganz allmählich dazulernen. Mehr kann man nicht verlangen. «Wenn du willst, kannst du meinen Rollstuhl schieben», sagte er, «vorausgesetzt, daß Bea ihn nicht schon mit Beschlag belegt hat.»

Aber Bea hatte ihn schon mit Beschlag belegt. Sie sauste in ihm in der Küche herum, krachte gegen die Möbel, aber war May trotzdem eine große Hilfe. Bea und die eifrige Miss Nightingale erledigten die ganze Hausarbeit, so daß May irritiert dachte: Am besten setze ich mich in eine Ecke und löse ein Kreuzworträtsel.

So gingen Gaylord und Opa auf die altmodische Art spazieren. Der Fluß gluckste neben ihnen, die Kühe zupften an dem süßen Gras oder hoben ihre Köpfe, um die Menschen zu betrachten, und die Wölkchen segelten über das Tal hinweg wie kleine Wattebäuschchen.

Gaylord und Opa sprachen wenig. Es war nicht notwendig. Ein Gefühl glücklicher Zweisamkeit hatte sich ihrer bemächtigt. War es die Belohnung für Nachsicht und Verständnis? Oder nur der Einfluß des milden Morgens? Oder war es die gottgesegnete Eintracht von Jugend und Alter, die Seite an Seite ihre wohltuende Untätigkeit genossen?

Und Jocelyn? Hatte er an diesem schönen Morgen auch Probleme? O ja. Jocelyn hatte immer Probleme. In den seltenen Augenblicken, in denen die brutale Welt ihm keine aufzwang, gelang es ihm jedesmal mühelos, sich selbst welche zu schaffen.

An diesem Morgen waren sie so zahlreich wie fallende Blätter im Herbst. Gestern hatte sein Vater ihn ‹Lümmel› und ‹Verbrecher› gescholten, und sein Nachbar, dem er nie etwas getan hatte, angedeutet, daß er ein Idiot sei. Er fühlte sich ganz leer und schwach.

May hatte ihn geweckt. Mit zusammengebissenen Zähnen hatte sie ihm ins Ohr gezischt: «Jemand ist in meiner Küche.»

Er lauschte. Tatsächlich! Auch er hörte das Klappern von Teetassen, aber jetzt klang es so, als käme es die Treppe herauf. Ein Klopfen an der Tür. «Mr. und Mrs. Pentecost, kann ich hereinkommen?»

Sie setzten sich im Bett auf. Miss Nightingale trat ein mit einem Tablett, auf dem Teegeschirr und in einer Vase eine verspätete Rose standen. Sie sagte: «Der alte Mr. Pentecost und der kleine Junge haben ihr Frühstück bereits bekommen. Ich dachte, Sie hätten gern eine Tasse Tee, bevor Amanda aufwacht.»

«Das ist sehr zuvorkommend von Ihnen», sagte Jocelyn anerkennend. May sagte: «Vielen Dank. Ich stehe gleich auf.» Sobald die Tür geschlossen war, sagte May: «Jocelyn, sie reißt alles an sich. Deine Bücher, meine Küche. Sie ist rücksichtslos.»

Jocelyn hatte bei sich gedacht, daß der Tag mit Miss Nightingale, die den Tee brachte, besonders vielversprechend angefangen habe, aber er spürte, daß eine begeisterte Reaktion fehl am Platz war. «Sie hätte mir erzählen sollen, daß sie sich beim Verlag auf mich berufen hat. Ziemlich frech von ihr. Dennoch bin ich dankbar, daß ich den Morgentee ans Bett gebracht bekomme.»

May war schon aufgestanden. Er fragte: «Wohin gehst du?»

«Mein Territorium verteidigen.» Sie zog sich den Morgenrock an, machte sich zurecht und ging in die Küche.

Jocelyn hatte das unangenehme Gefühl, daß das Leben nicht mehr lebenswert sein würde, wenn er Miss Nightingale nicht bis Mittag los war.

Unmöglich, auch nur eine Zeile zu schreiben. Er stand vom Schreibtisch auf, ging langsam zum Fenster und blickte hinaus in den milden Herbsttag. Er sah den Fluß, zwei ferne Gestalten gingen an seinem Ufer entlang. Würden sein Vater und er je wieder so nebeneinander hergehen, in Freundschaft und Frieden?

Aber er sah noch etwas anderes: Reuben Briggs kam den Weg herauf. Er war ganz verändert: Reuben hatte sich feingemacht. Ein alter Jagdhut hatte die unvermeidliche Mütze abgelöst, und der erdfarbene Regenmantel sah ganz proper aus. In der Hand trug Reuben etwas, das in eine alte Zeitung eingewickelt war. «Gott im Himmel!» stieß Jocelyn hervor. Was hatte Tante Bea noch gesagt? Ich muß aufpassen, daß er nicht um meine Hand anhält. «Gott im Himmel», wiederholte Jocelyn, rannte zwei Stufen auf einmal nehmend nach unten und öffnete die Haustür.

Aus der Nähe gab es noch weitere Verbesserungen zu bestaunen. Reuben sah beinahe gepflegt aus. «Für Ihre Tante», sagte er und drückte Jocelyn die zerknitterte Zeitung samt Inhalt in die Hand.

«Vielen Dank, Reuben, das ist furchtbar nett von Ihnen.»

«Eier», sagte Reuben und streckte den Kopf vor, als halte er nach Tante Bea Ausschau.

«Sie wird sich riesig freuen. Ich kann Sie leider nicht hereinbitten, meine Tante hatte nämlich einen ziemlich scheußlichen Unfall.»

«Das bedaure ich sehr, Mr. Pentecost. In der Küche?»

«Nein, draußen. Es geschah übrigens kurz nachdem Sie ihr gestern abend begegnet sind.»

«Tatsächlich? Die Arme. Wie ist denn das passiert? Sie waren doch fast zu Hause.»

Jocelyn sagte: «Sie... sie ist in die Falle gestürzt, die mein Sohn für diesen Tiger gegraben hat.»

Langes Schweigen. Dann sagte Reuben: «Mr. Pentecost, Sie wollen doch nicht etwa sagen, daß Sie dieses verdammte Loch noch nicht zugeschüttet haben?»

«Doch, das hab ich getan, aber offensichtlich nicht sorgfältig genug.»

«Dann sind Sie ein noch größerer Idiot, als ich angenommen habe, Mr. Pentecost, und das will was heißen.»

Jocelyn schwieg. Reuben sagte: «Sie ist eine nette Dame, eine Dame, die ich respektiere. Und Sie tun ihr so etwas an. Guten Tag noch, Mr. Pentecost.» Er drehte sich auf dem Absatz um und stapfte zornig davon.

Wenig später hätte man sehen können, wie Reuben Briggs, einen Spaten über der Schulter, sein Cottage verließ und in die Richtung von Polly Larkins Weg ging.

Vierundzwanzig Stunden später war Jocelyn deprimierter als je zuvor in seinem Leben. Reubens vernichtendes Urteil schmerzte mehr als eine Tracht Prügel (zumal es nur zu berechtigt war). May war übelster Laune, weil Miss Nightingale es irgendwie geschafft hatte, noch immer im Haus zu sein. John Pentecost war ihm gegenüber kühl und distanziert. Und nirgends ein Zufluchtsort, wo ein Schriftsteller in Ruhe arbeiten konnte.

Er sah den Postboten den Weg heraufkommen, hörte das Klappern des Briefkastens, beobachtete, wie der Postbote zur Gartentür zurückging, sich aufs Rad schwang, davonradelte und auf der Straße am Fluß kleiner und kleiner wurde. Er ging hinunter, holte die Briefe und nahm sie mit auf sein Zimmer.

Ein Rundschreiben von der Bank, sie bot ihm einen Kredit in Höhe von 7500 Pfund an, beigelegt war eine Reklame für eine Yacht, die, welch Zufall, genau 7500 Pfund kostete. Ein Brief mit der intimen Anrede ‹Lieber Mr. Pentecost›, der ihm mitteilte, daß er als einziger im ganzen Landkreis ausgewählt worden sei, an einem Preisausschreiben teilzunehmen, bei dem er 100 000 Pfund gewinnen konnte. Ein dünner rosa Umschlag, in Blockschrift adressiert an MR. PENTECOST JUNIOR, ZYPRESSENHOF, SHEPHERD'S WARNING.

Er bemerkte, daß er zitterte. Seit jeher hatte ihn die Angst verfolgt, daß er eines Tages einen anonymen Brief erhalten könnte. Schließlich war ein Autor, der sein Ich und seine innersten Gedanken enthüllte, ein ideales Opfer für Neider und Böswillige.

Aber warum wirkten der billige Umschlag, die groben Buchstaben so bedrohlich? Er griff zum Brieföffner und schlitzte das Kuvert auf.

Freude und Erleichterung! Es war leer.

Nein, doch nicht. Erst jetzt entdeckte er das zusammengefaltete Blatt aus Dünndruckpapier, das mit winzigen Buchstaben bedruckt war.

Er zog das Blatt heraus, entfaltete es und legte es auf den Schreibtisch.

Es war offenbar eine Art Liste, eine Zeile war angekreuzt.

Er suchte in seiner Schreibtischschublade nach einem Vergrößerungsglas. Jetzt sah er, um was es sich handelte.

Es war eine Seite aus einem Gebetbuch, und die angestrichene Zeile lautete: «Verflucht sei, wer einen Blinden vom Weg abführt.»

Das war doch aus dem Bußgottesdienst am Aschermittwoch. Ja, richtig, dort stand es auch oben auf der Seite. «Bußgottesdienst – Liturgie der anglikanischen Kirche.»

Ein kalter Schauer lief ihm über den Rücken. Jemand drohte ihm mit dem Zorn Gottes und der ewigen Verdammnis. Es war gar nicht mißzuverstehen.

Aber wann hatte er je einen Blinden vom Weg abgeführt? Gab es in seinen Büchern irgendeine Stelle, die einen Unschuldigen zum Straucheln gebracht hätte?

Er brachte es nicht über sich, die Seite aus dem Gebetbuch noch einmal zu berühren. Er starrte sie an wie vor den Kopf geschlagen.

Noch vor zehn Minuten war die Welt in Ordnung gewesen. Natürlich hatte er Probleme gehabt: er mußte die Sache mit seinem Vater ins Lot bringen, Miss Nightingale irgendwie von der Bildfläche verschwinden lassen, sich mit May wieder gutstellen, Tante Bea dafür um Verzeihung bitten, daß sie sich durch seine Schuld die Knöchel verstaucht hatte. Aber wie lächerlich wirkten diese Sorgen verglichen mit der unleugbaren Tatsache, daß jemand ihn, Jocelyn, den beliebten Autor, mit Haß verfolgte!

Auch mit der Lupe konnte er weder das Datum des Poststempels noch den Aufgabeort entziffern.

Schließlich ging ihm ein Licht auf. Ein Satz aus der Aschermittwochsliturgie? Hatte Reuben Briggs nicht neulich die Sprüche Salomonis zitiert? Das konnte kein Zufall sein. Wer las heute noch in der Bibel oder im Gebetbuch? Der Fluch, die Bedrohung, die sein Leben überschattete, kam von Reuben Briggs. Reuben verfluchte ihn, weil er Tante Bea ‹vom Weg abgeführt› hatte und so schuld war an ihrem Unfall.

Er sollte diesen schrecklichen Brief sofort der Polizei übergeben.

Er war verbittert und zornig. Er hatte sich nie besonders viel aus Reuben gemacht, sich in seiner Gegenwart nie wohl gefühlt. Daß dieser Mann ihm Angst machen und ihn quälen wollte, mußte bestraft werden.

Doch dann stellte er sich vor, wie Reuben in seinen schmuddeligen Kleidern vor einem teilnahmslosen Polizisten oder vor einem teilnahmslosen Richter stand und Flaubert und Goethe zitierte. Sie würden sich über ihn lustig machen, diese Männer, die notgedrungen in der Schule Flaubert und Goethe gelesen, aber seitdem nie wieder ein Buch aufgeschlagen hatten. Nein, Reuben war sein Nachbar, auch wenn er ihn nicht mochte. Ganz gleich, wie empörend so ein anonymer Brief war – er würde Reuben Briggs nicht solchen Banausen ausliefern. Er wurde schon allein mit ihm fertig.

11. Kapitel

John Pentecost kam triumphierend vom Spazierengehen heim. Er hatte zwei Meilen zurückgelegt und war weder besonders müde, noch hatte er Schmerzen. Die langen Tage und Wochen der mühseligen Heilgymnastik hatten sich ausgezahlt. So Gott wollte, lagen sie jetzt endgültig hinter ihm. Gewiß, beim Treppensteigen und beim An- und Ausziehen brauchte er noch Hilfe. Aber wenn es darum ging, sich fortzubewegen zu Fuß oder, wie er hoffte, bald in seinem Rover, war er wieder sein eigener Herr.

Und er mußte zugeben, daß er sich Gaylord gegenüber richtig verhalten hatte. Netter Junge, gut zu leiden. Es wäre jammerschade gewesen, wenn diese Beziehung nur wegen der blödsinnigen Tigerfalle in die Brüche gegangen wäre.

Doch trotz seiner Euphorie zeigte er eine gewisse Nervosität, als sie sich dem Haus näherten. «Wir wollen versuchen, Großtante Bea aus dem Wege zu gehen, Junge», sagte er. «Sie und ich haben sehr verschiedene Ansichten darüber, wie lang meine Spaziergänge sein sollen, und dann ärgerte es mich offen gesagt auch, daß sie so mir nichts, dir nichts meinen Rollstuhl mit Beschlag belegt hat.»

Gaylord war voll einverstanden. Nichts gefiel ihm besser als Heimlichkeiten, und nun sogar im Einverständnis mit seinem Opa! Er setzte seinen beachtlichen Verstand auf das Problem an. «Ich weiß was, Opa. Ich gehe hintenrum in die Küche und mache ein bißchen Krach, und du schleichst dich durch die Haustür ins Wohnzimmer, setzt dich hin und tust so, als ob du schon den ganzen Morgen dort gewesen bist.»

«Großartige Idee», sagte Opa. Fünf Minuten später ließ er

sich auf den harten Stuhl in dem sonst gemütlichen Wohnzimmer fallen.

Beinahe sofort öffnete sich die Tür. Er wappnete sich gegen den Anblick seiner Schwester, war aber erleichtert und entzückt, als er die tüchtige Miss Nightingale erblickte. «Ach, Mr. Pentecost, zurück vom Spaziergang. Sie müssen ganz schön müde sein.»

«Ein wenig», sagte er. (Es stimmte natürlich nicht, aber ein wenig Mitgefühl von einem hübschen Mädchen konnte einem alten Mann nie schaden.)

«Möchten Sie ein Glas Sherry?» fragte sie aufmunternd.

«Großartige Idee», sagte John, zum zweitenmal während weniger Minuten. «Aber warum schenken Sie sich nicht auch selbst ein Glas ein und leisten mir Gesellschaft?»

Sie strahlte übers ganze Gesicht. «Darf ich wirklich?»

«Sie würden mir damit ein Vergnügen machen.»

Sie brachte die beiden Gläser, setzte sich neben ihn und hob ihr Glas. «Auf Ihr Wohl!» Ihre Augen blitzten ihn freundlich über den Rand des Glases an. «Der Stuhl sieht aber gar nicht bequem aus.»

«Es ist mein Ischias-Stuhl.» Sie verstand ihn erst nicht, dann grinste sie. «Ach so.»

«Tut mir leid, daß Ihr Fahrrad weg ist.»

«Ja. Es ist mir sehr unangenehm, daß ich dadurch Mrs. Pentecost soviel Umstände gemacht habe.»

Er sagte galant: «Es ist eine Freude, Sie im Haus zu haben. Und soweit ich es beurteilen kann, machen Sie May keine Umstände. Im Gegenteil. Sie haben an beiden Tagen das Frühstück gemacht.»

«Oh, das ist das wenigste...» Sie sah plötzlich verloren aus.

«Was ist los, Miss Nightingale?» fragte er ruhig.

«Ich weiß nicht, wie ich ohne mein Fahrrad nach Hause kommen soll.»

«Ich verstehe.» Er schwieg. «Übrigens, sollten Sie noch

einmal mein Frühstück machen, wäre ich dankbar für eine zweite Scheibe Speck.»

Sie sagte: «Mr. Pentecost, ich kann nicht noch einen Tag bleiben.»

«Warum nicht?»

«Ich kann hier schließlich keine Wurzeln schlagen. Das ist... das geht nicht.»

«Miss Nightingale, ob Sie uns noch einmal nachschenken könnten?»

«Mir nicht», sagte sie schnell, «aber Ihnen gern.» Sie brachte ihm ein volles Glas.

Er trank genüßlich einen Schluck. Wie angenehm war es doch, bei einem Glas Sherry mit einer intelligenten und charmanten jungen Frau zu plaudern. Allmählich wurde er müde. Zum Abschluß dieses perfekten Morgens fehlte ihm nur noch eins: ein Schläfchen in einem bequemen Lehnstuhl. Bea soll sich zum Teufel scheren. Er stellte sein leeres Glas ab. «Miss Nightingale, bitte helfen Sie mir in den Sessel dort.» Sie tat es freudig und geschickt. Seine Augenlider schlossen sich, flatterten ein wenig, schlossen sich fest. Schlaf krönte den Morgen des alten Mannes.

«Das Mittagessen ist in zehn Minuten fertig», sagte May. «Würden Sie bitte allen Bescheid sagen, Miss Nightingale?»

«Gern, Mrs. Pentecost.» Sie lief hinauf ins Arbeitszimmer. «In zehn Minuten Mittagessen, Mr. Pentecost.»

Er blickte geistesabwesend von seiner Arbeit auf. «Kommen Sie zu sich, Mr. Pentecost», sagte sie munter. «Sie müssen das Wort Mittagessen schon einmal gehört haben.» Sie lief die Treppe hinunter und klopfte an Tante Beas Tür. «Mittagessen, Tante Bea. Soll ich es Ihnen hierherbringen, oder kommen Sie ins Eßzimmer?»

«Ich komme ins Eßzimmer, junge Frau. Ich bin kein Drükkeberger. Helfen Sie mir in den Rollstuhl.»

«Nein, das tu ich nicht», sagte Miss Nightingale bestimmt, aber freundlich. «Das ist Mr. Pentecosts Rollstuhl. Sie können ganz gut gehen, wenn Sie es nur versuchen.»

Tante Bea sagte kühl: «Ich will es aber nicht versuchen.»

«Dann bekommen Sie kein Mittagessen», sagte Miss Nightingale, ergriff den Rollstuhl und schob ihn ins Wohnzimmer. «Mittagessen, Mr. Pentecost, ich habe Ihnen Ihren Rollstuhl gebracht.»

Der alte Mann erwachte. «Vielen Dank, meine Liebe, ob Sie mir hineinhelfen?»

Sie tat es. «So, jetzt können Sie losfahren.»

Sie sah aus dem Fenster. «Gaylord, Mittagessen. Komm sofort herein, sonst kriegst du nichts mehr, aber wasch dir vorher die Hände.»

May trug den Braten auf und wunderte sich. Die Familie war vollständig versammelt. Kein zwei- oder dreimaliges Rufen nach Jocelyn, kein Warten, bis Gaylord sich die Hände gewaschen oder Schwiegervater seinen Sherry ausgetrunken hatte. Wirklich eine eindrucksvolle Leistung.

Aber sie wußte sie nicht zu schätzen und wollte auch keine Wiederholung. Es war ihre Küche und ihr Haushalt. Miss Nightingale würde heute nachmittag mit oder ohne Fahrrad das Haus verlassen. Eine dritte Nacht, dachte May, wird sie sich hier nicht breitmachen.

Beim Kaffee sagte May: «Sie waren mir eine große Hilfe, Miss Nightingale. Aber wir dürfen Sie nicht länger ausnutzen. Sie werden sicher gleich nach dem Kaffee gehen wollen.»

Es war ein genau überlegter, vernünftiger Vorschlag. Um so verblüffter war May über den Proteststurm, den er auslöste. Gaylord jammerte: «Laß sie nicht weggehen, Mummi.»

Jocelyn sagte: «Ich bin überzeugt davon, daß es Miss Nightingale nichts ausmacht, noch ein paar Tage zu bleiben und dir zu helfen, Liebling.»

May sagte: «Gewiß, aber ich möchte ihre Hilfsbereitschaft nicht mißbrauchen... Liebling.»

Tante Bea sagte: «Ich habe ein schlechtes Gewissen, daß ich euch so zur Last falle. Ich bin hergekommen, um euch zu helfen, und jetzt bin ich ein Klotz am Bein. Ich wünschte, daß Sie bleiben, Miss Nightingale.»

May hätte am liebsten geschrien: Aber ich nicht! Statt dessen sagte sie: «Ich werde schon allein mit allem fertig, Miss Nightingale. Noch einmal vielen Dank.»

Dann wandte sie sich an die männlichen Familienmitglieder: «Und vielen Dank, daß ihr so besorgt um mein Wohlergehen seid.»

Miss Nightingale sagte: «Ich wäre nur zu froh, Ihnen in dieser Krise beizustehen, Mrs. Pentecost, aber ich verstehe Ihren Standpunkt. Ob Mr. Jocelyn Pentecost vielleicht so liebenswürdig wäre, mir ein Taxi zu bestellen?» Sie lächelte ihn dankbar an.

John Pentecosts Gedanken kreisten schon seit einiger Zeit um das Problem, wie er an sein Auto herankommen könnte, ohne daß May und Bea ihm in die Quere kamen. Nun sah er eine Gelegenheit, obwohl die Folge war, daß er auf die Gesellschaft dieses prächtigen jungen Mädchens verzichten mußte.

Gleich nach dem Mittagessen ging er in sein Zimmer. Er griff zum Telefonhörer.

«Taylor, hat mein Sohn ein Taxi bestellt?»

«Ja, Mr. Pentecost.»

«Ich bestelle es wieder ab.»

«Gewiß, Mr. Pentecost.»

John legte den Hörer auf und rieb sich die Hände: Er würde seinen Rover fahren! Er vermeinte schon, das Lenkrad in seinen Händen zu fühlen und den leise schnurrenden Motor zu hören. Er hievte sich hoch, ging zum Fenster und rief leise: «Gaylord!»

Gaylord blickte von seinem Buch auf. Der verschwörerische Flüsterton war ihm nicht entgangen. «Ja, Opa», wisperte er.

Opa winkte. Gaylord stieg lautlos durchs Fenster und sah seinen Opa erwartungsvoll an. Sonst tat er doch nie so heimlich. Vermutlich war die furchterregende Gegenwart von Tante Bea der Grund dafür.

Opa sagte: «Hast du Lust auf eine Autofahrt?»

«O ja!»

«Gut, dann geh zu deinem Vater und sag ihm, daß ich mich um Miss Nightingales Heimfahrt kümmern werde. Danach machst du die Scheunentüren auf, damit ich den Wagen hinausfahren kann, und dann läufst du zu Miss Nightingale und sagst ihr, sie soll kommen. Deiner Mutter und Tante Bea brauchst du nichts davon zu sagen, die machen sonst bloß wieder Theater.»

Gaylord nickte verständnisvoll.

«Warum Bea fahren darf und ich nicht», murrte der alte Mann, «wird niemand je verstehen. Die Welt ist eben total verrückt. Sei leise, Junge.»

Sie schlichen ins Freie. Gaylord öffnete die Türen der großen Scheune. Dort stand grau und staubig der vernachlässigte Wagen. John öffnete fast ehrfürchtig die unverschlossene Tür und glitt auf den Fahrersitz. Er empfing ihn wie ein Thron seinen Herrn und Gebieter. Gaylord kletterte auf den Rücksitz. John steckte den Zündschlüssel ins Schloß und drehte ihn. Der Motor hustete einmal vorwurfsvoll und verfiel dann in ein behagliches Schnurren. «Jetzt lauf und hole Miss Nightingale», sagte Opa.

In der Scheune war es dunkel. John schaltete die Scheinwerfer an. Gaylord und Opa rissen ungläubig die Augen auf.

Im Lichtkreis der Scheinwerfer stand blitzend und glänzend ein Fahrrad. «Was ist das?» fragte Opa und griff geistesabwesend zum Winkerschalter.

«Es... es sieht wie ein Fahrrad aus», sagte Gaylord.

«So kommt es mir auch vor», sagte Opa.

«Ja», sagte Gaylord.

«Sieht aus wie ein Damenrad», sagte Opa.

«Könnte sein», sagte Gaylord mit Kennermiene.

«Hm», sagte Opa nachdenklich. «Nun, egal, uns geht's nichts an.» Er warf einen langen Blick auf Gaylord. «Aber... aber ich glaube, ich fahre den Wagen lieber auf den Hof, bevor du Miss Nightingale holst.»

«'ne gute Idee», stimmte Gaylord zu.

Der alte Mann legte den Rückwärtsgang ein und löste die Handbremse. Der Wagen setzte sich in Bewegung. «So, Junge, jetzt lauf, aber geh Tante Bea und deiner Mutter aus dem Wege. Hol Miss Nightingale und sag ihr, das Taxi wartet im Hof.»

«Vielen Dank, Gaylord», sagte Miss Nightingale.

«Wir begleiten Sie bis zum Taxi», sagte Mummi.

Gaylord sagte hastig: «Lieber nicht, der Taxichauffeur hat's furchtbar eilig. Er hat gesagt, wenn Miss Nightingale nicht in einer Minute da ist, fährt er ohne sie ab.»

«Nun dann, auf Wiedersehen», sagte Mummi ohne großes Bedauern. Gaylord führte Miss Nightingale im Laufschritt zum Auto. «Was für ein vornehmes Taxi», sagte Miss Nightingale, als Gaylord ihr höflich die Vordertür öffnete.

«Taxi!» rief der Fahrer empört. «Das ist ein alter Dreieinhalb-Liter-Rover, haben Sie ihn nicht erkannt?»

«Nein, Mr. Pentecost, tut mir leid.»

«Das sollte Ihnen auch leid tun. Großartiger Wagen. Steigt ein, ihr beiden. Paßt auf, wie er anzieht.» Er setzte behutsam den Fuß aufs Gaspedal. Das Auto setzte sich mühelos in Bewegung. John seufzte zufrieden auf. Wie viele Wochen und Monate war es her, daß er so sanft dahingeglitten war?

Als er die Hauptstraße erreichte, erhöhte er das Tempo auf neunzig, schnell genug für einen alten Mann, dachte er.

«Vorsicht!» rief Gaylord. «Hoppla!» rief Miss Nightingale. Auf der eben noch leeren Straße war urplötzlich ein galoppierendes, wieherndes, hufklapperndes, scheuendes Pferd aufgetaucht, das sich wie Gott im Zorn auf den Rover stürzte.

Johns rechter Fuß, der bisher das Gaspedal liebkost hatte, trat jetzt hart auf die Bremse. Der Wagen hielt, als ob ein Riese ihn gepackt und zum Stillstand gebracht hätte. Das Pferd wich zur Seite und galoppierte klappernd millimeterdicht am Auto vorbei. Miss Nightingale legte ihre Hand auf Johns Ärmel. «Gut gemacht», sagte sie ruhig, dann, besorgt: «Was ist los, Mr. Pentecost?»

John wand sich in seinem Sitz. «Der verdammte Knöchel tut wieder wahnsinnig weh. Was, zum Teufel, machen wir jetzt?»

Gaylord, der aufgeregt auf dem Rücksitz herumsprang, verkündete, daß sie ein irres Glück gehabt hätten. Wie leicht konnte ein Pferd, das durchging, einen zu Tode trampeln.

Opa sagte: «Ich kann mit diesem Fuß unmöglich weiterfahren.» Trotz seiner Schmerzen wandte er sich galant an Miss Nightingale. «Darf ich Sie bitten, meine Liebe, den Automobilclub anzurufen? Sie sollen uns einen Fahrer schicken. Wagen wie dieser dürfen nämlich nicht abgeschleppt werden.»

Gaylord sagte: «Ich weiß was Besseres. Ich hocke mich auf den Boden, und jedesmal wenn Opa schreit: Bremse, dann drück ich aufs Pedal.» Er fand die Idee einfach genial.

«Ach, Gaylord, red keinen Unsinn», sagte Miss Nightingale lachend.

Gaylord war beleidigt. Sein Freund Henry Bartlett hätte die Idee bestimmt auch genial gefunden. So sehr er Miss Nightingale verehrte – sie war eben doch auch nur eine Erwachsene.

Miss Nightingale sagte: «Ich weiß nicht, ob ich es wagen darf, Ihnen einen Vorschlag zu machen, Mr. Pentecost, aber ich habe einen Führerschein. Ich verspreche Ihnen, daß ich mit Ihrem schönen Wagen ganz, ganz vorsichtig umgehen werde, wenn Sie mir erlauben, Sie nach Hause zu fahren.»

Er sah sie bewundernd an. «Natürlich erlaube ich Ihnen, den Wagen zu fahren, Miss Nightingale. Sie müssen aber ganz langsam fahren. Ich paß auf den Verkehr auf und halte mich bereit, notfalls das Lenkrad zu ergreifen.»

«Vielen Dank, Mr. Pentecost. Gemeinsam werden wir es schon schaffen. Übrigens, zu Ihrer Beruhigung, ich war ein paar Jahre lang die Fahrerin von Lord Breedon.»

«Nein!»

«Ja. Ein reizender alter Herr. Sie erinnern mich sehr an ihn, Mr. Pentecost. Glauben Sie, daß Sie mit Gaylord und meiner Hilfe auf den Rücksitz überwechseln können?»

«Nein.»

«Nun, versuchen wir's mal.» Sie lief um den Wagen herum und öffnete die Tür zum Fahrersitz. «Hopp das Häschen, Mr. Pentecost.»

«Sagen Sie nicht ‹Hopp das Häschen› zu mir, junge Frau.» Trotzdem ließ er sich unter Stöhnen und Ächzen auf den Rücksitz bugsieren. Er lehnte sich zurück und wischte sich den Schweiß von der Stirn. Gaylord sagte: «Mummi wird sauer sein, wenn sie sieht, daß Sie wieder da sind, Miss Nightingale.»

Miss Nightingale sagte: «Ich werde nicht bleiben, Gaylord. Irgendwie komme ich schon nach Hause.» Sie glitt auf den Fahrersitz. «Nun, Mr. Pentecost, sind wir startbereit?» Der Wagen setzte sich sanft in Bewegung. Sie wendete. «Ausgezeichnet», sagte John. «Nur ruhig Blut, Miss Nightingale.» Aber er selbst war alles andere als ruhig. Er hatte eine bittere Lektion gelernt. In Zukunft mußte er wohl auf Taylors Taxis zurückgreifen.

Donnerwetter. Miss Nightingale ging prächtig mit dem Wagen um. Sie war die Fahrerin von Lord Breedon gewesen, der Mann hatte einen guten Griff getan. Aber sie hatte gesagt, daß sie nicht bleiben wollte. Warum nur? Vermutlich wegen May. Nun, er hatte nie versucht, Frauen zu verstehen. Verwirrende Geschöpfe, sogar die besten unter ihnen.

Er war ein nachgiebiger Mensch, aber wenn er sich zwischen Taylors Taxis und der Fahrerin des verstorbenen Lord Breedon entscheiden mußte, war die Wahl eindeutig. Er beschloß, ausnahmsweise einmal seinen Willen durchzusetzen.

Er sagte: «Miss Nightingale, bitte wenden Sie und fahren Sie zu Ihrer Wohnung. Packen Sie ein paar Kleider ein und was Sie sonst brauchen und bringen Sie uns anschließend zum Zypressenhof. Ich möchte, daß Sie mich chauffieren, solange ich nicht selbst fahren kann. Über die Bedingungen sprechen wir später.»

«Super», rief Gaylord.

«Mr. Pentecost, das geht leider nicht. Mrs. Pentecost...»

«Lassen Sie das meine Sorge sein, ich werde mit Mrs. Pentecost reden.»

«Sie haben Schmerzen, Sie müssen möglichst schnell nach Hause.»

«Kümmern Sie sich nicht um meine Schmerzen, tun Sie, was ich Ihnen sage.»

Miss Nightingale wendete. «Mir ist das gar nicht recht», sagte sie.

«Im Gegenteil, es ist Ihnen sogar sehr recht», sagte John. «Sie wollten von Anfang an bleiben. Erst haben Sie sich mit Ihrem Buch hinter Jocelyn gesteckt und jetzt bin ich an der Reihe.»

«Also wirklich!» sagte Miss Nightingale.

«Machen Sie mir nichts vor, junge Frau, dann werden wir glänzend miteinander auskommen.»

Miss Nightingale warf ihm im Rückspiegel einen Blick zu und fuhr schweigend weiter. «Eins würde mich interessieren», sagte John. «Wer hat das Fahrrad versteckt? Sie oder Gaylord?»

«Ich jedenfalls nicht», sagte Miss Nightingale.

«Da, ein Rolls-Royce», rief Gaylord, der anscheinend die Frage nicht gehört hatte.

Sie fuhren in die Auffahrt zum Zypressenhof ein. Miss Nightingale brachte den Wagen zum Stehen und sprang hinaus. «Wir sind da, Mr. Pentecost, und ohne eine Schramme. Warten Sie hier, bis ich Verstärkung geholt habe.»

Es war ein stiller Nachmittag. May hatte es sich bequem gemacht und die Füße hochgelegt. Endlich konnte sie sich entspannen. Opa und Gaylord waren im Taxi mitgefahren. Jocelyn war wie stets in seinem Arbeitszimmer, und Tante Bea ruhte sich aus. Aber das Beste von allem war, daß Miss Nightingale endlich aus dem Haus war.

Was, fragte sie sich, hatte sie eigentlich gegen Miss Nightingale? Nun, sie war frech. Sie war jung. Und die männlichen Familienmitglieder lagen ihr zu Füßen. Konnte man ihr daraus einen Vorwurf machen? Sie war tüchtig. Aber ich bin mindestens ebenso tüchtig wie sie.

Plötzlich erhob sich ein fürchterlicher Lärm. Weibliche Stimmen geiferten, Messalina miaute schrill. Was hatte das zu bedeuten?

Sie lief in Tante Beas Zimmer. Messalina machte einen Buckel, stand auf den Spitzen ihrer Pfoten wie ein Hubschrauber kurz vor dem Abheben und fauchte wütend. Miss Nightingale und Tante Bea kämpften um den Rollstuhl.

Und Miss Nightingale hatte einen Koffer bei sich. Was tat sie überhaupt hier?

May holte tief Luft. «Würde mir bitte jemand sagen, was hier vorgeht? Miss Nightingale, ich dachte, Sie sind längst losgefahren?»

«Das bin ich auch. Aber Mr. Pentecost hat sich wieder den Knöchel verletzt, deshalb brauche ich den Rollstuhl. Er hat starke Schmerzen.»

«Sie stürmt hier herein, stellt ihren Koffer auf mein Pussikätzchen und will mir ohne die geringste Erklärung meinen Rollstuhl wegnehmen», sagte Tante Bea.

Miss Nightingale fuhr herum. «Verstehen Sie nicht, daß es

sich um einen Notfall handelt, Sie streitsüchtiges altes Weib?» schrie sie.

«Wie wagen Sie es, so mit meinem Gast zu reden», sagte May grollend. «Ich muß Sie bitten, sofort mein Haus zu verlassen.»

«Das steht Ihnen nicht zu», erwiderte Miss Nightingale. «Das Haus gehört Ihrem Schwiegervater, nicht wahr, Mr. Pentecost?»

May drehte sich um. John lehnte am Türpfosten und stützte sich auf seinen Enkel. Er sah aschfahl und erschöpft aus. May sagte: «Schwiegervater, ich verstehe das alles nicht. Würdest du bitte Miss Nightingale sagen, daß sie geht?»

«Nein», sagte John. «Sie ist ein nettes Mädchen, das viel Mitgefühl für einen alten Mann gezeigt hat. Sie wird mich chauffieren, bis ich selbst wieder fahren kann.»

«Sie ist *kein* nettes Mädchen, Schwiegervater. Sie hat deine Schwester gerade ein streitsüchtiges altes Weib genannt.»

«Verständliche Einstellung», sagte John kühl.

«Ich verlasse dieses Haus!» sagte Tante Bea. «Wenn du es zuläßt, John, daß deine eigene Schwester in deiner Gegenwart beleidigt wird, dann ist für mich kein Platz mehr unter deinem Dach.»

«Den Rollstuhl läßt du aber gefälligst hier», sagte John.

«Du darfst uns nicht verlassen, Tante, du bist noch viel zu schwach», sagte May.

«Ich gehe.»

«Dann komm ich mit dir, bis du dich zu Hause wieder eingewöhnt hast», sagte May.

Als Jocelyn den Tumult im Zimmer unter sich hörte, riet ihm sein Instinkt, unter den Tisch zu kriechen und sich zu verstecken. Aber er wußte aus Erfahrung, daß es ihm nichts helfen würde. Also ging er nach unten und schob sich tapfer seitwärts durch die Tür in Tante Beas Zimmer.

«Ist irgendwas passiert?» fragte er hilfreich. Sein Gesicht

erhellte sich. «Ach, Miss Nightingale, und ich dachte schon, Sie hätten uns verlassen.»

Sie sah ihn mit einem strahlenden Lächeln an. «Mr. Pentecost! Ihr Vater hat sich wieder den Knöchel verletzt, und ich habe ihn nach Hause gebracht. Könnten Sie bitte Ihre Tante überreden, den Rollstuhl herauszurücken, der alte Herr braucht ihn.»

«Wobei hast du dir denn den Knöchel verletzt, Schwiegervater?» fragte May.

«Ich habe zu scharf gebremst.»

Gaylord sagte: «Ein riesengroßer Ackergaul kam auf einmal die Straße runter galoppiert, und Opa mußte auf die Bremse treten.»

May sagte: «Aber warum hat Mr. Taylor das denn nicht gemacht?»

«Was gemacht?» fragte Jocelyn, der auf Genauigkeit Wert legte.

«Gebremst!» schrie May außer sich.

«Wer ist Mr. Taylor?» fragte Miss Nightingale.

«Geht Tante Bea wirklich?» fragte Gaylord hoffnungsvoll.

May schrie: «Würde jemand bitte meine Frage beantworten. Warum hat Mr. Taylor nicht gebremst?»

«Weil er nicht da war», sagte John etwas verlegen.

«Soll das heißen ... du hast sein Taxi gefahren?»

«Nein», sagte John.

«Was dann?»

Gaylord blickte Opa besorgt an. Mummi wollte mal wieder einer Sache auf den Grund gehen. Und wenn sie herauskriegte, daß er ein Mitwisser war, bekam er auch etwas ab. Er versuchte fieberhaft, sich eine Geschichte auszudenken. Wie dem armen Mr. Taylor plötzlich schlecht geworden sei und wie Opa das Steuer übernehmen mußte. Aber Opa kam ihm zuvor.

«Ich habe Miss Nightingale gefahren, May.»

«Und warum?» fragte May kalt.

«Weil ich es wollte», sagte John.

«Sehr töricht», sagte May.

«Und da wir schon beim Thema sind, May. Ich habe Miss Nightingale gebeten, hier im Haus zu wohnen und mich zu fahren, und, wenn Bea ihr Versprechen hält und das Haus verläßt, mich auch zu pflegen. Ich tue das alles nur deinetwegen, May», fügte John ein wenig lahm hinzu.

Gaylord hatte den Eindruck, daß tausend unbeantwortete Fragen in der Luft hingen. «Geht Tante Bea wirklich?»

«Ja, sie geht», sagte Tante Bea energisch.

«Und Miss Nightingale bleibt wirklich hier, Opa?»

«Ja.»

«Und geht Mummi wirklich mit Tante Bea?»

«Ja», sagte May.

«Hurra», rief Gaylord.

«Und nachdem wir jetzt alle wissen, wer geht und wer bleibt», sagte John Pentecost, «habe ich noch etwas hinzuzufügen. Jocelyn, May, bitte kommt in mein Zimmer.»

Ein beunruhigtes Schweigen folgte. Solche Förmlichkeiten waren im Zypressenhof ungewohnt. May sah Jocelyn an, er war sehr blaß geworden. Jocelyn sah May an. Ihre übliche Heiterkeit war verflogen. Der alte Mann hielt ihnen höflich die Tür auf. Sie betraten sein Zimmer und warteten.

Er humpelte herein und nahm May beim Arm. «May, meine Liebe, ich habe dich überrumpelt.»

«Das hast du weiß Gott», sagte sie, ohne zu lächeln. «Und hast auch noch versucht, mir Honig um den Mund zu schmieren. Du tätest das alles nur meinetwegen! Wenn du das Mädchen hier haben willst, damit sie dich herumkutschiert, dann sag es ehrlich und wir können darüber sprechen. Aber konfrontiere mich nicht mit einer vollendeten Tatsache unter dem Vorwand, es sei zu meinem Besten.»

«May, setz dich», sagte er. «Jocelyn, gib uns etwas zu trinken.» Er wandte sich wieder an May. «Was hast du gegen das Mädchen?»

May sagte angriffslustig: «Ich mag keine Flittchen.»

«Du weißt nicht, ob sie ein Flittchen ist. Sie gehört zu den Frauen, die charmant zu Männern sind und sich mit Frauen keine große Mühe geben. Daher sind sie bei ihren Geschlechtsgenossinnen nicht sehr beliebt.»

May explodierte. «Sie hat deine Schwester ein streitsüchtiges altes Weib genannt.»

John wandte sich an seinen Sohn: «Und wegen so einer harmlosen Bemerkung verläßt Bea das Haus, und May besteht darauf, sie zu begleiten.»

«May?» Jocelyn starrte seine Frau ungläubig an. «May, das kannst du nicht tun. Was wird aus den Kindern?» Was wird aus mir? wollte er hinzufügen, aber hielt es für unangebracht.

«Ich nehme Amanda mit. Du und Gaylord, ihr werdet schon durchkommen. Wenn alles gutgeht, bin ich in ein, zwei Tagen wieder zurück.»

«Und wenn nicht alles gutgeht?»

John wurde ganz förmlich. «May, ich möchte, daß Miss Nightingale hierbleibt, bis ich wieder selbst fahren kann. Aber du bist die Hausherrin. Wie lautet deine Antwort? Ja oder nein?»

May schwieg.

«May, du weißt, daß ich dich sehr schätze. Aber bitte bedenke, was es für mich in meinem jetzigen behinderten Zustand bedeutet.»

«Hätte ich mich nicht so dumm benommen, könnte Vater seinen Wagen selbst fahren», sagte Jocelyn.

«Ich wollte nicht davon anfangen», sagte John, «aber da Jocelyn es selbst erwähnt... Du mußt zugeben, daß Jocelyn mich zum Invaliden gemacht hat.»

May schwieg weiterhin. Schließlich sagte sie: «Ihr beiden, ihr laßt mir keine Wahl, nicht wahr? Vereinbare mit Miss Nightingale, was du für richtig hältst, Schwiegervater.» Sie lief aus dem Zimmer, ihre Absätze klapperten auf den Treppenstufen, die Schlafzimmertür fiel krachend ins Schloß.

Vater und Sohn sahen einander an. Jocelyn sagte: «Ich geh zu ihr.»

«Das Dümmste, was du tun kannst», sagte sein Vater.

Jocelyn stieg langsam die Treppe hinauf. Er ging ins Schlafzimmer. May saß auf einem Stuhl und sah ihn starr an. Es war kein freundlicher Blick.

«Vielen Dank», sagte sie bitter. «Vielen Dank.»

«Wofür?» fragte er unglücklich.

«Dafür, daß du deinem Vater geholfen hast, mir den Boden unter den Füßen wegzuziehen.»

«Ich mußte es aus Anstand sagen. Ich habe ihn schließlich wirklich zum Invaliden gemacht, Gott verzeih.»

«Vergiß endlich einmal deinen verfluchten Anstand! Ich bin immerhin deine Frau!»

«Das bedeutet noch lange nicht, daß du immer recht hast.»

Sie sah ihn überrascht an. Dann zischte sie böse: «In deinen Augen sollte ich immer recht haben. Mehr Loyalität, mein Junge, Loyalität ist der Grundstein jeder Ehe.»

Ihm war schwer ums Herz. «Miss Nightingale wird Vater das Leben etwas leichter machen. Und ich *bin* schuld an seinem Unglück, May. Das ist nun einmal eine Tatsache.»

«Tatsache hin oder her, und von wegen ‹das Leben leichter machen›. Sie ist genau die Sorte Frau, die ihn innerhalb einer Woche vor den Traualtar schleppt.»

«May, mach dich nicht lächerlich. Vater, in seinem Alter! Dazu ist er zu klug.»

«Kein Mann ist klug, wenn ein hübsches Mädchen ihn umgarnt», sagte sie knapp. Dann brach sie plötzlich in Tränen aus. «O Jocelyn, es wird nie wieder wie früher sein. Du und ich, wir streiten uns, eine Fremde kommt ins Haus, Tante Bea verläßt uns im Zorn. Jocelyn», klagte sie mit leiser Stimme, «was geschieht mit uns?»

Es war eine deprimierende Aufzählung, aber das Schlimmste wußte sie noch nicht. Er zog den rosa Umschlag aus der Tasche und gab ihn ihr. «Das kam heute früh», sagte er.

Ihre Augen waren besser als seine. Sie las das Blatt ohne Mühe und gab es ihm mit einem erschrockenen Blick zurück. «Wer?» fragte sie.

«Reuben Briggs.»

«Gräßlich. Hat er es zugegeben?»

Er schüttelte den Kopf. «Ich habe ihn noch nicht darauf angesprochen.»

«Das tu aber sofort.»

Er hatte ihr den Brief gezeigt in der vagen Hoffnung, ihr Mitleid zu erregen, doch dieser Versuch mißlang offenbar kläglich. «Ich gehe jetzt», sagte er und ging zögernd auf sie zu. Sie funkelte ihn zornig an. Er wandte sich zur Tür. «Ich... seh dich später», murmelte er. «Und... wegen des Briefs... werde ich etwas unternehmen. Willst du Tante Bea wirklich begleiten?»

«Ja. Die arme Tante Bea. Wir haben sie scheußlich behandelt. Das mindeste, was ich tun kann, ist, sie nach Hause zu fahren und zu sehen, ob sie alles Notwendige hat.» Sie schwieg.

Er schloß verzweifelt die Tür hinter sich.

12. Kapitel

Er beschloß, Reuben in seinem Cottage aufzusuchen, und machte sich auf ein höchst unerfreuliches Gespräch gefaßt. Bevor er sich auf den Weg machte, ging er noch einmal in sein Arbeitszimmer, um sich zu sammeln.

Das Telefon klingelte, er nahm den Hörer ab. «Kann ich Miss Nightingale sprechen?» sagte eine Stimme.

«Ja», sagte er, «wer spricht?»

«Mandrake Press.»

«Mein Gott», sagte er, «ist das etwa Arthur Mandrake?»

«Ja. Und wer sind Sie?»

«Jocelyn, Jocelyn Pentecost.»

«Ach so? Was tun Sie denn dort?»

«Ich wohne hier.»

«Was Sie nicht sagen. Können Sie mir die Nightingale an den Apparat holen? Hier ist der Teufel los wegen ihres greulichen Buchs.»

«Greulich? Sie glaubt, daß Sie es herausgeben werden.»

«Natürlich bringen wir es. Es wird sich wie warme Semmeln verkaufen.»

«Aber Sie sagten doch...»

«Mein lieber Freund, wir könnten solche Elfenbeinturmbewohner wie Sie nicht verlegen, wenn wir nicht auch ein paar greuliche Bestseller hätten.»

«Vielen Dank fürs Kompliment.» Er ging zum Treppenabsatz und rief ihren Namen. Sie kam angelaufen. «Mandrake Press», sagte er und reichte ihr den Hörer.

«Danke», sagte sie und dann: «Hallo.» Sie hörte zu. «Die fünfzig Seiten? In zehn Tagen? Ja, ich glaub schon.» Sie wandte sich an Jocelyn. «Ich soll in zehn Tagen fünfzig Seiten streichen. Sie helfen mir doch dabei?»

«Nein, bestimmt nicht», sagte er ärgerlich.

Sie sprach wieder ins Telefon. «Ja, geht in Ordnung.» Sie legte den Hörer auf. «Wird schon nicht so schwierig sein. Und ich weiß, daß Sie mir helfen werden, Sie sind ein so gütiger Mensch, Mr. Pentecost.» Sie lächelte gewinnend.

«Ich werde Ihnen nicht helfen», sagte er bestimmt. «Und noch etwas. Finden Sie es nicht ziemlich unverschämt, meine Telefonnummer anzugeben? Arthur Mandrake muß den Eindruck haben, daß wir zusammenleben.»

Sie lachte. «Mr. Pentecost, was für ein faszinierender Gedanke!»

Aber Jocelyn antwortete nicht, er hatte May gerade an der offenen Tür vorbeigehen sehen. Dieses Lachen würde einer Versöhnung nicht gerade förderlich sein.

«Teekanne steht auf dem Kamineinsatz», sagte Reuben grinsend, «kommen Sie rein, Mr. Pentecost.»

Das herzliche Willkommen verdutzte Jocelyn. Er trat ein. «Setzen Sie sich», sagte Reuben. Er goß Kondensmilch in eine Tasse, wischte die Dose mit dem Finger ab, lutschte an seinem Finger, bis er relativ sauber war, und füllte die Tasse mit einem schwarzen, starken Gebräu aus der Kanne.

«Sacharin?»

«Ja, bitte.»

Reuben holte eine kleine Messingdose hervor, öffnete sie, griff hinein, fischte zwischen zwei Fingernägeln eine Tablette Süßstoff heraus und ließ sie in Jocelyns Tee fallen. «Vaters alte Schnupftabakdose nehme ich für Sacharin», sagte er. Dann fügte er nach längerem Grübeln hinzu: «Ekelhafte Angewohnheit, Tabak zu schnupfen.»

«Ja», sagte Jocelyn.

Mr. Briggs machte es sich bequem. «Was kann ich für Sie tun, Mr. Pentecost?»

Jocelyn hätte am liebsten die freundliche Atmosphäre genossen, den scheußlichen Tee getrunken und sich friedlich wieder davongemacht.

Aber hatte er sich nicht entschlossen, Reuben zur Rede zu stellen? Er zog den Brief aus der Tasche und sagte milde: «Warum haben Sie mir das geschickt?»

Reuben musterte den Umschlag und drehte ihn um. «Darf ich den Inhalt sehen?»

«Natürlich.»

Reuben zog das Blatt heraus und las es. «Bußgottesdienst am Aschermittwoch», sagte er.

«Das weiß ich. Warum haben Sie mir das geschickt?»

Reuben schlürfte seinen Tee. «Stehen ein paar gute Sachen drin. Mir gefällt die unumwundene Sprache.»

«Warum haben Sie dann den Weg über einen anonymen Brief gewählt? Und warum sagen Sie mir nicht den Grund, aus dem Sie mir den Brief geschickt haben?»

«Ich wollte Ihnen mitteilen, daß ich Sie für einen Idioten halte. Ihrem Jungen können Sie nicht einmal beibringen, daß man Gatter schließt, Ihren alten Vater haben Sie zum Krüppel gemacht, und Ihre nette Tante hat sich Ihretwegen die Knöchel verstaucht. Ich bin nur ein einfacher Mann. Im Gebetbuch sind die Sachen besser ausgedrückt. Noch einen Tee?»

«Nein, vielen Dank.» Jocelyn stand auf. «Wissen Sie eigentlich, daß es strafbar ist, anonyme Briefe zu schicken? Wenn ich Sie bei der Polizei anzeige, kommen Sie in Schwierigkeiten.»

«Nein, Mr. Pentecost, *Sie* kommen in Schwierigkeiten, wenn Sie das tun. Sie haben genug angerichtet.» Er ging zur Tür und öffnete sie. «Machen Sie, daß Sie hinauskommen, Mr. Pentecost», sagte er voller Verachtung.

Jocelyn ging hinaus. Ein Mißerfolg. Reuben war klüger als er, wozu allerdings nicht viel gehörte. Der Abend senkte sich bereits über das Wäldchen, das Reubens Cottage beschirmte. Ein scharfer Wind kündete den Winter an, trieb die ersten toten Blätter vor sich her und ließ das Herz frösteln.

Jocelyn stapfte nach Hause. Er ging gern spazieren, aber heute fand er es beschwerlich. Seine Füße waren schwer wie Blei, und er setzte mühsam einen vor den anderen. Und was erwartete ihn zu Hause? Eine verstimmte Ehefrau, ein Vater, der ihn für einen Trottel hielt, eine Tante Bea, die im Zorn abreiste, und ein wunderschöner junger Kuckuck, der wuchs und wuchs, so daß bald kein Platz mehr im Nest für andere Vögel war.

In seinem Arbeitszimmer brannte Licht. May war nirgends zu sehen. Er ging hinauf. Miss Nightingale saß an seinem Schreibtisch. Der Lichtkreis der Lampe fiel auf ihr Manuskript. Sie sah auf. «Hallo, Mr. Pentecost. Hoffentlich haben Sie nichts dagegen, daß ich hier arbeite. Ich muß schon sagen, fünfzig Seiten sind eine ganze Menge.»

«Ja», sagte er kurz. «Wissen Sie, wo meine Frau ist?»

«In der Küche vermutlich. Nicht wahr, Sie helfen mir doch? Ich weiß nicht einmal, wo ich anfangen soll.»

«Auf Seite eins», sagte er brüsk. «Und nun entschuldigen Sie mich.»

«Sie klingen gereizt. Sind Sie sauer, daß ich Ihr Arbeitszimmer mit Beschlag belegt habe? Soll ich mich verziehen?»

«Bleiben Sie schon», sagte er und ging nach unten. Keine May. Aber sein Vater saß im Wohnzimmer; er war wütend. «Da bist du ja endlich, Jocelyn. Warum, zum Teufel, bist du nie da, wenn man dich braucht? May hat den Verstand verloren.»

Jocelyn sank in einen Sessel und seufzte. «Wo ist May?»

«Sie fährt Tante Bea nach Hause. Sie sagt, meine Schwester kann noch nicht richtig für sich selbst sorgen. Und was ist mit mir? Barmherzigkeit fängt zu Hause an, wenn du mich fragst.»

Jocelyn war sehr verletzt. «Soll das heißen, daß sie tatsächlich fort ist? Ohne mir auf Wiedersehen zu sagen?»

«Ja, sie hat ein Nachthemd mitgenommen und zwei Dosen Babynahrung und Amanda.» Der alte Mann schwieg nachdenklich. «Ich glaube, sie verzeiht mir nicht, daß ich das Mädchen hier einquartiert habe.»

Jocelyn seufzte wieder. «Kann sein. Aber daß sie sich nicht einmal von *mir* verabschiedet hat...»

«Frauen sind schwierig, das habe ich schon immer gesagt.» Er funkelte Jocelyn an. «Die Nightingale schicke ich aber trotzdem nicht fort.»

«Hat May gesagt, wann sie zurückkommt?»

«Nein.»

Jocelyn sagte: «Wir dürfen May nicht verlieren, Vater.»

«Das ist deine Angelegenheit. Überrede sie, zurückzukommen, oder hol sie, wenn nötig, mit Gewalt. Erinnere sie an ihr Ehegelöbnis.»

«Ich geh jetzt und mache Gaylord sein Abendessen», sagte Jocelyn müde.

«Die Honigbrote sind Spitze», sagte Gaylord. «Du streichst den Honig viel dicker auf als Mummi.»

«Fein», sagte Paps, dessen Selbstbewußtsein eine kleine Aufmunterung gebrauchen konnte.

«Warum ist Tante Bea abgereist?»

«Ich glaube, Opa hat etwas gesagt, das sie übelgenommen hat.»

«Und deshalb ist sie fort?»

«Ja, deshalb ist sie fort», sagte Paps.

Gaylord sann darüber nach, dann: «Warum hat Miss Nightingale mein Abendessen nicht gemacht?»

Jocelyn sagte in bitterem Ton, der seinem Sohn nicht entging: «Sie ist mit dem Kürzen ihres Romans beschäftigt.»

Gaylord schwieg und erwog die Lage. Mummis Abwesenheit war nicht so fabelhaft, wie er es sich vorgestellt hatte. Irgendwie wirkte das Haus leer. «Du wirst dich heute nacht ohne Mummi allein fühlen. Hoffentlich frierst du nicht.»

Paps lachte: «Ich werde es überleben.»

Gaylord war davon durchaus nicht überzeugt. «Ich komm an Mummis Stelle zu dir ins Bett, wenn du willst, Paps.»

«Nein, danke», sagte Paps dankbar, aber bestimmt. Gaylord im Bett zu haben, war, als ob man sich mit einem Kraken einläßt.

Dann nicht, dachte Gaylord. Er hatte guten Willen gezeigt. Er hielt jetzt seinen klebrigen Mund zu einem Kuß hin. Er hatte plötzlich großes Mitleid mit diesem einsamen Erwachsenen. «Nacht, Paps», sagte er liebevoll und küßte seinen Vater.

«Nacht, Gaylord», sagte Jocelyn und eilte ins Badezimmer.

Als Paps entschwunden war, ging Gaylord mit sich zu Rate. Warum war eigentlich Mummis Abwesenheit nicht so fabelhaft, wie er sie sich immer vorgestellt hatte?

Plötzlich ging ihm ein Licht auf. Diese Freiheit – das war's. Es stand ihm frei, durchs ganze Haus zu strolchen, er könnte sogar bis zum Fluß gehen, und niemand würde auch nur ein Wort sagen. Er könnte die fürchterlichsten Sachen anstellen, und Mummi würde nichts davon erfahren!

Das einzig Dumme war, daß ihm nichts Fürchterliches einfiel, und selbst wenn, war er viel zu müde, es auszuführen.

Aber noch während er sich Vorwürfe machte, daß er diese einzigartige Gelegenheit ungenutzt verstreichen ließ, übermannte ihn der Schlaf...

Er wurde von fernem Donnern geweckt.

Er mochte Donner gern. Er sprang aus dem Bett und lief zu seinem Vater ins Zimmer. «Paps, es donnert.»

«Ja, Gaylord», sagte Paps matt. (War er etwa nicht willkommen? fragte sich Gaylord. Aber nein, das war unmöglich. Er war jederzeit und überall willkommen.)

«Ist es dir unheimlich ohne Mummi?»

«Ich fühl mich ein bißchen einsam», sagte Paps, der sich selbst leid tat.

Gaylord zerfloß vor Mitgefühl. Er ging im Zimmer auf und ab, machte höflich Konversation, faßte alles an, bis Jocelyn ihm am liebsten einen Klaps auf die Finger gegeben hätte. Dann, nachdem er seinen Vater aufgeheitert hatte, ging er davon, um seine Freiheit zu genießen.

Ein schmaler Lichtstreifen leuchtete unter der Tür des Arbeitszimmers. Er klopfte an und trat ein. «He, Gaylord», rief Miss Nightingale. (Das klang, als ob sie sich wirklich freute, ihn zu sehen.) «Warum bist du nicht im Bett?»

«Es donnert», sagte er.

«Ich weiß.» Sie sah plötzlich verloren aus. «Ich habe Angst vor Gewittern, Gaylord, wirst du mich beschützen?»

Gaylord war bereit, jeder Gefahr zu trotzen. «'türlich», sagte er, obwohl er nicht recht wußte, wie man eine Dame vor dem Gewitter schützt. «Vielleicht kann Paps Sie besser beschützen.»

«Nein, so schlimm ist es auch wieder nicht», sagte sie lachend. «Ich geh gleich zu Bett.»

Gaylord fand das bedauerlich. Es wäre doch viel netter, wenn sie Paps Gesellschaft leistete, dann konnte Paps sie auch gleich vor dem Gewitter beschützen. «Sie können ruhig zu Paps gehen», sagte er, «Mummi ist fort.»

Sie sagte: «Du bist ein komisches Kerlchen. Dein Vater will mich aber nicht.»

«Er fühlt sich verdammt einsam», sagte Gaylord.

Sie lachte und küßte ihn liebevoll. «Bring deinen Vater nicht auf dumme Gedanken», sagte sie. «Und mich auch nicht.» Und mit diesen Worten ging sie in ihr Schlafzimmer.

Gaylord eilte zu seinem Vater zurück. «Miss Nightingale hat Angst vor Gewittern, Paps. Ich habe ihr gesagt, daß du sie beschützt, wenn sie zu dir kommt. Ich habe ihr auch gesagt, daß Mummi fort ist.»

«Gott der Allmächtige!» Jocelyn war plötzlich hellwach.

Er warf einen ängstlichen Blick auf die Tür. «Und was hat sie geantwortet?»

«Bring deinen Vater nicht auf dumme Gedanken und mich auch nicht.»

«Gott der Allmächtige», sagte Jocelyn noch einmal.

«Das Gewitter wird schlimmer», sagte Gaylord. «Und sie hat solche Angst.»

«Dann soll sie weiter Angst haben», sagte Jocelyn mit ungewohnter Gefühlskälte, wie sein Sohn verblüfft feststellte.

«Ich habe ihr gesagt, daß du dich einsam fühlst», sagte Gaylord.

Jocelyn seufzte. «Gaylord, zottel nicht im ganzen Haus herum, geh jetzt ins Bett, und zwar sofort.»

Gaylord schob die Unterlippe vor. Typisch! Er versuchte allen zu helfen, aber wie immer lehnte jeder seine Hilfe glatt ab. Dennoch tat der arme, einsame Paps ihm leid. Er küßte ihn zärtlich und verschwand.

Gaylord behielt recht. Das Gewitter kam näher. Der Donner krachte und grollte, Blitze zuckten, und der Regen prasselte hernieder. Dicke Wasserschwaden rannen die Fensterscheiben hinab. Jocelyn richtete sich im Bett auf. Miss Nightingale wird sich fürchten, dachte er besorgt. Er stand auf, ging auf Zehenspitzen zur Tür, drehte den Schlüssel um, ging wieder zu Bett, und kam sich recht töricht vor.

Und war tief beschämt. Er hatte genug moderne Romane gelesen, um zu wissen, daß kein zeitgenössischer Autor sich so feige verhalten hätte. Diese Vollblut-Männer hätten sich nicht eingeschlossen. Aber er war doch gewiß nicht der einzige Mann, der seiner Frau treu blieb, wenn sie verreist war?

Aber sich einzuschließen? War das nicht ein Beweis seiner Feigheit? Wäre es nicht richtiger, die Tür offenzulassen und dieser schönen, aber aufdringlichen jungen Frau in der Rüstung der Tugend entgegenzutreten?

Was hatte sie zu Gaylord gesagt? ‹Bring deinen Vater nicht auf dumme Gedanken und mich auch nicht.›

Nun, Gaylord hatte seinen Vater zweifellos auf dumme Gedanken gebracht. Trotz seiner puritanischen Erziehung hatte Jocelyn eine ziemlich klare Vorstellung davon, wie Miss Nightingale unter ihrem Nachthemd aussah.

Nach einer Weile fiel er in einen unruhigen Schlaf. Der Donner krachte, der Regen schlug trommelnd gegen die Fenster, der Widerschein der Blitze zuckte über seine geschlossenen Lider – er schlief.

Plötzlich wachte er auf. Jemand klopfte an seine Tür.

Er sprang aus dem Bett, zog seinen alten Schlafrock an (die Rüstung der Tugend, dachte er bitter) und lief zur Tür. «Wer ist da?» fragte er.

Das Klopfen wurde lauter, dringlicher. «Wer ist da?» rief er wieder.

«Ich, Miss Nightingale. Kann ich Sie einen Augenblick sprechen, Mr. Pentecost?»

Er raffte seine Tugend-Rüstung enger um sich, öffnete die Tür und wußte in diesem Augenblick der Wahrheit nur das eine mit Bestimmtheit: Was immer Miss Nightingale im Sinn hatte, ihn zu verführen war es nicht. Sie hatte sich noch fester als Jocelyn in ihre Tugend-Rüstung gewickelt und sah verwirrt und ängstlich aus. «Mr. Pentecost, jemand klopft an die Haustür. Und ich glaube, es hat auch jemand gerufen. Ich dachte... ich meine, falls...»

«Danke», sagte er. «Ich geh nachsehen.»

«Ich komm mit», sagte sie zu seiner Erleichterung.

Sie gingen nach unten. Er konnte das Klopfen jetzt auch hören und auch das, wie ihm schien, verzweifelte Rufen. Wer konnte es sein? Doch nicht etwa May, die in dieser stürmischen Nacht zu ihrem Mann heimkehrte?

Er schloß auf, schob die Riegel zurück und öffnete die Tür einen Spaltbreit.

Kaum war die Tür offen, huschte ein kleines durchnäßtes

Wesen herein und hockte sich auf die unterste Treppenstufe. Mit klappernden Zähnen und wimmernd vor Angst sagte Gaylord: «Paps, es war ganz schrecklich, klatschnaß, mit langen Zähnen und bösen, toten Augen. Sein Fell war ganz glitschig.»

Jocelyn sah hinaus in die strömende Dunkelheit, dann schloß er die Tür und legte den Arm um seinen zitternden Sohn. «Wer war es? Wo war er?»

«Er stand vorm Scheunentor, Paps. Im Regen.»

Miss Nightingale sagte: «Ich kümmere mich um Gaylord, Mr. Pentecost. Er hat vor irgendwas schreckliche Angst. Wenn Sie sich später draußen umsehen wollen, komme ich mit.»

«Nein, kümmern Sie sich um den Jungen. Ich geh jetzt gleich.»

«Ziehen Sie sich wenigstens einen Mantel an.» Sie legte ihm einen alten Regenmantel um die Schultern. Er ging zur Scheune. Sogar die sieben törichten Jungfrauen hätten bei diesem Wetter keine Taschenlampen gebraucht. Es blitzte unablässig. Jedes Aufleuchten erhellte nicht nur die Bäume und Häuser, sondern auch den glitzernden Regenvorhang. An jedem Blatt, an jedem Grashalm hingen Diamanten. Es war, als stünde man in Aladins Zauberhöhle.

Die schwarzen Türen der großen Scheune waren leicht zu erkennen. Er beschleunigte seinen Schritt, um herauszufinden, was seinen Sohn so erschreckt hatte.

Nichts. Oder war da doch etwas? Er sah genauer hin. An der einen schwarzen Tür war etwas Großes, Graues. Er fühlte, wie ein Schauer ihm über den Rücken lief.

Er trat näher heran. Ja, dort, die Schwärze der Tür umrahmte etwas, jemanden...

Blitz folgte auf Blitz, die Nacht war taghell, als hätte es in der Nähe eingeschlagen. Das graue, triefende Etwas machte einen Satz auf ihn zu, die weißen langen Zähne glänzten im Himmelsfeuer. Jocelyn stieß einen heiseren Schrei aus und sprang zurück. Das unheimliche graue Wesen lag jetzt am Boden. Obwohl er sich davor graute, stieß Jocelyn es mit dem Fuß an. Es war der durchnäßte, zähnebleckende Kadaver eines Schafs. Der nächste Blitz erhellte die trockene Stelle, wo das Tier ans Scheunentor genagelt gewesen war.

Reuben! dachte er wutentbrannt. Wie konnte er es wagen, seinen Sohn so zu erschrecken?

Jocelyn war selten richtig wütend. Persönliche Kränkungen konnte er herunterschlucken. Aber wenn man seiner Familie etwas Böses zufügte, gingen seine Gefühle hoch. Zorn erfüllte ihn. Mit dem Schuh, der diese Abscheulichkeit berührt hatte, stieß er wie wild gegen ein Grasbüschel. Dann eilte er ins Haus. Es war zwei Uhr früh. Noch sechs Stunden, bis er diesen gelehrten, aber widerlichen Schafzüchter wegen seines üblen Scherzes zur Rede stellen konnte. Erst einmal mußte er Gaylord beruhigen.

Aber Gaylord war nicht in seinem Zimmer. «Gaylord», rief er leise auf dem Treppenabsatz.

Keine Antwort. Es gab nur eine Möglichkeit. Miss Nightingale hatte den trostbedürftigen Gaylord in ihr Zimmer genommen.

Er klopfte an ihre Tür.

Er hörte Schritte, die Tür öffnete sich, Miss Nightingale stand vor ihm, sie trug noch immer ihre Tugend-Rüstung, nun jedoch, wie ihm schien, ein wenig lockerer. Er war noch so erregt, daß er sie anfuhr: «Wo ist Gaylord?»

«Ich habe ihn zu Bett gebracht», sagte sie erstaunt. «Er ist ein tapferer Junge und hat den Schock schnell überwunden.»

«In seinem Bett ist er nicht.»

«Nun, wie ich meinen kleinen Pappenheimer kenne, ist er dann vermutlich in der Küche», sagte sie kühl.

Er ging zur Treppe, sie kam mit.

Gaylord war in der Küche und tat sich an Kartoffelchips gütlich. «Gaylord, geh sofort wieder ins Bett», schrie Jocelyn, selbst verblüfft über seinen strengen Befehlston. Gaylord fand, daß Paps schon ganz wie Mummi klang, und war sehr enttäuscht. «Ich hatte gar keine richtige Angst vor dem Ding, Paps.»

Jocelyn war ärgerlich, er hatte vor Angst geschlottert. «Marsch ins Bett», sagte er.

Gaylord stopfte geschickt den Rest der Kartoffelchips in den Mund und ging zur Treppe. Jocelyn und Miss Nightingale folgten ihm. Miss Nightingale steckte ihn ins Bett und gab ihm einen Gutenachtkuß. Jocelyn ebenfalls. «Schlaf gut», sagte er, «und ruf mich... wenn du schlecht träumst.»

Sie schlossen die Tür hinter sich und gingen den Korridor entlang, wie er und May es so oft getan hatten. Miss Nightingale betrat ihr Zimmer, Jocelyn folgte ihr geistesabwesend. Dann blieb er stehen, wurde glutrot und sagte: «Mein Gott, verzeihen Sie, ich... ich war mit den Gedanken woanders.»

«Das macht doch nichts», sagte sie, sah ihn an und lächelte verschmitzt. Dann hob sie ihre weißen Hände, legte sie ihm auf die Wangen, stellte sich auf die Zehenspitzen und küßte ihn auf den Mund. «Gute Nacht, Sie Held im Dustern, schlafen Sie gut», sagte sie liebevoll.

Sie ließ die Hände sinken. «Wir wollen der lieben May doch keinen Kummer machen, nicht wahr?» Sie schob ihn zur Tür hinaus und schloß sie energisch hinter ihm.

13. Kapitel

Noch sechs Stunden, bis Jocelyn sich alles von der Seele reden konnte.

Und ihm lag vieles auf der Seele. Wie konnte May es wagen, so einfach zu verschwinden, ohne ihm auch nur auf Wiedersehen zu sagen? Von ihren Pflichten gegenüber ihrem Ehemann wollte er gar nicht reden, aber Gaylord im Stich zu lassen! Natürlich konnte sie nicht im voraus ahnen, daß Reuben durchdrehen würde, aber es blieb eine Tatsache, daß eine Fremde ihm und dem armen Gaylord beigestanden und Trost gespendet hatte. May mußte nach Hause kommen! Und Miss Nightingale – mußte gehen.

Er war so wütend, daß er sogar bereit war, es mit seinem Vater aufzunehmen. Er mußte ihr die Tür weisen. Jocelyn setzte sich im Bett auf und hätte es am liebsten gleich jetzt um vier Uhr morgens auf eine Kraftprobe ankommen lassen.

Aber dann sagte er sich, daß er schließlich ein wohlerzogener Engländer sei, und wohlerzogene Engländer wählten Zeitpunkt und Ort für ihre Auseinandersetzungen mit großer Sorgfalt. Und zu dieser frühen Morgenstunde waren weder er noch sein Vater rasiert. Eine höchst unziemliche Situation.

Er konnte nicht schlafen. Und er gestand sich ohne weiteres ein, daß die entzückende Miss Nightingale, von der ihn nur zwei Türen trennten, der Hauptgrund für seine Schlaflosigkeit war. Am kommenden Tag würde er sich mit fast allen, die er kannte, anlegen müssen. Das machte ihm zu schaffen. Die Zukunft sah finster aus.

Um acht Uhr stand er auf, badete, rasierte sich und zog sich an. Um acht Uhr dreißig war er wie ein heißhungriger Löwe, der nach Beute Ausschau hält.

Wer würde sein erstes Opfer sein?

Er klopfte an die Tür seines Vaters. «Hereinspaziert», rief eine wohlgelaunte Stimme. Er spazierte herein.

John Pentecost saß aufrecht im Bett, ein Tablett auf den Knien, auf dem eine Teekanne, eine Tasse, eine Milchkanne, ein Teller mit Eiern, Speck und Bratwurst, Butter, Toast und Orangenmarmelade standen. Der alte Mann sagte mit gerührter Stimme: «Sieh dir das an, Jocelyn, ist sie nicht großartig? Nicht einmal May kann mit ihr konkurrieren.» Er seufzte. «Ich wünschte, ich wäre dreißig Jahre jünger.»

«Dann wärst du noch immer zehn Jahre zu alt für sie», sagte Jocelyn kühl. «Vater, werde bloß nicht sentimental auf deine alten Tage.»

«Es ist schwer, bei Eiern mit Speck sentimental zu werden.»

«Ich rede nicht von Eiern mit Speck», sagte Jocelyn. «Ich bin gekommen, um dich zu bitten, daß du Miss Nightingale fortschickst.»

Der alte Mann kippte fast das Tablett um. «Fortschicken? Du bist wohl verrückt?»

«Nein, das bin ich nicht.» Er holte tief Luft. «Ich lasse es nicht zu, daß Miss Nightingale in Mays Abwesenheit den Haushalt führt.»

Der alte Mann warf ihm einen schlauen Blick zu. «Jocelyn, was ist heute mit dir los? Bist du vielleicht bei Miss Nightingale abgeblitzt?»

«Aber Vater!» sagte er entrüstet. «Aber... ich meine... wer ist sie? Wir wissen nichts von ihr.»

«Ich weiß, daß sie eine verdammt gute Köchin ist und ausgezeichnet Auto fährt. Und das genügt mir völlig.»

Seltsames ging in Jocelyn vor. Er hatte dieses Zimmer voller Zorn betreten, doch er fühlte, wie er nun allzuschnell verrauchte. Sein Vater war eine starke Persönlichkeit. Er kam nicht gegen ihn an.

Der alte Mann zuckte plötzlich zusammen und verschüttete seinen Tee. Er blickte zerknirscht drein. «Tut mir leid», murmelte er, «die blöden Knöchel machen sich wieder bemerkbar.»

«Tun sie... immer noch weh?» fragte Jocelyn reumütig.

«Ja, und es wird noch eine ganze Weile dauern, bis ich wieder Auto fahren kann.»

«Ich fürchte, daß du recht hast, Vater.»

«Natürlich habe ich recht.» Er saß schweigend da, und Jocelyn sah, wie er sich langsam in eine Wut hineinsteigerte. «Jocelyn, du bist unverantwortlich wie ein fünfjähriger Schuljunge. Wegen deiner Eselei habe ich mir beide Knöchel gebrochen und kann weder gehen noch fahren. Und kaum habe ich eine ausgezeichnete Fahrerin gefunden, und zwar ich ganz allein, verlangst du von mir...» er funkelte ihn zornig an, «daß ich sie fortschicke und auf meine neu erworbene Beweglichkeit verzichte.» Seine Stimme brach.

Jocelyn schlich schweigend und bedrückt davon. Sollte ihm für einen Augenblick der Verdacht gekommen sein, daß die ganze Szene allzugut inszeniert gewesen sei, so wies er diesen Gedanken weit von sich. Er war ein loyaler Sohn.

Die erste Niederlage hatte ihm alle Hoffnung genommen, über May zu triumphieren. Dennoch versuchte er es.

Er rief sie an. Ihre Stimme klang klar und flötengleich: «Liebling, schön, deine Stimme zu hören!»

Der letzte Rest von Ärger schmolz dahin bei diesen liebevollen Worten. Doch er wollte sich nicht beschwichtigen lassen. «May, was hast du dir dabei gedacht, ohne ein Wort zu verschwinden? Wann kommst du zurück?»

«Nicht so bald, Liebling. Tante Bea ist mit ihrem Rollstuhl gegen den Türpfosten gekracht und hat sich das Handgelenk verstaucht. Ich kann sie unmöglich allein lassen.»

«May, hör zu, Miss Nightingale hat das Kommando übernommen. Die Situation ist unerträglich.»

«Aber ich habe dir doch vorausgesagt, daß es so kommen würde, Liebling, erinnerst du dich? Man muß eben stark genug sein, Schmarotzern die Tür zu weisen.»

«Dazu ist es zu spät. Sie hat sich eingenistet.» Dann ließ er die Bombe platzen. «Du hast ganz recht gehabt. Vater redet schon davon, daß er sie heiraten will.»

Schweigen. Das wird ihr zu denken geben. Aber am anderen Ende erscholl lautes Gelächter. May schien bester Laune zu sein. «Soll das heißen, daß du ihm glaubst, Liebling?»

«Ich finde das Ganze gar nicht komisch», antwortete er verdrossen.

«Ich auch nicht. Aber du weißt, daß er viel zu klug ist, solch eine Torheit zu begehen.»

«Du hast selbst gesagt, daß Klugheit nichts hilft, wenn ein hübsches Mädchen im Spiel ist.»

«Ja, schon. Aber du sagst das doch nur, weil du meinst, daß ich dann sofort zurückkomme.»

Frauen kannten die Männer einfach zu gut. Nachdenklich legte er den Hörer auf. Ihm war nicht wohl in seiner Haut. Er wollte nicht noch eine Nacht unter demselben Dach mit Miss Nightingale verbringen ohne Mays Schutz.

Wer als nächster? Bei seinem Vater und seiner Frau hatte er, weiß Gott, wenig erreicht. Oder wenn man es genau betrachtete – nichts. Beide hatten gegen den Rauswurf von Miss Nightingale Einspruch erhoben.

Er ging in sein Arbeitszimmer, um nachzudenken und seine Wunden zu lecken. Doch dort saß Miss Nightingale an seinem Schreibtisch. Sie schüttelte sich vor Lachen. «Mr. Pentecost, Sie können mir gratulieren, ich habe gerade einen Heiratsantrag bekommen.»

Er starrte sie verblüfft an. «Nein … äh …» er suchte nach Worten. «Und was … was haben Sie geantwortet?»

«Ich habe auf den großen Altersunterschied hingewiesen

und gesagt, daß eine solche Ehe wohl keine Zukunft hätte. Aber ich sei natürlich geschmeichelt und wüßte die große Ehre zu schätzen und so weiter.»

Also war es gar keine Notlüge gewesen, um May zur Rückkehr zu veranlassen! «Und was hat *er* gesagt?» fragte er. Kalter Schweiß stand ihm auf der Stirn.

«Nun, daß er sich alles genau überlegt hätte und zu der Erkenntnis gekommen sei, daß er entweder sitzenbleiben würde oder mich nehmen müßte, und da zöge er vor, mich zu heiraten. Er hat mir eine sehr rührende Szene ausgemalt, wie wir beiden jeden Abend am Küchentisch sitzen und Bohnen in Tomatensauce essen.»

Ihm ging ein Licht auf. «Mein Gott, und ich dachte schon...» er stürzte aus dem Zimmer mit dem Gefühl, wirklich ein Trottel zu sein, und ging in Gaylords Zimmer.

Gaylord sah ihn teilnahmslos und stumpf an. «Hallo Paps.»

«Wie geht's, alter Junge, bist du über die scheußliche Sache mit dem Schaf hinweg?»

«Ja, vielen Dank, Paps.»

«Gut.» Er machte eine Pause. «Und jetzt hast du Angst sitzenzubleiben, wie ich höre.»

«Ja, keine will mich nehmen, Tante Becky nicht und Miss Nightingale auch nicht.»

«Es wird schon eine andere auftauchen», sagte er tröstend. Er legte den Arm um die Schultern seines Sohns. Kindheit, dachte er. Die Probleme und die Ängste, die uns verfolgen! Doch wie harmlos, verglichen mit den Problemen, die wir uns als Erwachsene selber schaffen. Reuben fiel ihm wieder ein und die unbehagliche Nacht, die ihm bevorstand.

Er ging zu Reuben. Auf dem Weg stieg in ihm wieder der Ärger hoch. Seine Laune stieg und fiel an diesem Morgen wie die Temperatur eines Fieberkranken.

Er ging an der Scheune vorbei. Das nasse Schafsfell mit dem

grinsenden Kopf lag noch immer da. Irgendwann muß ich das ekelhafte Ding wegschaffen. Oder sollte er Reuben dazu zwingen? Im Augenblick fühlte er sich stark genug, es zu fordern. Der Gedanke bereitete ihm Vergnügen.

Der wilden Nacht war ein Morgen von unbeschreiblicher Lieblichkeit gefolgt. Der Weg, der sich zu Reubens Cottage hinaufschlängelte, lag im hellen Sonnenschein, und die Bäume, die das Häuschen beschützten, waren so reglos wie der blaue Himmel über ihnen. Eine Rauchsäule stieg aus dem Schornstein auf, so verheißungsvoll wie der Rauch aus der Friedenspfeife eines Indianers.

Reuben Briggs stand auf einem Baumstumpf und blickte über das stille Flußtal. Daß er Jocelyns Näherkommen nicht wahrzunehmen schien, erweckte in Jocelyn eine unbändige Wut.

«He, Sie, Reuben», rief Jocelyn aus einiger Entfernung.

Reuben drehte sich langsam um und starrte Jocelyn an, dann wandte er seine Aufmerksamkeit wieder dem Flußtal zu. Jocelyn fühlte sich wie ein fünfjähriger Knabe.

Er kam dichter heran. «Reuben! Warum haben Sie meinem Sohn so einen Schrecken eingejagt?»

Reuben sah ihm voll ins Gesicht. «Sprechen Sie mit mir, Mr. Pentecost?»

«Natürlich.»

«Meine Feinde nennen mich Mr. Briggs.»

Jocelyn zauderte. «Bin ich Ihr Feind?» fragte er erstaunt. «Warum bin ich Ihr Feind?»

«Kommen Sie lieber herein», sagte Briggs. Er ging voran. Auf dem Tisch lagen die Überreste des Frühstücks verstreut, Speckschwarten, eine halbleere Teetasse, Kippen auf der Untertasse.

Jocelyn blieb an der Tür stehen. «Nein, kommen Sie ins Zimmer», rief Reuben. Jocelyn folgte unwillig der Aufforderung. Reuben drehte seinem Gast den Rücken zu und schüttete Tee und Kippen ins Feuer. «Schöner Morgen, Mr. Pentecost», sagte er liebenswürdig.

Jocelyn wiederholte: «Warum bin ich Ihr Feind?»

Reuben legte ein paar Scheite aufs Feuer. «Ist schon kalt in der Früh. Weil Sie und die Ihrigen mein Mutterschaf getötet haben.»

«Aber... keiner von uns hat Ihrem Schaf etwas angetan.»

«O doch, Mr. Pentecost, o doch. Sie haben Ihrem Sohn nicht beigebracht, daß man das Gatter schließt. Ihr Sohn hat das Gatter offengelassen und ist im Zickzack zwischen meinen alten Damen hindurchgerast und hat sie um ihren letzten Verstand gebracht. Sie sind in alle Himmelsrichtungen auseinandergestoben. Ein Mutterschaf kam nie zurück. Ich habe es Wochen später tot aufgefunden, das arme Ding.» Er sah Jocelyn plötzlich giftig an. «Man sollte von einem wohlerzogenen Engländer nicht annehmen, daß er solche Verheerung anrichtet, nicht wahr, Mr. Pentecost? Aber, wie gesagt, ich bin nur ein einfacher Bauer.»

Jocelyn wollte mit Reuben nichts mehr zu tun haben. Aber er mußte seinen Grundsätzen treu bleiben. Er zog trotz seiner Demütigung sein Scheckbuch hervor. «Wieviel ist das Schaf wert?» fragte er.

«Mehr als Sie in Ihrem Scheckbuch haben, Mr. Pentecost, für mich zumindest.»

«Bitte», sagte Jocelyn.

Reubens Augen füllten sich mit Tränen. «Verschwinden Sie, Mr. Pentecost, bevor ich zorniger werde.»

«Nun gut.» Jocelyn steckte das Scheckbuch ein, ging aus dem Haus und drehte sich noch einmal um. Reuben starrte ihm nach.

Gaylord und Miss Nightingale wuschen ab. Für eine unnahbare Maid und einen abgewiesenen Liebhaber sahen sie recht vergnügt aus. Gaylord stürzte auf seinen Vater zu. «Paps, stell dir vor, Mummi hat angerufen. Sie wollte nur mit mir sprechen. Sie kommt nach Hause.»

«So? Noch vor einer Stunde hat sie gesagt, daß sie bei Tante

Bea bleiben muß. Hat sie dir gesagt, warum sie ihre Meinung geändert hat?»

«Nein. Ich habe ihr nur von dem Gewitter erzählt und daß Miss Nightingale Angst hatte so mitten in der Nacht, und daß ich zu Miss Nightingale gesagt habe, daß du, Paps, sie schon beschützen wirst und daß Miss Nightingale gesagt hat, ich sollte euch beide nicht auf dumme Gedanken bringen. Und dann habe ich Mummi gefragt, was Miss Nightingale damit gemeint hat, aber sie hat es mir nicht erklärt, sondern nur gesagt, daß sie sofort nach Hause kommt.»

«Vielen Dank, Gaylord», sagte Jocelyn. Er ging zu seinem Vater. «May kommt zurück.»

«Das will ich auch stark hoffen», sagte John mit funkelnden Augen. «Aber Miss Nightingale wird sie nicht hinauswerfen, und ich erwarte von dir, Jocelyn, daß du mir die Stange hältst.»

Jocelyn fiel das Herz in die Hosen. Er sah sich wieder zwischen zwei Mühlsteinen eingeklemmt. Er nahm allen Mut zusammen. «Vater, ich stehe tief in deiner Schuld, aber...»

«Schuld, mein Junge? Von welcher Schuld redest du?»

«Ich habe dir monatelang verschwiegen, daß ich an deinem Unfall schuldig war.»

Sein Vater sah ihn verblüfft an, schließlich sagte er: «Weißt du was, Jocelyn? Du schreibst zu viele Romane.»

Jetzt war es an Jocelyn, seinen Vater verblüfft anzusehen. «Meinst du... willst du damit sagen, daß du mich gar nicht haßt?»

«Natürlich nicht. Es war ein ärgerlicher Unfall, so was passiert eben, aber ich vertue doch nicht meine Zeit damit, anderen die Schuld zu geben. Nimm mal an, ich wäre über Mays Staubsaugerschnur gestolpert, glaubst du etwa, ich hätte ihr deshalb Vorwürfe gemacht?»

«Genau dasselbe hat May auch gesagt.» Jocelyn war tief beeindruckt.

Aber er erinnerte sich genau an Worte, die erst heute morgen gefallen waren. ‹Unverantwortlich wie ein fünfjähriger Schuljunge, Eselei.› Er sagte: «Heute früh warst du ganz anderer Ansicht, Vater.»

«Wirklich?»

«Ja. Eselei, unverantwortlich wie ein fünfjähriger Schuljunge.»

Der alte Mann sah ihn voller Interesse an. «Das hab ich tatsächlich gesagt?»

«Das und noch eine Menge mehr.»

«Mein lieber Sohn», John schlug einen weltmännischen Ton an und ein Grinsen erhellte sein Gesicht. «Du solltest nicht alles so ernst nehmen, was ich sage.»

Jocelyn zwang sich ein Lächeln ab. Ihm fiel ein Stein von der Seele. Sein Vater konnte bereits wieder gehen und bald würde er auch Auto fahren können. Und May kam nach Hause.

Aber May und sein Vater würden sich unweigerlich in die Wolle kriegen, und er, Jocelyn, würde der Sündenbock sein.

Henry Bartlett sagte: «Weißt du noch, die Tigerfalle, Gaylord?»

«Ja, Henry.»

«Barbaren haben sie zerstört.»

Gaylord sah besorgt aus: «Was haben sie damit gemacht?»

«Zugeschüttet und eingeebnet.»

Sie gingen nebeneinander her, beide sprachlos über diese sinnlose Barbarei. «Vielleicht war's der Tierschutzverein», sagte Gaylord. Ihm fiel sonst niemand ein, der für einen Tiger hätte Partei ergreifen können. «Wenn der Zirkus nächstes Jahr wiederkommt und ein Tiger ausbricht und jemand auffrißt, ist der Tierschutzverein schuld daran.»

«Er wird niemanden fressen, Gaylord», sagte Henry strahlend vor Zufriedenheit. «Weil ich die Falle wieder in Ordnung gebracht habe. Sie ist jetzt wieder so gut wie neu, vielleicht sogar noch besser. Ich wette mit dir, daß man den größten, wildesten Tiger von der ganzen Welt darin fangen kann.»

Sie schwiegen, dann sagte Gaylord: «Du hast sie in Ordnung gebracht?»

Henry nickte, zu erregt, um zu sprechen.

«Ich danke dir, Henry», sagte Gaylord schlicht, aber er war tief gerührt. Henry hatte sie durch sein promptes Eingreifen vor einer großen Gefahr bewahrt.

Als May das Haus wieder betrat, läutete das Telefon. Sie nahm den Hörer ab. «Shepherd's Warning 3154.»

Eine betrunkene Stimme fragte: «Hallo, wer spricht, die Sekretärin oder die Freundin?»

«Die Ehefrau, wenn Sie es genau wissen wollen», sagte May und knallte den Hörer auf.

14. Kapitel

May war wieder da. Alles andere war gleichgültig.

«Wie herrlich, wieder hier zu sein», rief sie, «ich kann kaum glauben, daß ich nur einen Tag fort war.»

«Ich auch nicht», sagte Jocelyn, aber er wußte, daß jede Begegnung zweier Liebender den Samen der Zwietracht in sich trägt. Um Fragen über die Nacht mit dem Gewitter möglichst lange hinauszuschieben, sagte er: «Ich habe eine Neuigkeit für dich. Gaylord hat Miss Nightingale einen Heiratsantrag gemacht.»

Ihre Arme lösten sich von seinem Nacken, sie trat einen Schritt zurück und sah ihm nicht mehr in die Augen. «Das ist gar nicht komisch», sagte sie scharf, «genausowenig wie das, was Gaylord über das Gewitter erzählt hat. Und ich kann mich auch nicht darüber amüsieren, für deine Freundin gehalten zu werden, kaum daß ich das Haus betrete. Kurz, nichts, was Miss Nightingale betrifft, trägt zu meiner Erheiterung bei.»

«Liebling, übertreib nicht. Sie ist ziemlich frech und aufdringlich und schmeichelt sich bei Vater ein. Aber sie tut niemandem etwas zuleide.»

«Wirklich nicht? Gaylord hat dich also nicht auf dumme Gedanken gebracht?» Sie ließ ihm keine Zeit zu einer Antwort. «Jocelyn, ich will, daß du sie los wirst.»

«Aber May... das kann ich nicht. Vater braucht sie, und er hat bereits eine Vereinbarung mit ihr getroffen.»

«Mach sie rückgängig», sagte sie.

Ein langes Schweigen folgte, dann sagte er: «Das ist unmöglich, May. Ich verstehe durchaus, daß du eifersüchtig bist, aber ich versichere dir...»

May sagte: «Jocelyn, ich bin nicht eifersüchtig, aber es ist an der Zeit, daß wir wieder unser normales Leben aufnehmen, findest du nicht auch?»

«Im Prinzip ja», sagte der Sündenbock. «Aber...»

«Aber?»

Das Auftauchen seines Vaters enthob Jocelyn einer Antwort. «May, meine Liebe, da bist du ja wieder. Hast du meine Schwester gut versorgt?»

«Ja. Ich habe Tante Dorothea angerufen. Sie und Edouard haben versprochen, sich um Tante Bea zu kümmern.»

«Sehr gut.» Er küßte sie liebevoll. «May, weißt du schon, daß ich jetzt jemanden habe, der mich chauffiert?»

«Ich habe gerade mit Jocelyn über Miss Nightingale gesprochen, Schwiegervater.»

«Ach ja? Und was habt ihr gesagt?»

«Ich habe gesagt, daß es an der Zeit ist, unser normales Leben wieder aufzunehmen.»

«Mit anderen Worten, raus mit der Schmarotzerin, der alte Mann kann sehen, wo er bleibt. Und was hat Jocelyn gesagt?»

«Im Prinzip habe ich ihr zugestimmt, aber...»

«Aber was?»

«Soweit bin ich noch nicht gekommen», sagte Jocelyn.

«Gut, dann werde ich es dir sagen, May. Miss Nightingale wird mich pflegen und chauffieren, die Bedingungen habe ich schon mir ihr ausgemacht. Und du, May, kümmerst dich um das Haus und die Kinder und kochst für uns, was du ja so prächtig kannst. Jocelyn macht, was er immer getan hat. Was das allerdings ist, habe ich nie ganz begriffen.»

«Ich kann nicht zulassen, daß du May Vorschriften machst», sagte Jocelyn. «Du sprichst mit ihr wie mit einer Angestellten. May ist meine Frau. Du...»

«Schweig, Jocelyn», sagte May brüsk. Sie setzte sich, um dem alten Mann besser ins Gesicht sehen zu können. Ihre

Stimme zitterte vor Wut. «Schwiegervater, wie kannst du es wagen, so über Jocelyn zu sprechen? Er verdient jeden Pfennig, den ich hier für den Haushalt, für die Kinder und mich ausgebe. Er verdient das Geld, indem er gute, kluge Bücher schreibt, die Tausenden von Lesern Freude bereiten. Er müßte einen Orden bekommen, aber das wird leider nicht geschehen. Und du, der es besser wissen sollte, tust, als sei er ein Nichtsnutz. Schwiegervater, ich schäme mich für dich, du bist schließlich ein intelligenter Mensch.»

Just in diesem Moment kam Miss Nightingale keck hereingeschneit. «Oh, Verzeihung. Ich wußte nicht...»

«Treten Sie ein, meine Liebe, und nehmen Sie Platz», rief John. «Sie kommen gerade recht. Ich bin gerade dabei, Mr. und Mrs. Pentecost unsere Pläne auseinanderzusetzen.»

Miss Nightingale nahm Platz. «Und Mr. und Mrs. Pentecost haben keine Einwände?»

May ergriff das Wort: «Ehrlich gesagt, Miss Nightingale, habe ich eine ganze Menge Einwände. Ich möchte meine Kinder so erziehen, wie ich es für richtig halte, und mein Haus und meinen Mann für mich allein haben.»

Miss Nightingale klang kühl: «Wollen Sie etwa damit andeuten, Mrs. Pentecost, daß ich Ihre Ehe gefährde?»

«Wenn Sie wollen, können Sie es auch so ausdrücken», sagte May. «Allerdings glaube ich nicht, daß es Ihnen gelingen würde.»

Miss Nightingale sagte nichts. May fuhr fort. «Aber was Ihnen gelingen könnte, ist, daß Sie meinen Mann für Ihre literarischen Bemühungen ausnutzen.» Ihre Stimme wurde lauter. «Ich habe ihn schon vor vielen Amateur-Schreiberlingen beschützt, und ich gedenke es auch diesmal zu tun.»

«Ich verstehe», sagte Miss Nightingale.

«Also, das wäre erledigt», sagte John. «Jetzt wollen wir etwas trinken.»

«Nichts ist erledigt», sagte May bissig.

«May, May», sagte Jocelyn flehend, «du machst doch sonst

nie Schwierigkeiten. Was für eine Laus ist dir über die Leber gelaufen?»

May sagte: «Als ich das Haus betrat, läutete das Telefon. Ich ging dran. Ich habe Arthur Mandrakes Stimme erkannt. Er hat mich gefragt, ob ich die Sekretärin oder die Freundin bin.» Sie ließ ihre Worte wirken und fragte dann: «Wundert es dich noch immer, daß ich Schwierigkeiten mache?»

Damit war die Diskussion vorläufig beendet. Der Sündenbock flüchtete in sein Arbeitszimmer, um über das Ergebnis nachzudenken. Die Situation schien ausweglos. Sein Vater würde nicht nachgeben. May hatte sich verbissen und verlangte von ihm Loyalität, und das zu Recht. Ließ er sie im Stich, sank er in ihrer Achtung und in seiner auch.

Nun zu Miss Nightingale. Sie war fähig und tüchtig und wollte seinen Vater hegen und pflegen und chauffieren (was sein Vater dringend brauchte). Selbst wenn es ihm gelang, sie loszuwerden, wäre es richtig? Ein verzwicktes Problem.

Er war fast dankbar, als das Telefon klingelte.

Es war Arthur Mandrake. «Jocelyn, mein Bester, ich habe das Gefühl, daß ich heute morgen etwas Falsches gesagt habe.»

«Allerdings.»

«Tut mir leid, mein Bester. Dürfte ich kurz mit Ihrer Freun... mit Miss Nightingale sprechen?»

«Ja», sagte Jocelyn, ging auf den Treppenabsatz und rief ihren Namen. Miss Nightingale kam angerannt. Er gab ihr den Hörer. «Arthur Mandrake», sagte er.

Er ging nach unten, wo May war. «Hallo, Liebling.»

«Hallo», sagte sie.

«Es ist alles... problematisch.»

«Ja.»

«Vater braucht sie.»

«Aber wir nicht.»

Wenn Frauen doch nicht immer alles so aufbauschen würden. «Sie bleibt schließlich nicht für ewig», sagte er.

«Jocelyn, ich weiß, daß es abscheulich von mir ist, aber ich will sie nicht im Haus haben. Schaff sie mir vom Hals.»

«Ich kann sie dir nicht vom Hals schaffen», sagte er.

Sie blickte ihn an, es war ein langer, enttäuschter Blick, der ihn ins Herz traf. «Du läßt mich im Stich», sagte sie.

Auf der Treppe hörte man klappernde Schritte. Miss Nightingale kam herein. «Mr. Pentecost, Sie wissen noch, die fünfzig Seiten?»

Jocelyn wäre am liebsten in den Boden versunken. «Ja», sagte er matt.

«Ein Lektor wird mir beim Kürzen helfen. Sie haben mir schon ein Hotelzimmer bestellt. Sie sagen, ich müßte ein paar Monate in London bleiben. Sie wollen mein Buch groß herausbringen. Und ich soll einen zweiten Band schreiben.»

Jocelyn hätte jetzt sagen können: ‹Das heißt, daß Mandrake Abertausende in das Buch investiert, um es zu einem Bestseller zu machen, und für Bücher von Leuten wie mir ist kein Geld für Anzeigen da.› Aber er war ein gütiger Mensch, er sagte: «Ich gratuliere Ihnen, Miss Nightingale, Sie sind auf dem besten Weg, eine Bestseller-Autorin zu werden.»

«Ist das nicht großartig? Wären Sie so nett, mich zum Bahnhof Ingerby zu fahren?»

«Nein», sagte Jocelyn brüsk.

May sagte mit eisiger Stimme: «Haben Sie nicht eine Vereinbarung mit meinem Schwiegervater?»

«Das klappt nicht. Mein Gott, Mrs. Pentecost, ich dachte, Sie wären froh, mich loszuwerden.»

«Ich *bin* froh, Sie loszuwerden, Miss Nightingale. Ich wollte nur ein gutes Wort für Ihr Gewissen einlegen. Vielleicht kann es meine Hilfe brauchen.»

«Danke, aber mit meinem Gewissen werde ich allein fertig.»

«Das scheint mir auch so», sagte May.

Miss Nightingale wandte sich an Jocelyn. Ihr gewinnendes

Lächeln kehrte zurück. «Wieviel kostet ein Taxi nach Ingerby?»

«Ungefähr sieben Pfund», sagte er.

«Kann man mit einer Kreditkarte bezahlen?»

«Ach du liebe Güte. Nein. Entweder Sie zahlen bar oder Sie gehen zu Fuß, das ist Taylors Leitsatz.»

«Ist es nicht verrückt? Nun habe ich einen Bestseller geschrieben und kann noch nicht einmal ein Taxi bezahlen. Ob es Sinn hat, nach meinem Fahrrad zu suchen?»

Jocelyn sagte: «Nein, wir haben lange danach gesucht, erinnern Sie sich? Es ist weg.»

«Vielleicht war es jemand vom Haus», sagte Miss Nightingale.

«Das ist durchaus möglich», rief May. «Komm, Jocelyn, wir wollen Miss Nightingale beim Suchen helfen. Vielleicht finden wir es doch.»

«Aber...» sagte Jocelyn.

«Bitte», sagte May. Sie gingen in den Hof. «Wir haben hier schon überall gesucht», sagte Jocelyn.

«Auch schon in der Scheune?»

«Nein, aber dort kann es nicht sein.»

«Vielleicht doch», sagte May.

Jocelyn stieß das gräßliche Schafsfell mit dem Fuß beiseite. Sie gingen hinein. Es war dunkel. «Haben Sie eine Taschenlampe?» fragte Miss Nightingale.

«Nein, ich habe keine Taschenlampe», sagte Jocelyn. Etwas ging ihm im Kopf herum. Während er dieser zukünftigen Bestseller-Autorin beim Suchen half, hätte er ein ganzes Kapitel seines Romans schreiben können. Aber niemand würde etwas für *sein* Buch tun. Zum erstenmal in seinem Leben empfand er so etwas wie Eifersucht.

Vom Hof her erscholl das Geheul eines Streifenwagens. Aber es war nur Gaylord. Jocelyn rief ihn heran. «Gaylord, du hast nicht zufällig irgendwo Miss Nightingales Fahrrad gesehen?»

«Ich glaube nicht, Paps.» Er kam in die Scheune und spähte in die Dunkelheit. «Ist es das vielleicht?»

Es war das Fahrrad, es stand dicht vor dem Kühler des Rover. Miss Nightingale zerrte es heraus. «Du bist ein kluges Kerlchen, Gaylord.»

May ärgerte sich, daß es so dunkel war. Sie hätte zu gern gesehen, wer ein erstaunteres Gesicht machte – Gaylord oder Miss Nightingale.

Gaylord sagte: «Wozu braucht Miss Nightingale denn ihr Fahrrad?»

«Woher weißt du, daß es Miss Nightingales Fahrrad ist?» fragte Mummi.

Mißtrauisch, diese Weiber. «Sie kam auf ihm, als sie kam», sagte er entrüstet. Aber ihn beunruhigte eine andere Frage. «Miss Nightingale will doch nicht etwa fort?» Er war den Tränen nahe.

May legte den Arm um ihn. Miss Nightingale sagte: «Ich hole nur meine Sachen.» Sie wandte sich an Jocelyn: «Könnten Sie bei dem alten Herrn ein gutes Wort für mich einlegen, ich meine, ihm diese ganze Sache mit dem Bestseller und so erklären? Ich kann es noch immer nicht ganz glauben.»

«Nein, das wird er nicht tun!» rief May zornig. Aber Jocelyn sagte ruhig: «Ja, ich werde mit ihm sprechen, Miss Nightingale. Es wird ihn sehr verletzen. Aber ich bilde mir ein, wenn ich es ihm sage, wird es ihn weniger verletzen, als wenn Sie es tun.»

John begrüßte ihn mit den Worten: «Wo, zum Teufel, ist Miss Nightingale? Sie soll mich in fünf Minuten zum Zahnarzt fahren.»

«Ich fürchte, daraus wird nichts, Vater», sagte Jocelyn. «Es ist etwas dazwischengekommen. Etwas Unangenehmes... ich meine, unangenehm für dich, nicht für sie... Ihr Roman... die Mandrake Press will ihn ganz groß herausbringen, und sie...»

Sein Vater sah ihn – konnte es sein? – amüsiert an. «Hab ich's nicht immer gesagt? Das beste Buch seit *Vom Winde verweht*. Gib zu, ich habe es von Anfang an gesagt. Und du? Furchtbares Geschmiere oder so was ähnliches.»

«Solltest du nicht den Zahnarzt anrufen, Vater, und ihm Bescheid sagen?»

«Zum Teufel mit dem Zahnarzt. Also wirklich, ihr Literaten...»

«Du hast mich nicht richtig verstanden, Vater. Der Verlag hat sie gebeten, nach London zu kommen und dort eine Weile zu bleiben. Ja, und sie ist schon fort.»

«Recht hat sie. Und dieser Verlag Mandrake scheint sein Geschäft zu verstehen. Versuch doch mal, sie auch für deine Bücher zu interessieren.»

«Mandrake Press verlegt meine Bücher bereits», sagte Jocelyn. «Sie kann dich nicht mehr chauffieren, Vater.»

«Mein Gott!» Jocelyn vermeinte den sprichwörtlichen Groschen fallen zu hören. «Meinst du etwa, daß sie kündigen will?»

«Sie... sie radelt bereits ihrer literarischen Zukunft entgegen.»

«Und du glaubst, daß sie nicht zurückkommt?»

Jocelyn schüttelte den Kopf. «Ja, Vater. Die lockenden Lichter der Großstadt... Sie... sie wird andere Menschen kennenlernen... viele Menschen...»

Er seufzte. *Et in Arcadia ego*, fuhr es ihm durch den Sinn. Aber nur auf der Schwelle, dachte er. Bei Gewitter und Sturm.

Der alte Mann griff nach dem Telefonhörer und wählte. «Miss Rogers, streichen Sie meinen Termin, ich bin verratzt und verraten... Wie? Mein Chauffeur hat mich hängenlassen, vielleicht kennen Sie *den* Ausdruck.»

John hörte sich die Antwort an und legte auf. «Sehr wohl, Mr. Pentecost», ahmte er Miss Rogers nach, «vielen Dank für den Anruf.» Er blitzte seinen Sohn zornig an. «Der

Himmel stürzt ein, das Chaos regiert, und sie sagt ‹vielen Dank›.»

Jocelyn sagte: «Tut mir leid, Vater, es ist ein schwerer Schlag für dich.» Der alte Mann tat Jocelyn in der Seele leid. «Was können wir tun, um dir aus der Patsche zu helfen?»

Ein langes Schweigen folgte. Dann sagte John: «Ich habe mich gelegentlich kritisch über deine Fahrkünste geäußert.»

«Ja, das hast du», sagte Jocelyn milde.

«Andererseits fährst du seit Jahren.»

«Ja.»

«Und du hast noch nicht viel Schaden angerichtet», sagte der alte Mann großmütig. «Zumindest nicht so viel wie meine Schwester Bea.»

«Nein», sagte Jocelyn und überlegte, wann er überhaupt einen Schaden angerichtet hatte.

«Ich bin bereit, dich ans Lenkrad meines Rover zu lassen.»

«Wirklich?»

«Natürlich nur, wenn ich neben dir sitze.»

«Natürlich.»

«Sonst säße ich nämlich auf dem trocknen, nachdem das Flittchen getürmt ist.»

«Ja», sagte Jocelyn. Ob Dickens je als unbezahlter Kutscher gearbeitet hatte, weil er zu gutmütig war, um nein zu sagen?

«Das wäre also erledigt», sagte John.

«Ja», sagte Jocelyn.

Sie schwiegen. Weiches Sonnenlicht kroch über die Fensterbank. «Ein schöner Herbsttag», sagte John. «Wir könnten morgen eine kleine Probefahrt machen. Ich werde dir natürlich alles genau erklären.»

«Natürlich», sagte Jocelyn, der gehofft hatte, den morgigen Tag in seinem Arbeitszimmer zu verbringen.

«Gut. Sollen wir den Jungen mitnehmen?»

«Laß uns alle gemeinsam einen Ausflug machen», sagte Jocelyn. «Wir sind wieder unter uns, das sollten wir feiern.»

Das Zerwürfnis mit dem alten Reuben lag Jocelyn auf der Seele. Aber er war machtlos, Reuben konnte man nicht für sich einnehmen, selbst wenn man es wollte. Und er wollte es nicht.

Trotzdem mußte er dieses widerliche Schafsfell loswerden. Schande über den Mann!

Er holte sich einen Spaten, grub ein Loch nicht weit vom Hof, warf das Fell hinein, schüttete es zu und markierte die Stelle mit einem Stock.

Während er die Erde festtrat, fiel ihm etwas ein, das Reuben einmal zu ihm gesagt hatte. ‹Ich habe um keinen Menschen eine Träne vergossen, wohl aber für ein Schaf.›

Armer Teufel, dachte Jocelyn. Und ohne weiter nachzudenken, lief er zu Reubens Cottage hinüber. Er riß die Tür auf. «Ich habe Ihr Schaf begraben», sagte er keuchend. «Ich habe die Stelle markiert, mit einem Stock.»

«Ja», sagte Reuben, und nach langem Schweigen wieder: «Ja.»

«Ich wollte es Ihnen nur mitteilen», sagte Jocelyn.

«Ja», sagte Reuben. «Danke.»

Reuben blieb sitzen, Jocelyn zauderte einen Moment, dann lief er den Hügel wieder hinunter, so leichtfüßig wie seit langem nicht.

15. Kapitel

Gaylord öffnete das Scheunentor. John sagte: «Da steht er, mein Junge, schöner Wagen, nicht wahr? Ich fahre ihn lieber selbst heraus», fügte er hinzu.

Er fuhr das Auto vorsichtig rückwärts in den Hof. Sie stiegen ein, May und die Kinder hinten, John mit Besitzermiene auf den Beifahrersitz, Jocelyn klemmte sich nervös hinter das Steuer. «Leg den Gang ein, mach die Handbremse los und tritt sanft auf das Gaspedal.»

Der Wagen rollte im Zehn-Kilometer-Tempo dahin. «Du kannst ein wenig schneller fahren, wenn du auf der Landstraße bist», sagte John.

Und Jocelyn erhöhte voller Stolz die Geschwindigkeit auf vierzig, dann fünfzig Stundenkilometer. Langsam beschleunigte er auf achtzig, ohne daß sein Vater nervös wurde. Vor ihnen erhoben sich kleine Hügel, die aus dem Tal in die sonnengebadete Hochebene kletterten. Jocelyn konnte der Versuchung nicht widerstehen. Er gab Gas und nahm die Hügel wie ein Vogel im Flug. «Ein prächtiger Wagen», murmelte John, der jede Minute in vollen Zügen genoß. «Du machst dich gar nicht so schlecht, Jocelyn, wenn man bedenkt, daß du den Wagen zum erstenmal fährst.»

Jocelyn strahlte.

Auf dem Rücksitz hätschelte May die schlafende Amanda und drückte Gaylord an sich. Sie fühlte sich so heiter und zufrieden, wie seit dem Unfall ihres Schwiegervaters nicht mehr. Sie waren wieder beisammen, sie fünf. Gewiß, sie würden sich streiten und einander mißverstehen, aber sie hatten tapfer um ihren Familienfrieden gekämpft und ihn sich erhalten. Und wenn ihnen das einmal gelungen war, würde es ihnen auch wieder gelingen. Sie rief fröhlich: «Schön, wieder in deinem Rover zu sitzen, nicht wahr, Schwiegervater?»

Er sah über die Schulter und lächelte sogar. «Das will ich meinen, May», sagte er.

Nur Gaylord machte ihr Sorgen. Er war stumm und teilnahmslos. Er kann sich in seinem Alter doch unmöglich schon richtig verliebt haben, dachte sie. «Du bist sehr still, Liebling», sagte sie und rieb zärtlich ihre Wange an der seinen.

«Bin ich das, Mummi?» Eine verlorene, fast verzweifelte Antwort.

«Ist es wegen Miss Nightingale?»

«Ja», sagte er.

Es tat ihr in der Seele weh. Er schwieg, dann sagte er: «Mummi?»

«Ja, Liebling?»

Er ließ seinen Finger auf ihrem Handteller kreisen, ein sicheres Zeichen, daß er etwas wollte. «Mummi, das Nette an Miss Nightingale war...»

«Was, Schätzchen?»

«Daß sie mir Bohnen in Tomatensauce zum Abendessen gegeben hat.»

«Aha. Und war das das einzig Nette an ihr?»

«O nein!»

«Nun, was denn noch?»

«Coca-Cola», sagte Gaylord.

Sie umarmte ihn. «Mein Liebling, du bekommst beides auch von mir.»

«Wirklich, Mummi?» Seine Augen glänzten. «Trotzdem schade, daß sie mich nicht geheiratet hat.»

Vor ihnen tauchte ein baufälliges Cottage auf mit einem verrosteten Metallschild an der Wand: TEE UND BRÖTCHEN.

«Ich habe so ein Schild seit Jahren nicht mehr gesehen», sagte May. «Laß uns anhalten.»

Sie nahmen ihren Tee im Obstgarten ein und blickten hinunter in das sonnenbeschienene Tal und aßen an einem altersschwachen, schmiedeeisernen Tisch, auf wackligen Stühlen sitzend, selbstgebackene Brötchen. Gaylord kaute nachdenklich und sah zu einer in der Nähe hängenden Schaukel hin. May beobachtete ihn. Ob er beleidigt war, wenn sie ihn trotz seines Liebeskummers fragte, ob er schaukeln wollte?

Gaylord sagte: «Wenn du dich auf die Schaukel setzt, mit Amanda im Arm, Mummi, kann ich dir Schwung geben.»

«Großartig», sagte sie, stand auf und setzte sich auf die Schaukel. Gaylord gab ihr Schwung. Amanda kicherte und gurgelte vor Vergnügen. Ihr Lachen war ansteckend.

Und über ihnen tanzten und zitterten die Zweige des Apfelbaums und sprenkelten das hohe Gras des Obstgartens mit Licht und Schatten. Jocelyn schloß diesen Augenblick in sein Herz ein, es war einer jener Augenblicke, wo das Glück dich berührt wie eine Engelsschwinge.

Langsam kam die Schaukel zum Stehen. May sagte: «Gaylord, jetzt bist du an der Reihe.»

Aber seine Augen blickten wieder traurig. «Nein, danke, Mummi.» Er schlenderte zur Gartentür, die auf einen Feldweg führte. Dort stand er und starrte vor sich hin, aber er sah nicht das Tal und die Felder. Er sah nur Miss Nightingale, die davonradelte, ohne sich auch nur einmal nach ihm umzusehen. Er sah sie vor sich, wie er sie am Morgen gesehen hatte, als sie davonfuhr, vorbei an der Stelle, wo der Fluß an den Wegrand schwappte, ihr Fahrrad und ihr goldenes Haar glänzten in der Sonne. Sie war kleiner und kleiner geworden, bis sie so winzig war wie ein glitzernder Stern, und dann war sie hinter der Biegung verschwunden.

May war besorgt. Sie rief: «Gaylord, komm auf die Schaukel.»

Gaylord drehte sich um und sah sie wie ein Schlafwandler an. Dann stapfte er langsam zur Schaukel und setzte sich auf das halb verrottete Brett. Jocelyn gab ihm Schwung.

«Höher», rief Gaylord, «höher!»

Mummi, Paps, Opa, das Cottage, die Obstbäume, die Wolken, die Sonne schlugen närrische Purzelbäume, während Gaylord wie ein König auf seinem Thron im Zentrum dieser herumwirbelnden Welt saß. Es schien ihm, als müsse er gleich entlang einer blauen Allee direkt in den Himmel fliegen.

Eric Malpass

Die Gaylord-Romane
Deutsch von
Brigitte Roeseler
und Margret Schmitz
448 Seiten. Gebunden

Morgens um sieben ist die Welt noch in Ordnung
Roman
Deutsch von
Brigitte Roeseler
rororo 1762

Wenn süß das Mondlicht auf den Hügeln schläft
Roman
Deutsch von
Margret Schmitz
rororo 1794

Fortinbras ist entwischt
Roman
Deutsch von
Susanne Lepsius
rororo 4075

Lieber Frühling, komm doch bald
Roman
Deutsch von Anne Uhde
256 Seiten. Gebunden und
als rororo 4745

Schöne Zeit der jungen Liebe
Roman
Deutsch von
Anne Uhde
rororo 5037

Und doch singt die Amsel
Roman
Deutsch von
Susanne Lepsius
288 Seiten. Gebunden und
als rororo 5684

Beefy ist an allem schuld
Roman
Deutsch von
Susanne Lepsius
rororo 1984

Rowohlt

Eric Malpass

Als Mutter streikte
Roman
Deutsch von Anne Uhde
176 Seiten. Gebunden und als rororo 4034

Liebe blüht zu allen Zeiten
Roman
Deutsch von Anne Uhde
304 Seiten. Gebunden und als rororo 5451

Und der Wind bringt den Regen
Roman
Deutsch von Anne Uhde
352 Seiten. Gebunden und als rororo 5286

Lampenschein und Sternenlicht
Roman
Deutsch von Anne Uhde
rororo 12216

Thomas Cranmer oder Die Kraft der Schwäche
Ein historischer Roman
Deutsch von Susanne Lepsius
352 Seiten. Gebunden

Liebt ich am Himmel einen hellen Stern
Roman um William Shakespeare und Anne Hathaway
Deutsch von Susanne Lepsius
300 Seiten. Gebunden und als rororo 4875

Unglücklich sind wir nicht allein
Roman um William Shakespeare und seine Zeit
Deutsch von Susanne Lepsius
280 Seiten. Gebunden und als rororo 5068

Hör ich am Glockenschlag der Stunden Gang
Roman um William Shakespeares letzte Lebensjahre
Deutsch von Susanne Lepsius
230 Seiten. Gebunden und als rororo 5194

Rowohlt